NHK俳句
俳句づくりに役立つ！

旧かな入門

NHK俳句

俳句づくりに役立つ！

旧かな入門

目次

はじめに 11
言葉のルーツを探る 12
旧かな学習のための持ち物と旅程表 16

第1章 「わ」と「は」の使い分け 21
1 にはとり・あはれ など 「は」を使う言葉① 22
2 ハ行四段動詞語尾の「は」 「は」を使う言葉② 27
3 いわし・くつわ など 「わ」を使う言葉① 33
4 さわぐ・たわむ など 「わ」を使う言葉② 36

第2章 「い」と「ゐ」と「ひ」の使い分け 41
5 いつ・いにしへ など 「い」を使う言葉① 42
6 イ音便の「い」 「い」を使う言葉② 47
7 ヤ行上二段動詞語尾の「い」 「い」を使う言葉③ 52
8 ワ行上一段動詞語尾の「ゐ」、あぢさゐ など 「ゐ」を使う言葉 57

9 ひひらぎ・たましひ など 「ひ」を使う言葉① 63
10 ハ行四段・上二段動詞語尾の「ひ」「ひ」を使う言葉② 67
11 たらひ・けはひ など 「ひ」を使う言葉③ 72

第3章 「う」と「ふ」の使い分け 77

12 かげろふ・きのふ など 「ふ」を使う言葉① 78
13 あふぎ・けふ など 「ふ」を使う言葉② 83
14 ハ行四段・上二段・下二段動詞語尾の「ふ」「ふ」を使う言葉③ 88
15 ワ行下二段・ア行下二段動詞語尾の「う」「う」を使う言葉① 94
16 ウ音便の「う」「う」を使う言葉② 98
17 助動詞の「う」「よう」「う」を使う言葉③ 103
18 さうめん・さうび など 「う」を使う言葉④ 108
19 あうむ・たうがらし など 「う」を使う言葉⑤ 113
20 はうれんさう・まらうど など 「う」を使う言葉⑥ 118
21 ぼうたん・ゑんどう など 「う」を使う言葉⑦ 123
22 きうり・めうが など 「う」を使う言葉⑧ 127

第4章　「え」と「ゑ」と「へ」の使い分け　135

23　えび・えびす など　「え」を使う言葉①　136
24　ヤ行下二段・ア行下二段動詞語尾の「え」　「え」を使う言葉②　140
25　ワ行下二段動詞語尾の「ゑ」、ゑくぼ など　「ゑ」を使う言葉　146
26　まへ・かへるで など　「へ」を使う言葉①　151
27　ハ行四段・下二段動詞語尾の「へ」　「へ」を使う言葉②　155
28　かんがへ・こたへ など　「へ」を使う言葉③　160

第5章　「お」と「を」と「ほ」と「ふ」の使い分け　165

29　おと・おのれ など　「お」を使う言葉①　166
30　おもて・おろか など　「お」を使う言葉②　171
31　をとこ・をとめ など　「を」を使う言葉①　177
32　をさなし・あを など　「を」を使う言葉②　180
33　おほし・おほかみ など　「ほ」を使う言葉①　186

34 ほのほ、あふぐ など 「ほ」を使う言葉②、「ふ」を使う言葉 189

第6章 「じ」と「ぢ」の使い分け 195

35 みじかし・うなじ など 「じ」を使う言葉 196

36 ねぢ・もみぢ など 「ぢ」を使う言葉 201

第7章 「ず」と「づ」の使い分け 207

37 みみず・ねずみ など 「ず」を使う言葉 208

38 しづか・みづ など 「づ」を使う言葉 214

39 混ず、閉づ など 「ず」「づ」で終わる動詞 220

第8章 「か」と「くわ」、「が」と「ぐわ」の使い分け 227

40 かな・さざんくわ、かがみ・さんぐわつ など 「か」と「くわ」、「が」と「ぐわ」を使う言葉 228

おわりに　231
かなづかいの歴史　232

旧かなマスター　12の練習帖　235

あとがき　262

巻末資料　265
「現代仮名遣い」（抄）昭和六十一年七月一日内閣告示　266
動詞活用表　269

俳句づくりに役立つ 旧かな語彙一覧 目次

旧かなで「は」を含む語一覧 30
旧かなで「わ」を含む語一覧 38
旧かなで「い」を含む語一覧 53
旧かなで「ゐ」を含む語一覧 58
旧かなで「い」「ゐ」「ひ」と書く動詞の語尾 71
旧かなで「ひ」を含む語一覧 73
旧かなで「ふ」を含む語一覧 90
旧かなで「ふ」で終わるハ行動詞一覧 92
旧かなで「う」「ふ」と書く動詞の語尾 97
旧かなで「う」を含む語一覧 130
旧かなで「え」を含む語一覧 142
ヤ行下二段動詞一覧 144
ア行下二段動詞一覧 144
旧かなで「ゑ」を含む語一覧 148
旧かなで「え」「ゑ」「へ」と書く動詞の語尾 159
旧かなで「へ」を含む語一覧 162
旧かなで「お」を含む語一覧 174
旧かなで「を」を含む語一覧 182
旧かなで「ほ」を含む語一覧 192
新かなでは「お」と書く旧かなで「ふ」を含む語一覧 194
旧かなで「じ」を含む語一覧 198
旧かなで「ぢ」を含む語一覧 204
旧かなで「ず」を含む語一覧 210
旧かなで「づ」を含む語一覧 224

装幀　芦澤泰偉＋児崎雅淑
イラスト　松本孝志

はじめに

言葉のルーツを探る

はじめに、俳句を日々楽しんでいるAさんに登場してもらいましょう。秋の一日、Aさんは潮騒《しおさい》に誘われて浜への道を辿《たど》ることにしました。細道をしばらく歩いて浜に出ると、潮風が吹きつけてきました。波打ち際に近づくと、水の泡《あわ》と一緒に小さな貝殻《かいがら》が揺れています。Aさんは一句詠《よ》みたくなりました。

　潮騒・貝殻・波際・水泡

と、心にとまるものを次々に手帖に記したAさんは、流木に腰掛けて俳句を練ることにしました。まず上五《かみご》です。

　潮騒や

しかし、何となく硬い気がします。やわらかく解き放たれた心を表すには、ひらがなのほうがふさわしい気がします。

　しほさゐや

ところがここでAさんはふっと不安になりました。旧かなは「しほさゐ」で良いのでしょうか、あるいは「しほさひ」？　または「しをさい」？　などと考えるうちに、だんだん自信が持てなくなってきたのです……。

このAさんのように、俳句を詠む過程で「漢字では硬い、ひらがなを使いたい」と思った経験を持つ方は多いのではないでしょうか。またその際、Aさんと同様に、正しい旧かなについて迷ったことがある方も多いのではないかと思います。この本はそのような方々に向けて、俳句で使われる頻度の高い言葉を中心に、旧かなの話をしていくものです。

それでは早速、Aさんに代わって「潮騒」の旧かなを確かめることにしましょう。まず「潮」は、新かなでは「しお」、旧かなでは「しほ」と書きます。新かなで「お」と書くかなづかいは、旧かなでは「お」「を」「ほ」「ふ」のどれかになります。具体的な言葉を例にとり、対照表を作ってみましょう。

	語例	新かな	旧かな
①	音	おと	おと
②	男	おとこ	をとこ
③	顔	かお	かほ
④	仰ぐ	あおぐ	あふぐ

「潮」はこの表の③に分類される言葉です。③にあたる言葉は例に挙げた「かほ」や「しほ」の他にも、「ほのほ（炎）」「とほる（通る）」「おほし（多し）」などまだまだたくさんありますので、これから一つ一つ覚えていきましょう。

次に「騒」ですが、これは新かなでは「さい」、旧かなでは「さゐ」と書きます。新かなで「い」と書くものは、旧かなでは「い」「ゐ」「ひ」のうちのどれかになります。

	語例	新かな	旧かな
①	櫂	かい	かい
②	井戸	いど	ゐど
③	貝	かい	かひ

「騒」は右の表の②に分類される言葉です。②にあたる言葉は例に挙げた「ゐど」や「さゐ」の他にも、「ゐもり（蠑螈）」「くれなゐ（紅）」「まゐる（参る）」などたくさんありますので、こちらも一つ一つ覚えていきましょう。

さあ「しほ」と「さゐ」が分かりましたので、これで「潮騒」の旧かなは「しほさゐ」と判明しました。しかし、これで終わるのは物足りない感じですね。「潮騒」の「さゐ」に注目して、関連語である「騒ぐ」の旧かな「さわぐ」も覚えてしまいましょう。旧かななら「さはぐ」ではないか？　と疑問に思う方は、五十音図のワ行を思い出してみてください。

わ　ゐ　う　ゑ　を

「潮騒」の「さゐ」は騒ぐ音のことで、「騒ぐ」の「さわ」と同じルーツの言葉です。そのため、両者は同じワ行のかなづかいになるのです。このように同じルーツの言葉はセットで覚えると忘れにくくなります。

ついでですので、さきほど「ゐ」を使う言葉として挙げた「くれなゐ」にも目を向けてみましょう。「くれなゐ（紅）」は「くれ（呉）」の「あゐ（藍）」から来た言葉です。シルクロードを経て伝わった染料作物のベニバナを、代表的な染料作物である「藍」になぞらえて「くれなゐ」と呼んだもので、色名の「くれなゐ」はそこから来ました。「藍」の旧かながが「あゐ」であるため、「くれなゐ」は「ゐ」と書くのです。同じ「ゐ」を使う「くれなゐ」と「しほさゐ」ですが、ルーツは違うのですね。

このように言葉を分解したり言葉どうしの関係に着目したりしながら興の湧《わ》くままに探っていくと、旧かなは俄然《がぜん》面白くなります。もちろん、すべてのかなづかいの由来が筋道を立てて説明できるわけではありませんが、五十音図などを参照して文法的視点から眺めることや、関連語を一纏《まと》めにして探ることは、今後のお話にできるだけ取り入れていきます。

さて冒頭のAさんに戻りましょう。「しほさゐ」のかなづかいが解決したAさんは、次に「貝殻」「波際」「水泡」について考え始めました。貝殻の小さいものが波際の白い水泡を転がるさまを詠みたくなったので、すべてかな書きにすることにしました。

まず「貝殻」の旧かなですが、これは「かひがら」となります。前ページ下段の表の③「貝」をご覧ください。「貝」は旧かなでは「かひ」です。ちなみに「小さし」も旧かなで「ひ」を使う言葉ですので、Aさんの見つけた「小さき貝殻」は旧かなでは「ちひさきかひがら」となります。

続いて「波際」と「水泡」です。まず「波際」ですが、これは旧かなでは「なみぎは」と書きます。新かなで「わ」と書くものは、旧かなでは「わ」と「は」のどちらかですので、ここでも対照表を作ってみます。

	語例	新かな	旧かな
①	鰯	いわし	いわし
②	川	かわ	かは

「なみぎは」は右の表の②に分類されます。「なみぎは」は「波」の「際」の意ですが、「際」は旧かなで「きは」と書きます。

次に「水泡」ですが、こちらは旧かなで「みなわ」と書き、右の表の①に分類されます。「みなわ」は「水の泡」の意の「みなあわ」の略です。「泡」は新かなでも旧かなでも「あわ」と書くのです。ちなみに、この「泡」を含む言葉に、「泡雪」があります。「泡雪」は「淡雪」とともに春の季語ですが、「泡雪」の旧かなは「あわゆき」。一方、「淡雪」の旧かなは「あはゆき」です。前者は「あわ（泡）」のように溶けやすい雪、後者は「あはあは（淡々）」として消えやすい雪の意なのです。セットにして覚えておきましょう。

それではこれから、ゆっくりと一つずつ旧かなに親しんでいきましょう。

旧かな学習のための持ち物と旅程表

旅の前に持ち物と旅程表を整えるように、旧かなを学ぶ前にも準備しておきたい事項があります。そこで、旧かな特有の文字と五十音図の確認を行い、今後の学習順をお示しすることにいたします。

まず最初に新かなでは使わない文字「ゐ」と「ゑ」の確認です。この二文字は俳句にしばしば登場します。たとえば秋の野を歩くと、草の名にさっそく「ゐ」と「ゑ」が！

ゐのこづちくつつき一つづつ緑　岡田日郎《おかだにちお》

ゑのこ草媚《こ》びて尾をふるあはれなり　富安風生《とみやすふうせい》

「ゐ」も「ゑ」も字形に特徴があります。

ゐ　ゑ

私はひそかに「蹲《うずくま》る、ゐ」「フリルのある、ゑ」と親しみを込めて呼んでいますが、もとを正せば「ゐ」は漢字の「為」、「ゑ」は「恵」から生まれた文字です。もともとの漢字の形に確かに似ていますね。ちなみにカタカナでは「ヰ」と「ヱ」で、こちらは漢字の「井」を略したものと、「恵」の一部分から来ています。

それでは次に、五十音図の確認です。

	ア段	イ段	ウ段	エ段	オ段
ア行	あ	い	う	え	お
カ行	か	き	く	け	こ
サ行	さ	し	す	せ	そ
タ行	た	ち	つ	て	と
ナ行	な	に	ぬ	ね	の
ハ行	は	ひ	ふ	へ	ほ
マ行	ま	み	む	め	も
ヤ行	や	い	ゆ	え	よ
ラ行	ら	り	る	れ	ろ
ワ行	わ	ゐ	う	ゑ	を

五十音図の縦を「行」。横を「段」（または列）と呼びます。まずは、今話題にしたばかりの「ゐ」と「ゑ」を探してみましょう。「ゐ」と「ゑ」はともにワ行に属します。イ段とエ段に見つかりましたね。

続いて、五十音図の中で重複している文字を探し、○で囲んでみましょう。「い」「う」「え」の三文字が、それぞれ次のように二度ずつ使われています。

ア行	あ	(い)	(う)	(え)	お
ヤ行	や	(い)	ゆ	(え)	よ
ワ行	わ	ゐ	(う)	ゑ	を

こうして○を付けると、ア行・ヤ行・ワ行――この三つの行に特に誤りが起きやすいことが実感できますね。この三行はここで確実に覚えてしまいましょう。

ちなみに現在、新かな用の五十音図には、

ヤ行の箇所を「や　ゆ　よ」
ワ行の箇所を「わ　を　ん」

と書くものが見られますが、これはア行と重なる「い」「う」「え」と新かなで使わない「ゐ」「ゑ」を省き、空いた場所に、もともとは五十音図に入らない撥音《はつおん》の「ん」を足したものです。新かなを使うにはこれで実用的かもしれませんが、旧かなを学ぶにはやはり「や・い・ゆ・え・よ」「わ・ゐ・う・ゑ・を」でなくてはなりません。五十音図はいつでも見られるように手元に置くのがいいでしょう。
　さて、文字と五十音図の確認が終わりましたので、旧かなの学習順へとお話を進めていきます。次の表をご覧ください。

新かな	旧かなの使い分け
① わ	「わ」と「は」
② い	「い」と「ゐ」と「ひ」
③ う	「う」と「ふ」
④ え	「え」と「ゑ」と「へ」
⑤ お	「お」と「を」と「ほ」と「ふ」
⑥ じ	「じ」と「ぢ」
⑦ ず	「ず」と「づ」
⑧ か・が	「か」と「くわ」・「が」と「ぐわ」

　この本では旧かなで使い分けを持つ新かなを、右のように①〜⑧のグループに分類し、それぞれの使い分けを順にお話しします。右の表だけでは面白味に欠けますので、具体的な言葉をあててみましょう。

新かな	旧かなの使い分けの語例
① わ	いわし　にはとり
② い	いなご　ゐもり　たひ(鯛)
③ う	うさぎ　ゆふすげ
④ え	えびね　ゑのころぐさ　あまがへる
⑤ お	おにやんま　をしどり　こほろぎ
	あふひ(葵)
⑥ じ	しじみ　あぢ
⑦ ず	みみず　みづひき
⑧ か・が	かき　くわりん
	がま　ぐわりようばい

　動植物の名前を集めましたが、中には意外なものもあったのではないでしょうか。たとえば①の「いわし」や⑦の「みみず」。

いわし雲大いなる瀬をさかのぼる　飯田《いいだ》蛇笏《だこつ》

みみず鳴く日記はいつか懺悔録《ざんげろく》　上田五千石《うえだごせんごく》

という句もあるように「いわし」「みみず」で間違いないのですが、旧かなでは「いはし」「みみづ」ではないかと思った方はありませんか？　旧かなにある程度親しんでいる人の場合は、新かなと旧かなが同じというこんなケースがかえって落とし穴になるかもしれません。

さて、①から⑧を眺めると、どうやら最初に学ぶ予定の①が最もやさしそうです。⑤などはやや複雑そうなので後回しでちょうどいいですね。

さあ、これで、旧かな学習のための持ち物と旅程表が整いました。それではいよいよ、①「わ」と「は」の使い分けに入っていきましょう。

第1章

わとはの使い分け

1

「は」を使う言葉①
にはとり・あはれ など

にはとりの歓喜して青嵐かな　緒方《おがた》 敬《けい》

妻がゐて子がゐて孤独いわし雲　安住《あずみ》 敦《あつし》

敬の句は飛べない家禽《かきん》のニワトリが一瞬見せた野性味を捉《とら》えています。敦の句は家族がいても、遥か彼方へと一人ふっと誘われる心を描くものでしょうか。

さて、新かなで「わ」を含む言葉である「にわとり（鶏）」と「いわし（鰯）」は、旧かなでは右の句のように「にはとり」「いわし」となります。このように、新かなの「わ」は、旧かなでは「わ」と「は」に使い分けます。今回は、そのうちの「にはとり」のタイプ、すなわち、旧かなで「は」と書く言葉のお話です。

＊

まず、「にはとり」についてです。「鶏」の「には」は、古名の「庭つ鳥」からも分かるように「庭」の意です。「庭」の旧かなは「には」ですので、「鶏」の旧かなも「にはとり」となります。ちなみに「庭つ鳥」の「つ」は「の」の意味を持つ古語で、「夕つ方」や「天つ風」などの「つ」も同じものです。

「鶏」を使った早口言葉に「庭には二羽、鶏がいる」というものがありますが、これを旧かなに直すと、「にはにはには、にはとりがゐる」となります。「二羽」の「羽」も旧かなで「は」と書きます。旧かなを使うと、「さんば（三羽）」や「じつぱ（十羽）」（新かなで「じっぱ」）の「ば」や「ぱ」との繋《つな》がりがはっきりしますね。

「鶏」と同じく新かなの「にわ」で始まる語に、「にわたずみ（潦）」があります。旧かなでは「にはたづみ」です。

思ふより深くて春のにはたづみ　森賀《もりが》まり

「にはたづみ」は雨などで出来る水たまりのことで俳句にはよく出る言葉です。『万葉集《まんようしゅう》』で「庭立水」の漢字が使われていることなどから、「には」の部分の語源は「庭」とする説が有力ですが、「にわか（俄）」とする説もあります。「にわか」も旧かなで「にはか」と書きますのでここで覚えてしまいましょう。

流燈《りゅうとう》や一つにはかにさかのぼる　飯田蛇笏《いいだだこつ》

＊

次に、俳句でかな書きにされることが多い「あはれ」についてお話しします。「あはれ」は心の底からのしみじみとした感動が根本となる古語で、現代語に直す際は文脈に応じて、「いとしい」「趣《おもむき》が深い」「感無量だ」「気の毒だ」「さびしい」「無常だ」「貴い」「感心だ」「見事だ」などさまざまに訳し分けます。

「あはれ」の持つ「見事だ」の意味は、現代語の中にも「あっぱれ（天晴れ）」という言葉に残っています。「あっぱれ」は、中世の初めごろに「あはれ」が形を変え、意味を特化して出来た言葉です。

「あはれ」が俳句でかな書きにされることが多いのは、漢字で「哀れ」と書くと、悲哀の意に限定されている現代語の「あわれ」が連想されて、繊細で豊かな意味が失われるおそれがあるためと思われます。

それでは「あはれ」を使った句を見ていきましょう。

きちきちといはねばとべぬあはれなり　富安風生《とみやすふうせい》

すべてかな書きの句です。野原などでのことでしょうか。作者は翅《はね》を鳴らして飛ぶ「きちきち」（ショウリョウバッタ）のけなげな生のありさまに心を動かされているのです。この句の「あはれなり」は形容動詞です。

あはれ子の夜寒《よさむ》の床《とこ》の引けば寄る　中村汀女《なかむらていじょ》

この句は「あはれ」の下で一息入れて読みます。この「あはれ」は「ああ」という意で、しみじみ感動した際に発する感動詞です。夜寒に引き寄せた子どもの布団《ふとん》の意外な軽さに胸が詰まった母親の心情を感動詞でストレートに表現しています。

向日葵《ひまわり》やもの、あはれを寄せつけず　鈴木真砂女《すずきまさじょ》

この句の「あはれ」は名詞です。「もののあはれ」は日本古来の美意識ですが、それとは真っ向から対立する向日葵の強さを詠《よ》んでいます。ちなみに「向日葵」も旧かなで「は」を使う語です。中国を経て渡来した向日葵は当初は別の名でしたが、しだいに「ひまはり」と呼ばれるようになりました。宝永六（一七〇九）年の『大和本草《やまとほんぞう》』が文献上の初出とされていますが、著者の貝原益軒《かいばらえきけん》は「日まはり」の名を紹介する一方で「花よからず。最下品なり。只《ただ》日につきてまはるを賞するのみ」と記しています。ちょっと向日葵がかわいそうになりますね。ちなみに、向日葵が太陽に従って回るのは蕾《つぼみ》のころだけで、開花後は動かなくなるのだそうです。

＊

続いて、一五ページで取り上げた「なみぎわ（波際）」の「きわ（際）」についてです。旧かなでは「きは」。漢字で書くと硬くなるためか、かな書きにされることが多いようです。

秋草を活けて若さのきはに立つ　中嶋秀子《なかじまひでこ》

季節は春と夏を過ぎ、秋草が咲き始めました。作者もまた、人生の春と夏を過ぎ、充実のときである秋を迎えました。「きは」という語が最も美しいひとときを示すとともに、その先の時間をも感じさせ、微妙な心の綾《あや》を表現しています。

「きは」は、空間・時間・程度などの極まりや限りを示す言葉ですが、この語を基にした言葉は、俳句の中に数多く見ることができます。

晴れぎはのはらりきらりと春時雨《はるしぐれ》　川崎展宏《かわさきてんこう》
みづぎはのちかづいてくる朧《おぼろ》かな　井上弘美《いのうえひろみ》

右の「晴れぎは」「みづぎは」の「ぎは」は「なみぎは」同様に、「きは」が動詞の連用形や名詞に付いて濁音化したものです。「暮れぎは」「みぎは（汀）」なども俳句でよく見かける言葉です。他にも新かなの「きわまる（極まる）」「きわだつ（際だつ）」「きわみ（極み）」や、くっきり目立つさまをいう「きわやか（際やか）」など、どれも「きわ（際）」を基にしていますので、旧かなでは「わ」の部分が「は」になります。このように、ある語を基に、そこから派生する語をまとめると記憶しやすくなります。

*

最後に、助詞の「は」に着目し、「は」が基になっている言葉のお話をしたいと思います。

まずはじめに、死に際・最期の意で使われる「いまわ（今際）」という言葉を見てみましょう。

地虫《じむし》鳴く父のいまはのくちびるに　八田木枯《はったこがらし》

新かなでは「いまわ」と書きますが、旧かなでは「いまは」です。「今は限り」の「限り」が省略された形ですので、「は」はもとをただせば助詞の「は」から来ているのです。

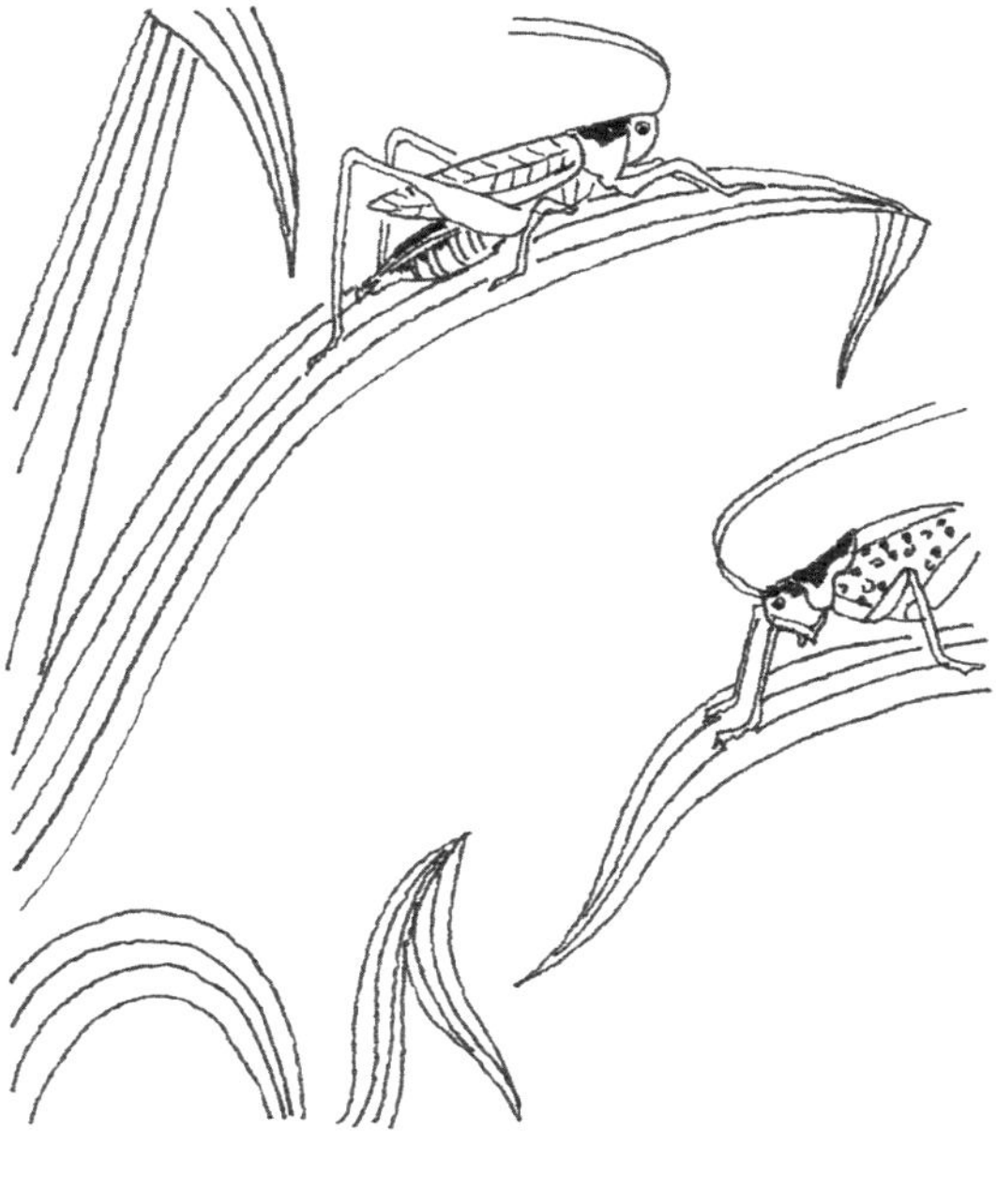

かはたれの白き闇《やみ》にて笹子《ささご》鳴く　長谷川双魚《はせがわそうぎょ》

「かわたれ」も旧かなでは「かはたれ」と書きます。漢字まじりの表記にすると、「彼《か》は誰《たれ》」ですので、この「は」も助詞の「は」に由来します。意味は「あれは誰」で、人の見分けがつきにくい薄暗い時分、主に「明け方」を指します。似た言葉に「たそがれ」がありますが、こちらは「誰《た》そ彼《かれ》」、すなわち「誰だ、あれは」の意で、「夕方」を指します。「たそがれ」の方はかな書きだけでなく、漢字の「黄昏」を当てることも多いようです。

炎天がすは梟《ふくろう》として存す　岡井省二《おかいしょうじ》

「すわ一大事」の「すわ」も、旧かなでは「すは」と書きます。語源には諸説がありますが、「は」は助詞の「は」と言われています。ぎらぎらと輝く夏空が一瞬にして翳《かげ》り、夜の鳥である梟の声に満たされる幻想を描くこの句は、作者がその師の加藤楸邨《かとうしゅうそん》の訃報に接したおりの驚愕《きょうがく》と悲しみの句です。

露《つゆ》散るや提灯《ちょうちん》の字のこんばんは　川端茅舎《かわばたぼうしゃ》

「こんばんは」の「は」も、「今晩は……」と続ける挨拶《あいさつ》の「……」の部分が省略された形ですので、助詞の「は」に由来します。

ところで、「こんばんは」という語はこれまで紹介した「いまわ」「かわたれ」「すわ」とは異なって、新かなでも「わ」でなく「は」を使うのが正しいとされています。発音に即して表記するのが新かなの基本的な考え方ですから、新かなで「こんばんわ」と書かないのは例外的用法です。新かなにあるこのような例外的用法については後ほど改めてお話ししますが、興味のある方は、巻末の昭和六十一年七月一日内閣告示「現代仮名遣い」の本文第2の2をご覧ください。

2

ハ行四段動詞語尾の「は」
「は」を使う言葉②

暑きこと言はず涼しきことを言ふ　後藤《ごとう》比奈夫《ひなお》

夏の盛りには暑さに愚痴《ぐち》が出がちですが、この句は暑さを言いたてるのではなく涼しさを見つけて話題にする、というのです。心意気を見習いたいですね。

今回はこの句の「言はず」の「は」のような例、すなわちハ行四段動詞の下に助動詞や助詞が接続して現れる「は」についてじっくりお話しします。

それではまず準備として、「言ふ」を例にとり、ハ行四段活用をおさらいしましょう。ハ行四段活用は次のように変化します。

ハ行四段活用

未然形……言はず
連用形……言ひたり
終止形……言ふ
連体形……言ふとき
已然《いぜん》形……言へども
命令形……言へ

はじめに、「言は」「言ひ」「言ふ」「言ふ」「言へ」「言へ」をご覧ください。すべてに共通するものは「言」です。このように、単語の中の変化しない部分を語幹と呼びます。

続いて、「言」の次にある「は」「ひ」「ふ」「ふ」「へ」「へ」をご覧ください。このように、単語の中の変化する部分を語尾（活用語尾）と呼びます。語尾には未然形語尾から命令形語尾まで六種類あります。いま話題にしている「は」は、未然形語尾にあたります。

ハ行四段活用という名称は、この語尾の変化のパターンに注目して付けられた名称です。語尾の「は」「ひ」「ふ」「ふ」「へ」「へ」の中にハ行のア段・イ段・ウ段・エ段の四段の文字（は・ひ・ふ・へ）が現れるため、「ハ行四段活用」と呼ぶのです。

　ちなみに四段動詞ですが、ハ行（例：言ふ）以外には、カ行（例：書く）・ガ行（例：継ぐ）・サ行（例：申す）・タ行（例：待つ）・バ行（例：呼ぶ）・マ行（例：読む）・ラ行（例：散る）のものしか存在しません。逆に言えばその他の行、たとえばワ行の四段活用は無いということです。このことは今回のお話の後のほうで重要になりますので、心に留めておいてください。

＊

　それでは、冒頭で話題にした「言はず」の「は」に戻りましょう。「言はず」は未然形「言は」に打消の助動詞「ず」が付いた形ですが、「ず」以外にも未然形に接続する助詞や助動詞は数多くあります。用例を見ていきましょう。まず、助動詞が付く例です。

あけぼのや花に会はむと肌着換へ　大野林火《おおのりんか》
蜘蛛《くも》の囲《い》にかかり蛍火《ほたるび》はや食はる　山口誓子《やまぐちせいし》
かりそめの世とは思はじ古稀《こき》の春　後藤夜半《ごとうやはん》

　林火の句の「会はむ」は、「会ふ」の未然形「会は」に意志の助動詞「む」が接続したもので、「会おう」の意。花見の日の早朝、花を慕《した》う心持ちを詠《よ》む句です。

　誓子の句の「食はる」は、「食ふ」の未然形「食は」に受身の助動詞「る」が接続したもので、「食われる」の意。美しい光を放つ蛍が蜘蛛の巣にかかる非情な現実を描いています。

　夜半の句の「思はじ」は、「思ふ」の未然形「思は」に、打消意志の助動詞「じ」が接続したもので、「思うまい」の意。古稀という齢《よわい》を得て、過ぎてきた人生の麗《うるわ》しさをしみじみと感ずる心情がうかがえます。

　続いて、助詞が付く例も見てみましょう。

葛桜《くずざくら》男心を人問はば　川崎展宏《かわさきてんこう》

ためらはで剪《き》る烈風の牡丹《ぼたん》ゆゑ　殿村菟絲子《とのむらとしこ》

若葉して御《おん》めの雫《しずく》ぬぐはばや　芭蕉《ばしょう》

展宏の句の「問はば」は、「問ふ」の未然形に助詞「ば」が接続したもので「問うならば」という意を表しています。この句は本居宣長《もとおりのりなが》の歌〈しき嶋《しま》のやまとごゝろを人とはゞ朝日にゝほふ山ざくら花〉から言葉を借りたパロディーでしょう。「男心とは何か」という問いと、餡《あん》が透けて見える柔らかい和菓子の葛桜との取り合わせには、戦時中に国威発揚の象徴とされた桜のイメージへのアンチテーゼが込められているのではないでしょうか。

菟絲子の句の「ためらはで」は、「ためらふ」の未然形＋助詞「で」で「ためらわないで」の意。地に堂々と立つ牡丹の風格を愛しているため、風に曝《さら》される姿は剪らずにいられないものなのでしょう。

芭蕉の句の「ぬぐはばや」は、「ぬぐふ」の未然形に願望の助詞「ばや」が接続したもので「ぬぐおう」の意を表しています。紀行文『笈《おい》の小文《こぶみ》』の句で、奈良の唐招提寺《とうしょうだいじ》で鑑真《がんじん》和上《わじょう》像を拝して作った句として知られています。

＊

さて、ここまでハ行四段動詞の未然形語尾に「は」が現れるケースを、助動詞が付く場合と助詞が付く場合に分けて見てきましたが、ここで一つ質問です。これらの助動詞「ず」「む」「る」「じ」や助詞「ば」「で」「ばや」が、旧かなで「は」ではなく、「わ」に接続することはあるでしょうか？

答えは「接続することはない」です。先に、四段動詞にワ行のものは無いとお話ししました。ワ行四段動詞というものが存在しないのですから、未然形にワ行のア段の文字「わ」が現れることもありません。初心の方に起こりがちな誤りに、「×言わず」「×会わむ」「×問わば」などがありますが、旧かなでは「は」が正しいのです。使役・尊敬の助動詞「す」や、願望の助詞の「な」と「なむ」なども未然形接続の語ですが、これらについても同様に、「×言わす」「×言わな」「×言わなむ」のような形になることはありえません。旧かなでは必ず、「言はす」「言はな」「言はなむ」のような形になります。新かなに引きずられてつい「わ」を使いそうになったときは、この原理を思い出して、誤りを避けてください。

それではここで、「言ふ」の未然形「言は」を基にして出来た言葉を二つ紹介しておきましょう。

橙《だいだい》のいはゆる贋《にせ》の記憶かな　田中裕明《たなかひろあき》

桃曰《いわ》く憂《う》きものはわが種なりと　河原枇杷男《かわはらびわお》

新かなの「いわゆる」は、旧かなでは「は」を使います。そもそもは「いは（言は）」に上代の受身の助動詞「ゆ」の連体形「ゆる」が接続して出来た言葉で、「（世間一般に）言われる」という意味はそこから来ているのです。

「曰く」も新かなでは「いわく」ですが、旧かなでは「いはく」となります。こちらは「いは（言は）」に

旧かなで「は」を含む語一覧

ア行

あぢはふ（味はふ）　あは（淡）　あは（粟）　あは（安房）　あは（阿波）　あはし（淡し）　あはす（合はす）　あはひ（間）　あはび（鮑）　あはゆき（淡雪）　あはれ（哀れ）　あはれぶ（哀れぶ）　あはれむ（哀れむ）　あらは（顕）　あらはす（表す）　あらはる（現る）　いたはし（労し）　いたはる（労る）　いつはる（偽る）　いとはし（厭はし）　いは（岩）　いはく（曰く）　いはくら（磐座）　いはけなし（稚けなし）　いはふ（祝ふ）　いはほ（巌）　いはゆる（所謂）　いはれ（謂れ）　いまは（今際）　いまはし（忌まはし）　うけたまはる（承る）　うたがはし（疑はし）　うちは（団扇）　うつは（器）　うは（上）　うはごと（譫言）　うはさ（噂）　うはばみ（蟒蛇）　うるはし（麗し）　おこは（御強）　おはす（御座す）　おもはく（思惑）

カ行

かかはる（関はる）　かぐはし（芳し）　かしは（柏）　かたはら（傍ら）　かは（川）　かは（皮）　かはうそ（獺）　かはごろも（皮衣・裘）　かはす（交はす）　かはせみ（翡翠）　かはたれ（彼は誰）　かはづ（蛙）　かはや（厠）　かはら（川原）　かはら（瓦）　かはらけ（土器）

「く」が付いた言葉です。「く」は、さまざまな語に付いて「～すること」という意味を作る接尾語で、この用法を「ク語法」と言います。「曰く」の「言うこと（には）」という意味はそこから来ています。

願はくは滴《したた》りこそを死水《しにみず》に　大木《おおき》あまり

右の「願はく」もハ行四段動詞「願ふ」の未然形「願は」に「く」が付いたもので、「願うこと（には）」の意です。また、「思うこと」の意の「おもわく（思惑）」も、旧かなでは「おもはく」と書きます。「惑」という当て字に引きずられて誤りがちですが、ハ行四段動詞「おもふ」の未然形「おもは」に「く」が付いた語なのです。

＊

最後に、ハ行四段動詞の締めくくりとして、関連する形容詞について一言付け加えましょう。

かはる（変はる）　きは（際）　きはまる（極まる）　きはみ（極み）　きはむ（極む）　きはやか（際やか）　くちなは（蛇）　くは（桑）　くは（鍬）　くはし（詳し・細し）　くはだつ（企つ）　くはふ（銜ふ）　くはふ（加ふ）　けはし（険し）　けはひ（気配）　けはひ（化粧）　こだはる（拘る）　こはし（怖し）　こはし（強し）　こはす（壊す）　こんばんは（今晩は）

サ行

さいはひ（幸ひ）　さきはふ（幸ふ）　さは（沢）　さは（多）　さはる（触る・障る）　しあはせ（幸せ）　したはし（慕はし）　しはがる（嗄る）　しはす（師走）　しはぶく（咳く）　すなはち（即ち・則ち）　せとぎは（瀬戸際）　せはし（忙し）

タ行

たくはふ（蓄ふ）　たけなは（闌）　たたなはる（畳なはる）　たはぶる（戯る）　たはむる（戯る）　たはむれ（戯れ）　たはやすし（容易し）　たまはる（賜る）　つかはす（遣はす）　つたはる（伝はる）　つはぶき（石蕗）　つはもの（兵）　てざはり（手触り）　ときは（常盤）　とは（永遠）

時鳥《ほととぎす》人待つ吾《われ》のいとはしく

岩田由美《いわたゆみ》

「いとはしく（厭はしく）」はハ行四段動詞「いとふ（厭ふ）」と関連する形容詞「いとはし（厭はし）」の連用形です。この他にも、ハ行四段動詞とそれに関連する形容詞として「ふさふ（相応ふ）」と「ふさはし（相応はし）」、「ねがふ（願ふ）」と「ねがはし（願はし）」、「わづらふ（煩ふ）」と「わづらはし（煩はし）」などが挙げられます。いずれも旧かなでは「は」が正しいものです。

これで「わ」と「は」の使い分けのうち、「は」を使う言葉については終わりです。文中で触れられなかった多くの語については、前ページに掲載した「旧かなで『は』を含む語一覧」をご覧ください。作句に使えそうな語という視点で選んだものです。

ナ行	ハ行	マ行	ヤ行	ワ行
なは（縄） なはしろ（苗代） ならはし（習はし） なりはひ（生業） にぎはふ（賑はふ） には（庭） にはか（俄） にはたづみ（潦） にはとこ（接骨木） にはとり（鶏） ぬなは（蓴） ねがはくは（願はくは） ねがはし（願はし）	ひときは（一際） びは（枇杷） びは（琵琶） ひまはり（向日葵） ふさはし（相応し）	まぎは（間際） まぎらはし（紛らはし） まぎらはす（紛らはす） まぐはひ（目合） まじはる（交はる） まつはる（纏はる） まどはす（惑はす） まはす（回す） まはり（回り） まはる（回る） みぎは（汀） みづぎは（水際） みそなはす（見そなはす） みなぎは（水際）	やはらか（柔らか） やはらぐ（和らぐ） やまぎは（山際） ゆには（斎庭） よこたはる（横たはる） よは（夜半） よはひ（齢）	をはり（終はり） をはる（終はる）

3
「わ」を使う言葉①
いわし・くつわ など

熊笹《くまざさ》に濁流の跡いわし雲　矢島渚男《やじまなぎさお》

くつわ虫のメカニズムの辺《へ》を行き過ぎぬ　中村草田男《なかむらくさたお》

どちらも秋の野外の句です。渚男の句は、上五《かみご》・中七《なかしち》で足元に残る嵐の痕跡《こんせき》に目を向け、下五《しもご》で一転して頭上の秋空を描く手際が鮮やかです。草田男の句は、小刻みに金属が擦《す》れ合うようなクツワムシの音《ね》を、「メカニズム」（機械仕掛けの意）という語で捉《とら》えたところが面白いですね。

「いわし雲」の「いわし」と「くつわ虫」の「くつわ」は、新かなでも旧かなでも「わ」を使う言葉の例です。「いわし」は語中（言葉の途中）に「わ」を含む例、「くつわ」は語末（言葉の末尾）に「わ」が付く例です。

実は、旧かなで語中・語末に「わ」が現れるという、この二つのような言葉は少数派です。新かなで語中・語末に現れる「わ」の多くは、旧かなでは「は」であるからです。たとえば次のように。

身のまはりすこし片付け籠枕《かごまくら》　細川加賀《ほそかわかが》

くちなはをゆたかな縄と思ひけり　櫂《かい》　未知子《みちこ》

新かなの「まわり（回り）」「くちなわ（蛇）」の「わ」は、旧かなでは右のように、「は」と書きます。これはほんの一例ですが、このように新かなの語中・語末の「わ」は、旧かなでは「は」である場合がすこぶる多いのです。新かなでも旧かなでも「わ」を使い、かつ、俳句でかな書きにしがちな語はそう多くありませんので、出会ったらその都度覚えてしまいましょう。

それではまず「いわし」です。この語はこの本ですでに三度登場していますのでもうお馴染《なじ》みですね。語源には諸説ありますが、魚偏に弱と書く「鰯」という漢字（これは日本で作られた国字）からも想像されるように、形容詞の「よわし（弱し）」とする説が有力です。

＊

ひな芥子《げし》は花びら乾き茎よわし　芥川《あくたがわ》龍《りゅう》之《の》介《すけ》

ヒナゲシの花の姿を細かく描写した句です。形容詞の「弱し」も、「×よはし」と誤りそうですが、「よわし」が正しい旧かなです。動詞の「よわる（弱る）」もかなづかいは「わ」です。

＊

次に「くつわ虫」の「くつわ（轡）」ですが、「くち（口）」に付ける「わ（輪）」の「口輪」から来たという説が有力です。

「くつわ」のように「わ（輪）」が付いた語は他にも多くあります。

国男忌《くにおき》や煙草《たばこ》すひ継ぐおもわ顕《た》つ　角川源義《かどかわげんよし》

「国男忌」は、昭和三十七年八月八日に没した民俗学者・柳田國男《やなぎたくにお》の忌日です。「おもわ（面輪）」は顔を意味する「おも（面）」に輪郭《りんかく》の意の「わ（輪）」が付いた語で、顔、顔面の意です。作者の角川源義は柳田國男に師事し民俗学を学びました。無類の愛煙家だった柳田國男の面影《おもかげ》が浮かぶ句ですね。「わ（輪）」が付く言葉には、他に「くるわ（郭・廓・曲輪）」「はにわ（埴輪）」などもあります。

また、「わ」には、「山裾《やますそ》・川・海岸などの曲がりくねったところ」という意の「わ（回・曲）」もあります。

ことづてよ須磨《すま》の浦わに昼寝すと　正岡子規《まさおかしき》

「うらわ（浦回）」は「入り組んだ海岸」の意です。子規は日清《にっしん》戦争の従軍記者として大陸に渡りましたが、帰国途中の明治二十八年五月に喀血《かっけつ》して入院、同年七月下旬から須磨保養院に転院してほぼ一か月間療養しました。この句は付き添っていた高浜虚子《たかはまきょし》が先に帰郷する際に詠《よ》んだ句で、「虚子の東帰にことづて、東の人々に申遣はす」という前書があります。現在須磨浦公園にはこの句と〈月を思ひ人を思ひて須磨にあり　高浜虚子〉を並べて刻んだ句碑があります。

さて、これらの「わ（輪）」「わ（回・曲）」が付く語の例から推察されるように、旧かなで「わ」が語中・語末に現れる語は、実は「わ」で始まる語を含んでいる、という場合が多いのです。たとえば、

さわらびや山犇《ひしめ》ける甲斐信濃《かいしなの》　小澤《おざわ》實《みのる》

このわたを立つて啜《すす》れる向うむき　飴山《あめやま》實《みのる》

芽を出したばかりの蕨《わらび》を表す「さわらび（早蕨）」は、接頭語「さ」＋「わらび（蕨）」です。海鼠《なまこ》の腸《はらわた》の塩《しお》辛《から》である「このわた（海鼠腸）」は、海鼠の異名の「こ」＋「の」＋「わた（腸）」です。

その他に「わ」が現れる語としては、「わざ（業・技）」を含む「しわざ（仕業）」「ことわざ（諺）」などが挙げられます。また、一五ページでお話しした「あわ（泡）」を含む「あわゆき（泡雪・沫雪）」「あわもり（泡盛）」「しほなわ（潮泡）」「みなわ（水泡）」なども語中・語末に「わ」が現れる例です。このように書きだしてみると、「さわらび（早蕨）」以下、右に挙げた語はどれも、かなづかいを誤る心配はさほどなさそうです。

余談ですが、諺《ことわざ》の「濡《ぬ》れ手で粟《あわ》」の「粟」を「泡」と誤用する例を見ることがあります。「粟」の旧かなは「あは」ですので、「あわ（泡）」とセットにして覚えてしまいましょう。

4
さわぐ・たわむ など
「わ」を使う言葉②

湯気ほのと漉紙《すきがみ》かわく土《ど》間《ま》明《あか》り　柴田《しばた》白葉女《はくようじょ》

莨《たばこ》干す壁に西日のよわりかな　正岡《まさおか》子《し》規《き》

紙漉の作業場の情景を描く白葉女の句とタバコの葉を干す情景を詠《よ》む子規の句です。ともに、繊細なタッチで光を捉《とら》えている点が印象的ですね。さて、白葉女の句の「かわく（乾く）」は、旧かなで語中に「わ」を含む動詞の一つです。「×かはく」と誤る例を見ることが比較的多いですが、水分が火気で熱くなる意の「気沸《けわ》く」が転じたなどと言われる語でかなづかいは「わ」です。また、子規の句の「よわり」は動詞「よわる（弱る）」の連用形が名詞化したもので「弱ること・衰え」の意です。この動詞「よわる」も、かなづかいを「×よはる」と誤る例を見ることがあります。

今回は「かわく」「よわる」のように、語中に「わ」を含む動詞について、関連語も含めてお話しします。

＊

それではまず、「さわぐ（騒ぐ）」から始めましょう。この語については、一三ページで、「しほさゐ（潮騒）」の「さゐ」の関連語であり、かなづかいは「わ」であるとお話ししました。

葉桜の中の無数の空さわぐ　篠原《しのはら》梵《ぼん》

風に揺れる葉の隙間《すきま》からちらちら見える空を「無数の空」と表現し、その「無数の空」自身が命あるもののように「さわぐ」と見立てた句です。この句の場合、「さわぐ」が漢字ではなくかな書きにされることで、動きの生々しさが増しているように感じられないでしょうか。
「さわぐ」は擬態語の「さわ」が動詞化した語ですが、他にも「さわ」を基にした語は「さわがす（騒がす）」「さわがし（騒がし）」「さわさわ」など、俳句に数多く使われます。

さみしくて虫売《むしうり》は虫さわがすや　成瀬櫻桃子《なるせおうとうし》
降り出して山さわがしき茸《きのこ》かな　岸田稚魚《きしだちぎょ》
蜘蛛《くも》の脚《あし》さわさわと翳《かげ》もつるるも　角谷昌子《かくたにまさこ》

ちなみに、「さわ」の濁音「ざわ」を基にした「ざわめく」「ざわざわ」も、かなづかいは「わ」となります。

春障子《はるしょうじ》あまたざわめくものの影　藺草慶子《いぐさけいこ》
ざわざわと蝗《いなご》の袋盛上がる　矢島渚男《やじまなぎさお》

＊

次は「たわむ（撓む）」です。

大たわみ大たわみして鶸《ひわ》わたる　上村占魚《うえむらせんぎょ》

「たわみ」は「たわむ」の連用形が名詞化したものです。ワの音を四度繰り返すことで、渡り鳥の群のダイナミックな動きが鮮やかに印象づけられた句です。
「たわむ（撓む）」にも「たわわ（撓）」「たわたわ（撓撓）」を始めとして、関連語が多くあります。

渋柿たわわスイッチ一つで楽湧《がくわ》くよ　中村草田男《なかむらくさたお》
竿燈《かんとう》のたわたわとはたおぼおぼと　西村和子《にしむらかずこ》

他にも、山の尾根などの窪《くぼ》んで低くなったところを表す「たわ（撓）」、なよなよと優しい女性の意の「たわやめ（手弱女）」などがあり、いずれもかなづかいは「わ」です。
また、「たわやめ」と同じ意味の言葉に「たをやめ（手弱女）」があります。「たを」は「たわ」の変化したもので、この「たを」を含む語には他に「たをやか」

などがあります。「たをやめ」「たをやか」のかなづかいに迷ったときは「たわ」と同じワ行（わ・ゐ・う・ゑ・を）だということを思い出せば、「×たおやめ」「×たおやか」という誤りを防ぐことができます。

＊

続いて「あわつ（慌つ）」です。

たけのこを茹《ゆ》でていそがずあわてずに

黒田杏子《くろだももこ》

茹で方一つでおいしさを損なってしまうのが筍《たけのこ》です。「いそがずあわてず」とは、この季節の味を楽しむためのこつですね。

「あわつ（慌つ）」の「あわ」については「あわ（泡）」が語源という説が有力ですが、同じく「あわ（泡）」が語源と考えられているものに「あわただし（慌ただし）」があり、これもかなづかいは「わ」となります。

＊

続いて「うわる（植わる）」と「すわる（据わる・座る）」

旧かなで「わ」を含む語一覧

ア行	あわ（泡・沫）　あわただし（慌ただし）　あわつ（慌つ）　あわもり（泡盛）　いひわけ（言訳）　いわし（鰯）　うちわ（内輪）　うらわ（浦曲）　うわる（植わる）　おほわた（大綿）　おほわだ（大曲）　おほわらは（大童）　おもわ（面輪）
カ行	かみわざ（神業）　かわく（乾く）　くつわ（轡）　くるわ（郭・廓・曲輪）　ことわざ（諺）　ことわり（理）　ことわる（断る）　このわた（海鼠腸）　こわいろ（声色）　こわね（声音）
サ行	さわがし（騒がし）　さわぐ（騒ぐ）　さわさわ　ざわざわ　ざわめく（騒めく）　さわらび（早蕨）　しほなわ（潮泡）　しわ（皺）　しわけ（仕分け）　しわざ（仕業）　しわむ（皺む）　すそわ（裾曲）　すわる（据わる・座る）
タ行	たわ（撓）　たわむ（撓む）　たわやめ（手弱女）　たわわ（撓）　たわたわ（撓撓）

です。

田が植わる小学生は九時に寝よ　宮坂静生《みやさかしずお》
雪やみて山嶽《さんがく》すわる日のひかり　飯田蛇笏《いいだだこつ》

静生の句を読むと、深夜まで起きていがちな当世の小学生が慮《おもんぱか》られます。蛇笏の句からは、雪晴れの堂々たる山の姿が彷彿《ほうふつ》とします。さて、この「うわる（植わる）」「すわる（据わる・座る）」は自動詞（他に働きかける意味を持たず、主体の動作・作用を示す語）なのですが、対応する他動詞（他に働きかける意味を持つ語）の「うう（植う）」「すう（据う）」（九四ページ参照）の「う」と一緒にかなづかいを覚えるのが良いでしょう。

自動詞　他動詞
うわる（植わる）――うう（植う）
すわる（据わる・座る）――すう（据う）

傍線部の「わ」と「う」はともにワ行（わ・ゐ・う・

ナ行	ハ行	マ行	ヤ行	ワ行
のわき（野分）　のわけ（野分）	はにわ（埴輪）　はらわた（腸）	みなわ（水泡）　むぎわら（麦藁）	よわし（弱し）　よわる（弱る）	わ（輪）　わ（回・曲）　わき（脇）　わく（分く）　わけ（訳）　わざ（業）　わた（海）　わた（腸）　わた（綿）　わぶ（侘ぶ）　わら（藁）　わらは（童）　わらび（蕨）

ゑ・を）です。また、次の二句。

田を植ゑて浄土《じょうど》夢みる風吹けり　福田甲子雄《ふくだきねお》

正客《しょうきゃく》に山を据《す》ゑたり武者飾《むしゃかざり》　野中亮介《のなかりょうすけ》

「うゑ（植ゑ）」「すゑ（据ゑ）」は「うう（植う）」「すう（据う）」の連用形で、ワ行の「ゑ」を使います。

＊

それでは最後に「ことわる（断る）」です。

焼過ぎた尻《しり》をことわる柚味噌《ゆみそ》かな　太祇《たいぎ》

一読して、香りが漂ってくる句です。

「ことわる」の「わ」も「は」と勘違いされがちですが、この語はそもそもは「こと（事・言）」に「わる（割る）」が付いて出来た語です。ものごとの筋道をはっきりさせるというのが原義で、拒絶するという意味はそこから生まれました。第3回で、旧かなで「わ」が語中・語末に現れる語は、実は「わ」で始まる語を含む場合が多い、とお話ししましたが、「ことわる」もその一つです。ものごとの道理という意味の「ことわり（理）」も同じく「こと（事・言）」に「わり（割り）」が付いたものですので、かなづかいは「わ」となります。

＊

これで「わ」と「は」の使い分けについてのお話は終わりです。作句に使えそうな「旧かなで『わ』を含む語一覧」を前ページに掲載しています。

第2章

いとゐとひの使い分け

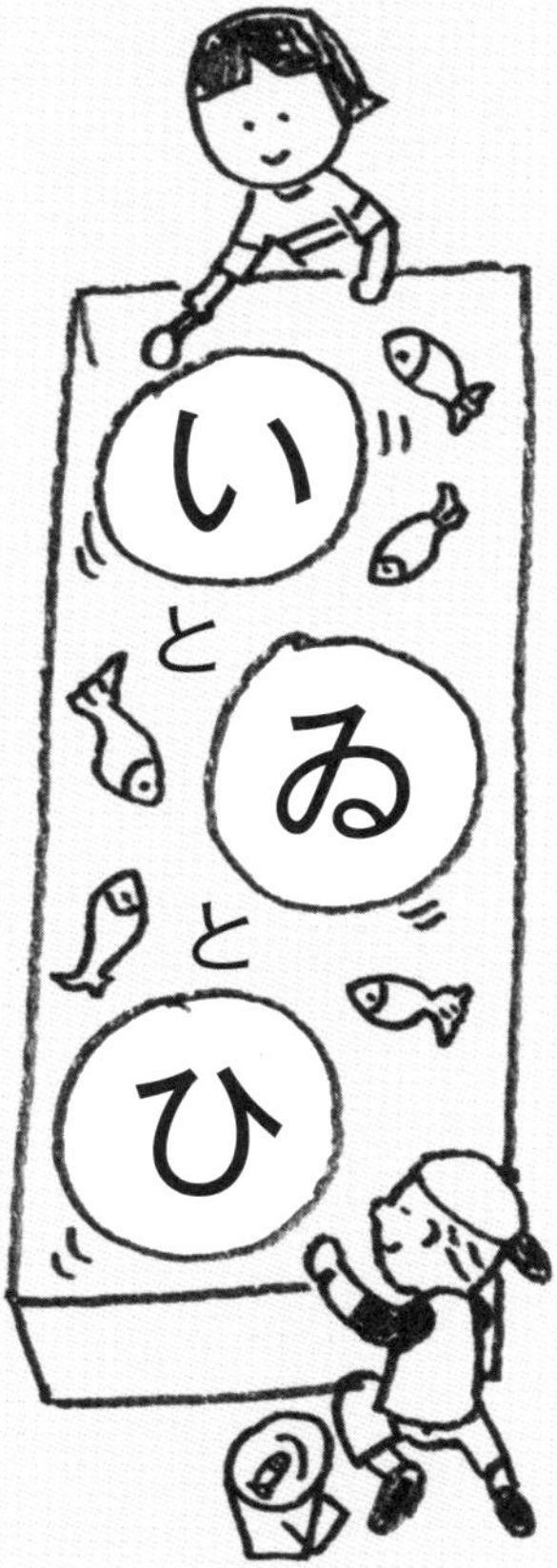

5

「い」を使う言葉①

いつ・いにしへ など

たんぽぽや日はいつまでも大空に　中村汀女《なかむらていじょ》

老いらくのはるばる流し雛《びな》に逢《あ》ふ　大野林火《おおのりんか》

ぜんまいののの字ばかりの寂光土《じゃっこうど》　川端茅舎《かわばたぼうしゃ》

雛《ひな》の部屋座敷童《ざしきわらし》のゐるやうな　浦川聡子《うらかわさとこ》

春めくや人さま〴〵の伊勢《いせ》まゐり　荷兮《かけい》

生さざえ嚙《か》めばしほさゐ胸に鳴る　上村占魚《うえむらせんぎょ》

うぐひすのケキョに力をつかふなり　辻《つじ》　桃子《ももこ》

どの山のさくらの匂ひ桜餅《さくらもち》　飴山《あめやま》　實《みのる》

汀女の「たんぽぽ」の句から實の「桜餅」の句まで、どの句からも春の趣《おもむき》がしみじみと感じられますね。

さて、上の句の中にある「いつ（何時）」「老いらく」「ぜんまい（薇）」「ゐる（居る）」「まゐり（参り）」「しほさゐ（潮騒）」「うぐひす（鶯）」「匂ひ」はいずれも、新かなで傍線部を「い」と書く言葉です。

新かなの「い」は、旧かなでは「い」と「ゐ」と「ひ」の三通りに使い分けます。今回はそのうちの「い」を使うタイプ、なかでも「いつ（何時）」のように語頭（言葉の最初）に「い」を使うタイプの語を紹介します。

＊

いつまでもいつも八月十五日　綾部仁喜《あやべじんき》

「いつまでも」「いつも」の畳みかけに深い思いが籠《こ》る句です。この句で二度繰り返されている「いつ（何時）」は、不定称の指示代名詞（定まらない事物や場所、方向の代名詞）と呼ばれるものの一つです。不定称の指示代名詞は「いつ（何時）」以外にも俳句に数多く使われ、ほとんどの場合かな書きにされます。

いづかたも水行く途中春の暮　永田《ながた》耕衣《こうい》
いづくにも虹のかけらを拾ひ得ず　山口誓子《やまぐちせいし》
鳥帰るいづこの空もさびしからむに　安住《あずみ》敦《あつし》
寝ごゝろやいづちともなく春は来《き》ぬ　蕪村《ぶそん》

「いづかた（何方）」「いづく（何処）」「いづこ（何処）」「いづち（何方）」の他にも、「いづへ（何辺）」「いづら（何ら）」「いづれ（何れ）」などがあり、すべてかなづかいは「い」です。

＊

遠雷《えんらい》のいとかすかなるたしかさよ　細見《ほそみ》綾子《あやこ》

次は、「いと」に着目してみましょう。「いと」は「甚《はなは》だしいさま」「並々でないさま」をいう副詞です。右の句はきわめてかすかな音を聞き止めた句ですが、綾子は自解で「遠くであるから、かすかであるから、たしかさなのだ、と思ったのがその時の発見といえようか。それ以来私は、たしかなものは、かすかなのではないかと思うことがある」と語っています。含蓄《がんちく》のある言葉ですね。

「いと」には関連語として「いとど」「いとどし」がありますが、ともにかなづかいは「い」です。「いとど」は「いと」を重ねた「いといと」が変化した副詞で「ますます甚だしい」の意。「いとどし」は「いとど」が形容詞化した語です。

ちなみに秋の季語の「いとど」も「い」を使います。「いとど」は昆虫のカマドウマのこと。次の句は、新鮮な小海老《こえび》の中でカマドウマが跳《は》ねる漁師小屋の情景を詠《よ》んだものです。

海士《あま》の屋《や》は小海老にまじるいとゞ哉《かな》　芭蕉《ばしょう》

さて、「いと」と同じ語源の言葉に「いた（痛・甚）」があります。「いた（痛・甚）」は「甚だしいさま」「苦痛なさま」などをいいますが、これが基になるとされる語は数多くあります。たとえば「いたし（痛し・甚し）」「いたく（甚く）」「いたいけ（幼気）」「いたつき（労き・病）」「いたはし（労し）」「いたはり（労り）」「いたはる（労る）」「いたむ（痛む・悼む・傷む）」などは、俳句にもよく使われます。

ながむとて花にもいたしくびの骨　宗因《そういん》
春水《しゅんすい》をたゝけばいたく窪《くぼ》むなり　高浜虚子《たかはまきょし》
いたいけに蝦《かえる》つくばふ浮葉《うきは》哉《かな》　仙化《せんか》
雪積むは深きいたはり積みにけり　齋藤《さいとう》玄《げん》
いたつきに名のつき初《そ》むる五月雨《さつきあめ》　正岡子規《まさおかしき》

子規の句の「いたつき（労き・病）」は「苦労する、病気になる」の意の動詞「いたつく（労く）」の連用形が名詞化したもので、ここでは「病」の意で使われています。

＊

続いて、動詞の「いぬ（往ぬ・去ぬ）」と「いぬ（寝ぬ）」のお話です。ともに新かなでも旧かなでも「い」を使います。

いね〳〵と人にいはれつ年の暮　路通《ろつう》

路通は奇行も多かった漂泊の僧で、蕉門《しょうもん》の俳人です。「いねいね」は、動詞「いぬ（往ぬ・去ぬ）」の命令形「いね」を重ねた表現で、「行ってしまえ」の意。慌《あわただ》しい年の暮に、誰からも相手にされず、すげなくあしらわれているのです。

この「いぬ（往ぬ・去ぬ）」から生まれた語に「いにしへ（古）」があります。「過ぎ去った昔」すなわち「往《い》にし方《へ》」がそもそもの意味です。

いにしへの雨を見てゐる雛《ひいな》かな　佐藤郁良《さとういくら》

現実に降る雨の向こうに古き時代の雨を見ているかのように美しい雛の様子が描かれています。

さて「いぬ（寝ぬ）」のほうですが、これにちなむ興味深い言葉に「いねつむ（稲積む）」があります。

いねつむやいまだに除夜《じょや》の夢心　月窓《げっそう》

「いねつむ（稲積む）」は寝ることを指す正月の忌詞《いみことば》です。正月に寝ることを忌んで「いぬ（寝ぬ）」という語を直接使うのを避け、連用形の「いね（寝ね）」と同音の「いね（稲）」に言い換え、「積む」を補って縁起の良い言葉に仕立てたものです。もちろん、「いね（稲）」も「いぬ（寝ぬ）」と同様に、新かなでも旧かなでも「い」から始まる言葉です。

「いぬ（寝ぬ）」の関連語には、寝ることを表す名詞「い（寝）」があります。「うまい（旨寝・熟寝・熟睡）」などの形で俳句でも使われますが、もっぱら漢字で書かれ、かな書きにされる例はあまり見ません。

＊

それでは最後にかなづかいを「ゐ」と誤りやすい語をいくつかまとめてお話しします。

妻と寝て銀漢《ぎんかん》の尾に父母います　鷹羽狩行《たかはしゅぎょう》

妻を得たことで、生み育ててくれた父母を慕《した》い感謝する気持ちが改めて募るのでしょう。夫婦の上に輝く銀漢の煌《きら》めきは遠い父母に繋《つな》がっているのです。この句の「います（坐す）」を「ゐる（居る）」と混同して、「×ゐます」と誤る例を見ることがありますが、両者は全く別の言葉です。「います（坐す）」は、「いらっしゃる」「おいでになる」の意の尊敬語で、かなづかいは「い」です。

我里《わがさと》はどうかすんでもいびつなり　一茶《いっさ》

「いびつ（歪）」は「いひびつ（飯櫃）」から来た言葉です。飯を入れる木製の容器である飯櫃の多くは楕円《だえん》形であるため、そこから、歪《ゆが》んでいるさまをいう「いびつ（歪）」という言葉が生まれたと言われています。

白日《はくじつ》のいかづち近くなりにけり　川端茅舎

「いかづち（雷）」は「いか（厳）」という語が基になっています。形容詞「いかめし（厳めし）」にも分かるように、「いか（厳）」は荒々しく厳《おごそ》かなさまのこと。「つ」は、一二一ページで紹介した「庭つ鳥」の「つ」

と同じく、「の」の意味を持つ語。「ち」は「霊」のことです。すなわち「いかづち（雷）」とは、「荒々しく厳かな霊」の意味で、畏敬《いけい》の念が込められた言葉です。

さてここまで、新かなでも旧かなでも「い」から始まる言葉をいくつか取り上げてきましたが、実は、新かなで「い」から始まる言葉の圧倒的多数は、旧かなでも「い」から始まります。

「ゐ」から始まる言葉ももちろん存在しますが、俳句でかな書きにされる頻度《ひんど》が高いものは、管見《かんけん》の限りでは、「ゐのこづち（牛膝）」「ゐもり（蠑螈）」「ゐる（居る）」の三語です。新かなで「い」から始まる言葉は、旧かなでもほぼ「い」から始まると考えてかまいません。ちなみに新かなで「い」から始まる言葉の中に、旧かなで「ひ」から始まる言葉は存在しません。

6

イ音便の「い」

「い」を使う言葉②

揚羽蝶《あげはちょう》おいらん草にぶら下る　高野素十《たかのすじゅう》

おしろいが咲いて子供が育つ路地《ろじ》　菖蒲《しょうぶ》あや

　オイランソウは紅や白の小花を鞠《まり》のように咲かせる花です。名前の由来は、花の姿が花魁《おいらん》、あるいは花魁の花簪《かんざし》に似るからとも、香りが花魁の白粉《おしろい》に似るからとも言われています。素十の句は、その花と大ぶりなアゲハチョウとの艶《あで》やかな情景を活写したものです。あやの句の「おしろい」はオシロイバナのことです。オシロイバナが咲く夕刻に路地で遊ぶ子どもたちは、大人たちに守られてすくすくと育っていくのでしょう。

　上の句の「おいらん草」と「おしろい（白粉）」は、新かなでも旧かなでも「い」を使う言葉の例です。「おいらん（花魁）」は語中（言葉の途中）に「い」を含む例、「おしろい」は語末（言葉の末尾）に「い」が付く例です。

　それではまず「おいらん」です。語源には諸説がありますが、江戸吉原で妹分の女郎や禿《かむろ》が姉女郎をさして「おいらの（姉女郎）」または「おいらが（姉女郎）」と言ったところから来たという説が広く知られています。続いて「おしろい」ですが、これは「白い」に「お（御）」が付いた語とされています。「おいらん」も「おしろい」も、旧かなでは「ゐ」や「ひ」かと思われがちですが、かなづかいは「い」です。

　ところで、「おしろい」の基になっている「白い」ですが、これはそもそもは文語形容詞「白し」の連体形「白き」で、その「き」が発音しやすいように「い」の音に変わったものです。このように、発音しやすいよう、音が変化することを音便《おんびん》と言います。音便にはイ音便・ウ音便・撥《はつ》音便・促《そく》音便の四種類があり、「い」に変わるパターンはイ音便です。旧かなで語中・語末に現れる「い」にはこのイ音便の例が多くありますので、次にイ音便のお話をすることにいたしましょう。

＊

それではイ音便ですが、その前にまず、音便の全体像を大まかに摑《つか》んでおきましょう。

音便には次の四種類があります。

①イ音便…「い」に変わる
②ウ音便…「う」に変わる
③撥音便…撥音（「ん」と撥《は》ねる音）に変わる
④促音便…促音（「っ」と詰まる音）に変わる

右の表だけでは面白味に欠けますので、俳句を例にとりましょう。いずれも四段動詞の連用形に音便が現れた例です。

①イ音便　蟇《ひき》ないて唐招提寺《とうしょうだいじ》春いづこ　水原秋櫻子《みずはらしゅうおうし》
②ウ音便　凍蝶《いてちょう》の己が魂《たましい》追うて飛ぶ　高浜虚子《たかはまきょし》
③撥音便　大海の端踏んで年惜しみけり　石田勝彦《いしだかつひこ》
④促音便　翅《はね》わつててんたう虫の飛びいづる　高野素十

まず①は、カ行四段動詞「なく（鳴く）」の連用形「なき」の下に助詞「て」が付いた「なきて」が「ないて」と変化した例です。

②は、ハ行四段動詞「追ふ」の連用形「追ひ」の下に助詞「て」が付いた「追ひて」が「追うて」と変化した例です。

③は、マ行四段動詞「踏む」の連用形「踏み」の下に助詞「て」が付いた「踏みて」が「踏んで」と変化した例です。

④は、ラ行四段動詞「わる（割る）」の連用形「わ

り」の下に助詞「て」が付いた「わりて」が「わつて」と変化した例です。ちなみにこの「わつて」という表記ですが、旧かなでは詰まる音でも大きい字のままで、小さい字で書くことはしません。新かなで「わって」と小書きにするのとは異なります。

このように四種類の音便がありますが、もちろん音便にするかどうかは作者の判断です。句の流れで「なきて」「追ひて」「踏みて」「わりて」ともとの形でもかまわないわけです。

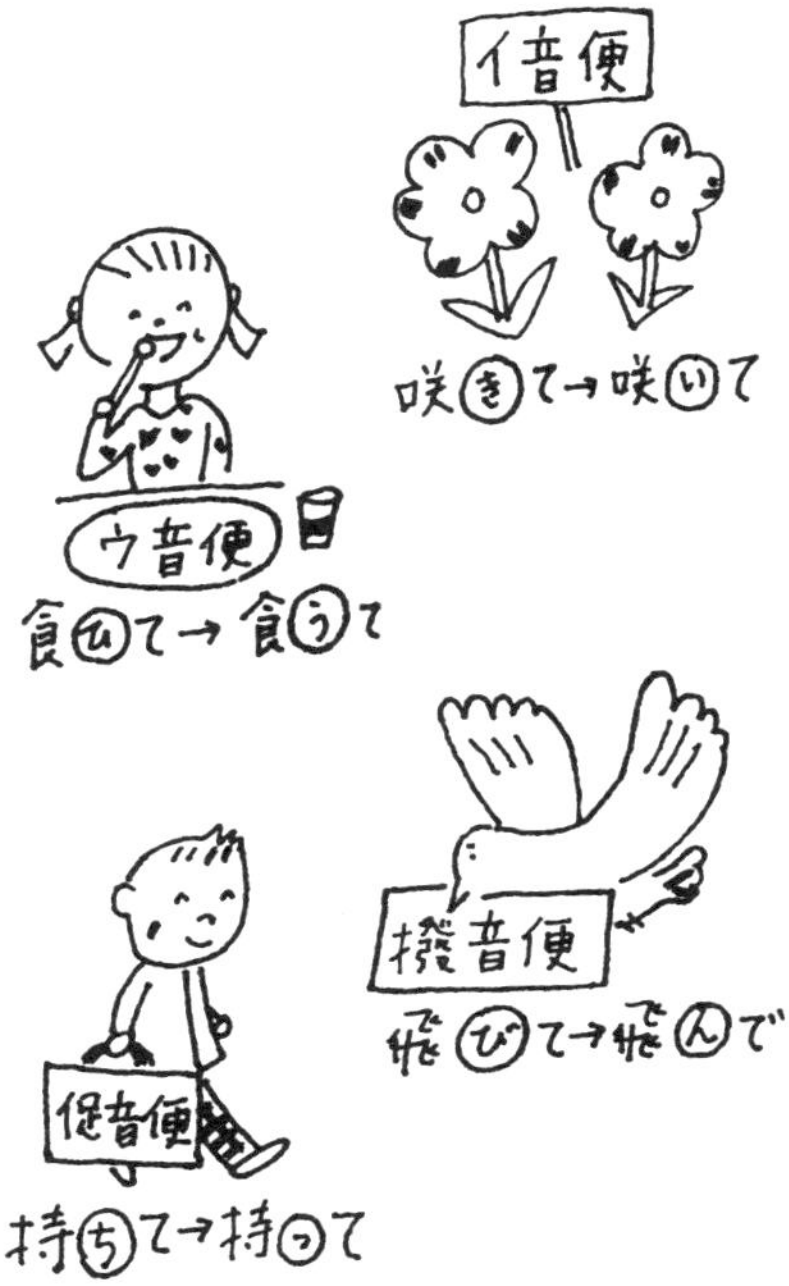

さて、ここで冒頭に掲げたあやの句に戻ってみましょう。

おしろいが咲いて子供が育つ路地　菖蒲あや

冒頭ではこの「咲いて」の「い」に触れませんでしたが、イ音便の例ですね。右の秋櫻子の句の「ないて」の「なく」と同じくカ行四段動詞である「咲く」が使われた例で、連用形「咲き」の下に助詞「て」が付いた「咲きて」が「咲いて」と変化しています。このようにカ行四段動詞の連用形にはイ音便が現れやすいのです。

カ行四段動詞と並んで、連用形にイ音便が現れやすいのは、ガ行四段動詞です。

リラ嗅《か》いで青空がすぐうしろかな　宮津《みやつ》昭彦《あきひこ》
白桃をもいで葉叢《はむら》の下に置く　廣瀬《ひろせ》直人《なおと》

昭彦の句の「嗅いで」の「い」、直人の句の「もいで（捥いで）」の「い」がイ音便です。ガ行四段動詞

「嗅ぐ」「もぐ」の連用形「嗅ぎ」「もぎ」の下に助詞「て」が付いた「嗅ぎて」「もぎて」が変化した例です。

　このようにカ行とガ行の四段動詞にイ音便が現れるケースはよくありますので、覚えておきましょう。何となく「ひ」や「ゐ」を使って「×咲ひて」「×咲ゐて」や「×嗅ひで」「×嗅ゐで」などと誤りがちですが、音便化する前のそもそもの形（「咲きて」「嗅ぎて」）に立ち戻ると「ひ」や「ゐ」を使うのは誤りだと分かります。

＊

　さて右でお話しした「き」と「ぎ」から「い」への変化は四段動詞連用形のイ音便だけでなく、さまざまな語で起こります。特に「き」から「い」への変化が固定化して出来た語は俳句に数多く登場しますので、いくつかを紹介しましょう。

　まず冬の季語としておなじみの「かいつぶり（鳰）」です。

水ひろきところにけふもかいつぶり　倉田《くらた》紘文《こうぶん》

広々とした水に潜《もぐ》っては現れる愛くるしいカイツブリです。「けふも」というのですから、作者は何度も見ているのですね。この「かいつぶり」の語源は、「掻《か》きつ潜りつ」であろうと言われています。「かい」は「かき（掻き）」から来ているのです。「かいつぶり」同様に「かき（掻き）」から変化した語は多くあります。

岸釣や舟曳《ひ》く綱をかいくぐり　木津《きづ》柳芽《りゅうが》

秋思《しゅうし》わが老樹の肌をかい撫《な》でて　富安《とみやす》風生《ふうせい》

「かいくぐり」は「掻き潜り」、「かい撫で」は「掻き撫で」が変化したものです。また、俳句でかな書きにする例はあまり見ませんが、冬の季語の「かいまき（掻巻）」も、読んで字のごとく「掻き巻き」から来ています。船を進める道具の「かい（櫂）」も水を掻く道具ですから、「掻き」から来たものです。

ぬば玉の寝屋《ねや》かいまみぬ嫁が君　芝《しば》不器男《ふきお》

「かいまみ（垣間見）」も同じく「かい」を含む語ですが、こちらは垣の間から見る意が原義ですので、「かき（垣）」から変化したものです。

鳰《にお》のよく潜るさいはひさはにあり　岡井省二《おかいしょうじ》

鉛筆で蟻《あり》をさいなむ夜の机上　片山由美子《かたやまゆみこ》

「さいはひ（幸）」も俳句でかな書きにされることが多い語の一つですが、これも「さきはひ（幸）」という語が変化したものです。省二の句は幾度も水を潜る「鳰」、すなわちカイツブリの姿を、幸いがたくさんあるようだと喜びをもってとらえています。「さはに」とは「たくさん」の意です。

由美子の句は日が落ちても暑さの衰えない夏の夜に、書き物をする情景でしょうか。どこからともなく現れた蟻を鉛筆の先で突いているのです。「さいなむ（苛む）」は「さきなむ」という古形から変化したものです。

禅寺の苔《こけ》をついばむ小鳥かな　高浜虚子

「ついばむ（啄む）」はつついてたべるの意の「突き食《は》む」から来ています。苔寺として有名な京都西芳寺《さいほうじ》に、この句の句碑があります。また、

待ちて今日ぜんまい土をやぶりけり　水原秋櫻子

春の季語「ぜんまい」は、芽が銭《ぜに》の大きさに巻いていることを言う「ぜにまき（銭巻）」から来ているとされています。ふっくらした芽の形状が目に浮かぶたとえですね。

ほかにも、「焚き松」から来た「たいまつ（松明）」や、「つきたち（月立）」から来た「ついたち（一日）」、「なきがしろ（無きが代）」から来た「ないがしろ（蔑ろ）」、「欲しきまま」から来た「ほしいまま（恣）」、「やきば（焼き刃）」から来た「やいば（刃）」など、俳句でおなじみの言葉はまだまだたくさんあります。

7

ヤ行上二段動詞語尾の「い」

「い」を使う言葉③

松は老い鳶《とび》はをさなし春の海　小川軽舟《おがわけいしゅう》

花辛夷《はなこぶし》悔いなき医師の五十年　水原春郎《みずはらはるお》

柿をもらひ柿の一句を報《むく》いけり　正岡子規《まさおかしき》

海辺の松の老樹の上を鳶が舞う情景を描いた軽舟の句からは瑞々《みずみず》しい春の息吹《いぶき》が伝わります。春郎の句は、咲き満ちる辛夷を仰ぎながら、過ぎてきたみずからの職業人生に胸を張るものです。子規の句は晩年に近い作です。柿をもらった御礼に柿の俳句を返すとは、柿好きの子規らしいですね。

さて上の句の「老い」「悔い」「報い」について、旧かなでは「い」ではなく「ゐ」か「ひ」ではないかと思われた方はありませんか。旧かなだと何となく「ゐ」か「ひ」になりそうな感じもしますが、「老い」「悔い」「報い」は新かなでも旧かなでも「い」と書く言葉なのです。

今回はこの「老い」「悔い」「報い」のような「い」、すなわちヤ行上二段動詞「老ゆ」「悔ゆ」「報ゆ」が活用した際の語尾に現れる「い」についてじっくりとお

話します。

それではまず、「老ゆ」「悔ゆ」「報ゆ」のうち、俳句にもっとも多く現れる「老ゆ」を例にとって、ヤ行上二段活用を簡単におさらいしましょう。

未然形……老いず
連用形……老いたり
終止形……老ゆ
連体形……老ゆるとき
已然形《いぜん》……老ゆれども
命令形……老いよ

ヤ行上二段活用

ヤ行上二段活用は右のように「老い」「老い」「老ゆ」「老ゆる」「老ゆれ」「老いよ」と変化します。共通する「老」の部分は語幹です。その下の変化する部分「い」「い」「ゆ」「ゆる」「ゆれ」「いよ」が語尾です。ヤ行上二段活用という名称は、この語尾のそれぞれの一文字目にヤ行の「い」と「ゆ」が現れるところから付けられた名称です。図にしてみましょう。

旧かなで「い」を含む語一覧

ア行

いか（烏賊） いかが（如何） いかづち（雷） いかのぼり（凧） いかるが（斑鳩） いきれ（熱） いくさ（軍） いく（幾） いくり（海石） いさご（砂子・砂・沙） いささ（細小） いさな（鯨・勇魚） いざなふ（誘ふ） いざよひ（十六夜） いさりび（漁火） いたいけ（幼気） いたし（痛し・甚し） いただき（頂） いたち（鼬） いたつき（労き・病） いたづら（徒） いたづら（悪戯） いたどり（虎杖） いたはる（労る） いたむ（痛む・悼む・傷む） いちご（苺） いつくしむ（慈しむ） いづこ（何処） いづれ（何れ） いと（糸） いと いとし（愛し） いとま（暇） いなづま（稲妻） いにしへ（古） いぬ（往ぬ・去ぬ） いぬ（寝ぬ） いね（稲） いのち（命） いは（岩） いばら（茨） いびつ（歪） いほ（五百） いほ（庵） いぼ（疣） います（坐す） いも（薯・芋・藷） いもうと（妹） いよいよ（愈愈） いらか（甍） いりあひ（入相） いる（射る） いる（鋳る） いる（沃る） いわし（鰯） おい（老い） おいらん（花魁） おしろい（白粉） おほいなり（大いなり）

ヤ行　や　い　ゆ　え　よ（い・ゆ：上二段）

ヤ行のウ段とその上のイ段の二種類の文字が現れるため、「ヤ行上二段活用」と呼ぶのです。ちなみに、ヤ行上二段動詞は「老ゆ」「悔ゆ」「報ゆ」の三語しかありません。この機会に覚えてしまいましょう。

＊

それでは、冒頭で話題にした「い」が現れる例を、「老ゆ」を例にとって見ていきましょう。「い」が現れるケースは、未然形の「老い」、連用形の「老い」、命令形の「老いよ」ですが、このうち、頻出する未然形と連用形の例を掲げます。

まず未然形「老い」の例。

新雪《しんせつ》にわが影法師まだ老いず　古賀《こが》まり子《こ》

烏柄杓《からすびしゃく》千本束にして老いむ　飯島《いいじま》晴《はる》子《こ》

「老い」の下に続く打消の助動詞「ず」、意志の助動

カ行	サ行	タ行	ナ行	ハ行
かい（櫂）　かいくぐる（掻い潜る）　かいぞへ（介添）　かいつくろふ（掻い繕ふ）　かいつぶり（鳰）　かいなで（掻い撫で）　かいまみ（垣間見）　きれい（奇麗）　くい（悔い）　こんりんざい（金輪際）	さい（賽）　さいづち（才槌）　さいなむ（苛む）　さいはひ（幸ひ）　さいはて（最果て）　しさい（子細・仔細）　しだい（次第）　ぜんまい（薇）	たいせつ（大切）　たいまつ（松明）　たわいなし（他愛なし）　つい（思わずの意の副詞）　ついたち（一日）　ついたて（衝立）　ついぢ（築地）　ついで（序で・次いで）　ついばむ（啄む）　ついり（梅雨入）　ていねい（丁寧）	ないがしろ（蔑ろ）	ひいき（贔屓）　ひいぢぢ（曽祖父）　ひいばば（曽祖母）　ひいづ（秀づ）　ふい（不意）　ふいご（鞴）　ふくいく（馥郁）　ほしいまま（恣）

詞「む」は未然形接続の性質を持ちますので、この二句の「老い」は未然形です。清らかな新雪にみずからの影を置くまり子の句と、雑節《ざっせつ》の半夏生《はんげしょう》でお馴染《なじ》みの植物の半夏、すなわちカラスビシャクを束ねるという晴子の句は、それぞれの切り口でしのびよる老いへの思いを表しています。

続いて連用形「老い」の例。

椎《しい》咲いて猫のごとくに尼《あま》老いぬ　河野静雲《こうのせいうん》
寒梅や鏡老いたる人の家　八田木枯《はったこがらし》
加留多歌《かるたうた》老いて肯《うべな》ふ恋あまた　殿村菟絲子《とのむらとしこ》
老いながら椿となつて踊りけり　三橋鷹女《みつはしたかじょ》

「老い」の下に続く完了の助動詞「ぬ」と「たり」（「たる」は「たり」の連体形）、及び、助詞「て」と「ながら」はいずれも連用形接続の性質を持つ語ですので、この四句の「老い」は連用形です。猫のような物腰の尼を描く静雲の句と、古びた鏡に古びた室内が映る木枯の句は、不思議な静けさを宿しています。過ぎた恋

マ行	ヤ行
むくい（報い）　めいど（冥途）	やいば（刃）

を静かに肯定する菟絲子の句と、椿の精と化して踊るという鷹女の句も味わい深い作ですね。

＊

それでは最後に、ヤ行上二段動詞「老ゆ」「悔ゆ」

「報ゆ」と同じくヤ行で活用するヤ行上一段動詞「いる（射る）」「いる（鋳る）」「いる（沃る）」についても、簡単に紹介いたします。「いる（射る）」「いる（鋳る）」「いる（沃る）」は「い」「い」「いる」「いる」「いれ」「いよ」と変化し、旧かなでも新かなでも「い」を使います。俳句では左の例のように漢字で書かれ、かな書きの例はまず見ませんが、念のため覚えておきましょう。

つばくらめ来たり廃園射る如《ごと》く　石橋秀野《いしばしひでの》

春立ちて三日嵐に鉄を鋳る　中村草田男《なかむらくさたお》

秀野の句はさびれた園を鋭く飛翔する燕《つばめ》を鮮やかに捉《とら》えています。草田男の句は天候の定まらない早春、厳しい労働に励む人の姿を描くものです。

これで「い」と「ゐ」と「ひ」の使い分けのうち、「い」を使う言葉については終わりです。作句に使えそうな「旧かなで『い』を含む語一覧」を五三―五五ページに掲載しています。

8 「ゐ」を使う言葉

ワ行上一段動詞語尾の「ゐ」、あぢさゐ など

暁方《あけがた》を鹿の群れゐる新樹《しんじゅ》かな　石田郷子《いしだきょうこ》

もつ花におつるなみだや墓まゐり　飯田蛇笏《いいだだこつ》

あゐかりや其日晴《そのひはれ》たる空の色　路通《ろつう》

暁光《ぎょうこう》の中、若葉の樹のあたりに浮かび上がる鹿の群を詠《よ》む郷子の句は、静けさとみずみずしさを宿しています。お盆の墓参りの情景を詠む蛇笏の句は、なんと九歳以前の作ということです。路通の句の「あゐかり（藍刈《あいかり》）」は染料に使う藍の葉を開花前に刈ることで夏の季語。よく晴れた空の下、作業が進められていきます。

さて、上の句の中の「ゐる（居る）」「まゐり（参り）」「あゐ（藍）」は、いずれも旧かなで傍線部を「ゐ」と書く語です。「ゐる（居る）」は語頭に、「まゐり（参り）」は語中に、「あゐ（藍）」は語末に「ゐ」が現れる例。今回はこれら、「ゐ」を使う言葉についてお話しします。

それではまず「ゐる（居る）」から始めましょう。

「ゐる（居る）」はワ行上一段動詞で、次のように変化します。

ワ行上一段活用

未然形……ゐず
連用形……ゐたり
終止形……ゐる
連体形……ゐるとき
已然形《いぜん》……ゐれども
命令形……ゐよ

ワ行上一段動詞の「ゐる（居る）」は、語幹と語尾の区別がない（どこまでが語幹でどこからが語尾か区別できない）

語で、「ゐ」「ゐ」「ゐる」「ゐる」「ゐれ」「ゐよ」と変化します。ワ行（わ・ゐ・う・ゑ・を）のイ段の「ゐ」一種類のみが現れますので、ワ行上一段活用と言います。

郷子の句の「ゐる」は下に「新樹」という名詞が接続していますので連体形の用例です。ちなみに「ゐる（居る）」は俳句では必ずかな書きにされるといっても過言ではありません。同じ漢字を使う「をり（居り）」（ラ変動詞）の連体形「をる（居る）」と見た目が紛らわしくなるのを避けるためと思われます。

「ゐる」は「座る」「存在する」などの意味、また、ある状態が続くという意味などを表す語です。この「ゐる」から生まれた語は多く、いずれもかなづかいは「ゐ」となります。

棚《たな》ふくべゐしきに板をもらひけり　石田勝彦《いしだかつひこ》

ゐなか間のうすべり寒し菊の宿　尚白《しょうはく》

「ゐしき（居敷・臀）」は座席や尻《しり》のことで、勝彦の句の場合は尻の意です。「ふくべ」すなわちヒョウタン

旧かなで「ゐ」を含む語一覧

ア行	あぢさゐ（紫陽花）　あゐ（藍）　うなゐ（髫）　うゐ（有為）
カ行	かもゐ（鴨居）　からくれなゐ（韓紅）　くもゐ（雲居・雲井）　くらゐ（位）　くれなゐ（紅）　くわゐ（慈姑）
サ行	しきゐ（敷居）　しばゐ（芝居）　じふさんまゐり（十三詣り）　しほさゐ（潮騒）　せゐ（所為）
タ行	たちゐ（起居）　つまくれなゐ（爪紅）　とのゐ（宿直）　とりゐ（鳥居）
ナ行	なゐ（地震）
ハ行	はしゐ（端居）　ひきゐる（率ゐる）　ふけゐ（噴井）
マ行	まどゐ（円居・団居）　まゐらす（参らす）　まゐる（参る）　むゐ（無為）　もちゐる（用ゐる）　もとゐ（基）

の底に支えがあてがわれているのでしょう。「ゐなか（田舎）」は、そもそもは田のあるところを示す「田居中」から来た語とされています。尚白の句は、京間に対して短い田舎間（江戸間）のうすべりを嫌ったものです。

「ゐる」の「ゐ」は語末に付いてさまざまな語も作ります。

蒸し寿司のたのしきまどゐ始まれり　杉田久女《すぎたひさじょ》
花どきの鏡山とて泣くしばゐ　久保田万太郎《くぼたまんたろう》
うなゐ髪あぐべくのびぬ卒業す　富安風生《とみやすふうせい》

「まどゐ（円居・団居）」は、人々が円く並び座ることで、そこから「団欒《だんらん》」の意が生まれました。「しばゐ（芝居）」は、芝に設けた席に座って見物したことから生まれた語です。「うなゐがみ（髫髪）」の「うなゐ（髫）」は、うなじの意の「うな（項）」に「ゐ（居）」が付いたと考えられています。髪をうなじで束ねたり、そのあたりに垂らしたりする子どもの髪型「うなゐ」に対し、長く伸びた髪を結い上げる「髪上げ」が昔の女性の成人の証《あかし》でした。風生の句の「うなゐ髪あぐべくのびぬ」は、あどけなさが抜けて大人びた美しさを宿し始めた乙女の姿を描くものです。他にも「かもゐ（鴨居）」「くもゐ（雲居・雲井）」「くらゐ（位）」「しきゐ（敷居）」「とりゐ（鳥居）」「はしゐ（端居）」「もとゐ（基）」など、いずれも「ゐる」の「ゐ」が付いて生まれたと言われています。

　さて、語頭に「ゐ」が現れる語には「ゐもり（井守・蠑螈）」と「ゐのこづち（牛膝）」も挙げられます。こ

ワ行

ゐ（井）　ゐ（猪・亥）　ゐ（藺）　ゐぐさ（藺草）　ゐさうらふ（居候）　ゐしき（居敷・臀）　ゐずまひ（居住まひ）　ゐたけだか（居丈高）　ゐづつ（井筒）　ゐど（井戸）　ゐなか（田舎）　ゐのこ（亥の子）　ゐのこづち（牛膝）　ゐのしし（猪）　ゐまちづき（居待月）　ゐもり（井守・蠑螈）　ゐや（礼）　ゐる（居る）　ゐる（率る）

の二語は順に夏・秋の季語で、かな書きの作例が多く見られます。

浮み出て我を見てゐるゐもりかな　高浜虚子《たかはまきょし》

ゐのこづち父の背中に移しけり　山本一歩《やまもといっぽ》

姿形のよく似たヤモリが爬虫類《はちゅうるい》であるのに対し、イモリは両生類で水に棲《す》みます。水のある場所すなわち「ゐ（井）」を守るので、「ゐもり」なのです。また「ゐのこづち」ですが、この「ゐ」は、「ゐ（猪・亥）」から来たという説があります。

ゐのししの鍋のせ炎おさへつけ　阿波野青畝《あわのせいほ》

「ゐのしし（猪）」ももちろん、「ゐ（猪・亥）」から来た語です。余談ですが、「ゐのしし」はそもそもは「ゐ（猪・亥）」の「しし（獣）」の意です。「しし」は特に肉を食用とする獣である猪・鹿を指すことが多い語で、鹿をいう場合は「か（鹿）」を使って「かのしし（鹿の獣）」となります。この「しし」は現代語の中にも、「ししなべ（猪鍋）」「ししおどし（鹿威し）」などの形で残存しています。

＊

続いて、語中の「ゐ」に移りましょう。まず、冒頭に掲げた蛇笏の句の「墓まゐり」の「まゐる（参る）」が挙げられます。

入道のよゝとまゐりぬ納豆汁　蕪村《ぶそん》

虚子百句遅日《ちじつ》に偲《しの》びまゐらする　阿部《あべ》みどり女《じょ》

蕪村の句の「まゐる」は「参上する」「詣《もう》でる」という意ではなく、「召し上がる」の意で使われています。なにがしの入道と呼ばれる人が貪《むさぼ》るように（よゝと）納豆汁をすするという落差が笑みを誘いますね。この「まゐる」が使役の助動詞「す」をともなって一語化した「まゐらす（参らす）」もまた、かなづかいは「ゐ」です。みどり女の句は「まゐらす」を使って謙《けん》譲《じょう》の意を示すもので、ここでは「お（偲び）申し上げる」の意。四月八日に亡くなった虚子を慕《した》って、その百句をしみじみと味わうというのです。

さて、「まゐる」の他には、「もちゐる（用ゐる）」「ひきゐる（率ゐる）」なども語中の「ゐ」の例として挙げられます。

この扇愛し用ゐて女持《おんなもち》　山口青邨《やまぐちせいそん》

夕立を率ゐて去れるものの影　三橋敏雄《みつはしとしお》

「用ゐる」「率ゐる」は前述した「ゐる」同様にワ行上一段動詞です。「用ゐる」は語幹が「用」で語尾が「ゐ」「ゐ」「ゐる」「ゐる」「ゐれ」「ゐよ」と変化します。「率ゐる」は語幹が「率」で語尾が「ゐ」「ゐ」「ゐる」「ゐる」「ゐれ」「ゐよ」と変化します。青邨の句の「用ゐて」は「用ゐる」の連用形「用ゐ」に助詞「て」が接続した例。敏雄の「率ゐて」は「率ゐる」の連用形「率ゐ」に助詞「て」が接続した例です。

ちなみに「用ゐる」からは、後代にハ行上二段動詞「もちふ（用ふ）」やヤ行上二段動詞「もちゆ（用ゆ）」などの語が生まれています。とはいえ、それによって本来のワ行上一段動詞「用ゐる」が消えてしまったというわけではありませんので、そもそもの形の「用ゐる」を使い、かなづかいも「ゐ」を使うのが最も自然だと思われます。

「率ゐる」の関連語としては、同じ意味のワ行上一段動詞「ゐる（率る）」（「率ゐる」の基になったと言われる語）も存在します。かな書きにすると「ゐる（居る）」と見分けがつかないため、次の句のように漢字表記にされる例が圧倒的多数ですが、念のために覚えておくとよいでしょう。

晩夏《ばんか》の旅家鴨《あひる》のごとく妻子率（ゐ）て　北野民夫《きたのたみお》

＊

それでは最後に、語末に「ゐ」が付く例を見ていきましょう。冒頭に掲げた路通の句中の「あゐ（藍）」は、その代表的な例です。この「あゐ」を基にした語には次のような例があります。

銀の爪《つめ》くれなゐの爪猫柳　竹下《たけした》しづの女《じょ》

袖口のからくれなゐや新酒つぐ　日野草城《ひのそうじょう》

あぢさゐのどの花となく雫《しずく》かな　岩井英雅《いわいえいが》

「くれなゐ（紅）」は、一四ページでお話ししたように「呉の藍」の意です。しづの女の句はネコヤナギの花穂《かすい》を銀や紅の爪にたとえた比喩《ひゆ》が巧みです。「からくれなゐ（韓紅・唐紅）」は濃い紅色のことで、「舶来の紅」の意。草城の句は新酒をつぐ女性の袂《たもと》からちらりと見える袖口のその色に目をとめたものです。「あぢさゐ（紫陽花）」は、集まるの意の「あづ」と藍色の意の「さあゐ（真藍）」によるものとする説が有力です。英雅の句のアジサイは雨に濡《ぬ》れているのでしょう。美しく噴《ふ》きつめた花毬《はなまり》から透明な雫がしたたり落ちています。

さて、「ゐ」を語末に使う語の締めくくりとして「しほさゐ（潮騒）」と「せゐ（所為）」を挙げておきましょう。

潮さゐにもまれもどりて潮干舟　阿波野青畝

「しほさゐ」の「さゐ」は、同じく一四ページでお話ししたように「さわぐ（騒ぐ）」の「さわ」と同源です。そのため、両者は同じワ行（わ・ゐ・う・ゑ・を）のかなづかいになります。

一切を桜のせゐにしてしまふ　夏井《なつい》いつき

「せゐ」は「したこと」の意を表す漢字の「所為」の音読みの「しょい（しよゐ）」が変化したものとされていますが、かな書きにされることが多い語です。いつきの句の美しい桜の下ではいったい何があったのでしょうか。

＊

これで「い」と「ゐ」と「ひ」の使い分けのうち、「ゐ」を使う言葉については終わりです。「旧かなで『ゐ』を含む語一覧」を五八―五九ページに掲載しています。

9
「ひ」を使う言葉①
ひひらぎ・たましひ など

ひひらぎの花まつすぐにこぼれけり　高田《たかだ》正子《まさこ》

をと、ひのへちまの水も取らざりき　正岡《まさおか》子規《しき》

柊《ひいらぎ》は棘《とげ》のある葉の間にごく小さな白い花をつけます。正子の句の「こぼれけり」は、その粒のような花がほろりと落ちるさまを言い止めたものです。子規の句は絶筆三句の中の句です。ヘチマ水は咳《せき》に効くとされますが、病が篤《あつ》い身にはもう用をなさないのでしょう。同時にしたためた二句は〈糸瓜《へちま》咲《さい》て痰《たん》のつまりし仏かな〉〈痰一斗糸瓜の水も間にあはず〉で、子規は死を覚悟していたのです。

さて、上の句の中の「ひひらぎ（柊）」「をと、ひ（一昨日）」は、ともに旧かなで傍線部を「ひ」と書く語です。「ひひらぎ」は語中に、「をと、ひ」は語末に「ひ」が現れる例。今回はこれら、「ひ」を使う言葉のお話です。

それではまず「ひひらぎ」から始めましょう。「ひひらぎ」は「ひりひり痛む」という意の「ひひらぐ（疼ぐ）」（古形に清音「ひひらく」（疼く）も）から来た語と言われています。ヒイラギの葉には棘があって触れるとひりひりするためですね。

この「ひひらぎ」以外にも、語中に「ひ」が使われる語でかな書きにされがちな語はいくつか挙げられます。

菓子鉢に餅《もち》のうぐひす二羽残る　辻田《つじた》克巳《かつみ》

破魔矢《はまや》受くちひさき生命《いのち》片抱きに　岡本《おかもと》差知子《さちこ》

「うぐひす（鶯）」「ちひさし（小さし）」は、かな書きの例を多く見ます。「うぐひす」は鳴き声を「ウ・ク・ヒ」と聞きなしたものに鳥を表す「す」が付いたと言われています。「ちひさし」の「ち」には「縮む」「塵《ちり》」「禿《ち》ぶ」など諸説ありますがはっきりしません。克巳の句は、菓子鉢に二つ残る鶯餅《うぐいすもち》を、「二羽」という鳥の数え方で数えて楽しむものです。柔らかな鶯餅が今にも囀《さえず》りだしそうですね。差知子の句は神社で破魔矢を受ける正月のシーンを描きます。大人の腕に軽々と抱かれた幼子《おさなご》の姿が目に浮かびます。

朝寒《あささむ》の硯《すずり》たひらに乾きけり　石橋秀野《いしばしひでの》

「たひら（平ら）」もまた、俳句でかな書きにされる例を見る語です。「たひら」が基になった語には、魚の「たひ（鯛）」、貝の「たひらぎ（玉珧）」などがありますが、ともに扁平《へんぺい》な姿からの命名と言われています。また、「たひらか（平らか）」「たひらぐ（平らぐ）」なども「たひら」を基にして出来た言葉です。

早乙女《さおとめ》に水しろがねにたひらかに　柚木紀子《ゆきのりこ》

皆懺悔《ざんげ》鶯団子たひらげて　川端茅舎《かわばたぼうしゃ》

*

それでは次に、語末に現れる「ひ」を見ていきましょう。まず冒頭の子規の句の「をと、ひ」です。同じ意味の語に「をとつひ」がありますが、これが「をとつひ」の古形です。「をとつひ」を語の組み立てに従って分解すると、

「をと（遠）」＋「つ」＋「ひ（日）」

となります。遠方を表す「をと」に、「の」の意味を持つ古語「つ」を介して「ひ」が付いた「遠くの日」という意から一昨日をさすようになりました。この「をとつひ」もまた、次のように俳句に登場します。

をとつ日の花の中より遅ざくら　暁台《きょうたい》

*

続いて「よひ（宵）」を見ていきましょう。俳句には「こよひ（今宵）」「よひやみ（宵闇）」「まつよひ（待宵）」などの形でも現れることの多い言葉です。

草枕こよひ芒《すすき》を枕かな　長谷川《はせがわ》　櫂《かい》

よひやみに火袋《ひぶくろ》深き木の間かな　鬼貫《おにつら》

櫂の句の「草枕」は、草を編んで枕にして眠る意から、旅や旅寝を表す語。草は草でも、寂しげな秋草の芒を枕にして眠るというのです。鬼貫の句は、月の出を待つ闇《やみ》の中に沈んでいる木々と、その間に揺れる灯《とう》籠《ろう》の火袋の光を印象深く描き出しています。

＊

続いて「つひ（終）」「つひに（終に・遂に）」のお話をしましょう。

もろこしの花咲くつひの栖《すみか》かな　富安風生《とみやすふうせい》

つひに吾《わ》れも枯野のとほき樹となるか　野見山朱鳥《のみやまあすか》

「つひ」は「終わり」の意の名詞、「つひに」は「とうとう」の意の副詞です。風生の句は、「柏原《かしわばら》　小林《こばやし》一茶《いっさ》遺跡」という前書のある句で、一茶の〈是《これ》がまあつひの栖か雪五尺〉を下敷きにしたもの。朱鳥の句は死の床で自分自身を見つめている句です。これらの「つひ」「つひに」と同じく「つひ」で始まる語に、「つひゆ（潰ゆ・費ゆ）」（口語では「ついえる」）や「つひやす（費やす）」がありますが、同根の語ではないかという説があります。

ちなみに、新かなで「つい」と書く語に、「思わず」などの意の「つい」がありますが、こちらの旧かなは「つい」。動詞「突く」の連用形の「突き」がイ音便化した「突い」から来たと言われています。

四月馬鹿つい口癖は死後のこと　結城昌治《ゆうきしょうじ》

＊

さて「ひ」が語末に付く語をもう少し、句を挙げながら紹介していきましょう。まず「たましひ（魂）」で、俳句でかな書きの例を多く見るものです。

たましひのたとへば秋のほたるかな　飯《いい》田《だ》蛇《だ》笏《こつ》

「たましひ」は肉体に宿って心の働きを司《つかさど》るものですが、この「たま」は超自然の不思議な力である「たま（霊・魂・魄）」や、その力を具体的に象徴する「たま（玉・珠・球）」と関わるものと言われています。「ひ」の部分の語源については諸説があり、霊妙で不思議なことをいう「くしび（奇び・霊び）」という語の「び」から来たとする説、「しひ」で「霊」の意であるとする説、「火」の意から来たとする説をはじめとして、さまざまです。蛇笏のこの句は、昭和二年に三十五歳で亡くなった芥川龍《あくたがわりゅう》之《の》介《すけ》の死を悼《いた》んだものです。

冬の星うがひしてゐて歌となる　川《かわ》口《ぐち》重《しげ》美《み》

「うがひ（嗽）」は、口をすすぐという意味の動詞「うがふ（嗽ふ）」の連用形「うがひ」が固定化して名詞となったものと言われています。このように、ハ行動詞の連用形に由来する「ひ」が語末に現れる名詞は数多くありますので、次回と次々回はそれらの例をあげて詳しくお話ししましょう。重美は昭和二十四年に二十五歳で夭折《ようせつ》した俳人です。冴えわたる冬空に輝く星を仰ぎながらうがいをする青年の姿には、清新な叙情が宿っています。

10

ハ行四段・上二段動詞語尾の「ひ」

「ひ」を使う言葉②

耳の中までも拭《ぬぐ》ひぬ柚子湯《ゆずゆ》出て　中根美保《なかねみほ》

岬に咲く撫子《なでしこ》は風強《し》ひられて　秋元不死男《あきもとふじお》

冬至《とうじ》にユズを浮かべた柚子湯（柚子風呂・冬至湯・冬至風呂などとも）に入ると、邪気が祓《はら》われ健康になると言います。美保の句は、その柚子湯に浸《つ》かったあと、体を丁寧に拭うひとときを詠《よ》んだもの。不死男の句は岬に咲くナデシコの花を描いています。「ナデシコ」という優しい名にもかかわらず、無理強いされているかのように風に吹かれる花に心を寄せています。

今回は上の句の「拭|ひぬ」「強|ひられ」のような例、すなわちハ行四段動詞（例「拭ふ」）およびハ行上二段動詞（例「強ふ」）の下に助動詞（例「ぬ」「らる」）や助動詞が接続することなどで現れる「ひ」のお話をします。

それでは表をご覧ください。

ハ行四段活用

未然形……拭|はず
連用形……拭|ひたり
終止形……拭|ふ
連体形……拭|ふとき
已然《いぜん》形……拭|へども
命令形……拭|へ|

ハ行上二段活用

未然形……強|ひず
連用形……強|ひたり
終止形……強|ふ
連体形……強|ふるとき
已然形……強|ふれども
命令形……強|ひよ|

まずハ行四段活用です。ハ行四段活用では語幹（この場合は「拭」）の下に「は」「ひ」「ふ」「ふ」「へ」「へ」という語尾が続きます。「ひ」が現れるのは連用形です。次にハ行上二段活用ですが、こちらは語幹（この場合は「強」）の下に「ひ」「ひ」「ふ」「ふる」「ふれ」「ひよ」という語尾が続きます。「ひ」は未然形・連用形・命令形の三つの語尾に現れています。

「ひ」が現れるこれら四つのケース（ハ行四段動詞連用形、ハ行上二段動詞未然形・連用形・命令形）のうち、俳句に頻出するのはハ行四段動詞の連用形です。というのもハ行四段動詞はかくだんに数が多いのです。そのため、連用形の例も自然に多くなるのですね。冒頭の美保の句の「拭ひ」も、完了の助動詞「ぬ」（連用形接続の性質を持つ）をともなう連用形の例です。

それでは、助動詞が接続する以外で連用形が現れる代表的な例も、いくつか挙げておきましょう。

書を買ひて暫《しばら》く貧し虫の秋　松本《まつもと》たかし

大寒《だいかん》や松に食ひこむ舫《もや》ひ綱　大串《おおぐし》章《あきら》

青空や花は咲くことのみ思ひ　桂《かつら》信子《のぶこ》

たかしの句の「買ひて」は、「買ふ」の連用形「買ひ」に助詞「て」が付いた例。「て」も連用形接続の性質を持つ語です。章の句の「食ひこむ」は、「食ふ」の連用形「食ひ」の下に「こむ」という別の動詞が続いて「食ひこむ」という複合動詞になった例です。このように複合動詞を作る二つの動詞のうち、上の語は連用形になります。信子の句の「思ひ」は何かが下に接続して連用形になったケースではありません。連用形で言いさして余情を持たせる用法で、俳句ではよく見られます。

続いて、ハ行四段動詞にくらべてぐっと数は減りますが、ハ行上二段動詞の例にも目を向けておきましょう。まず未然形に現れる「ひ」ですが、冒頭の不死男の句の「強ひられ」の「ひ」がそれにあたります。「強ひ」に付いている受身の助動詞「らる」（「られ」は「らる」の連用形）は未然形接続の性質を持つのです。

続いて連用形の例も挙げましょう。

其人《そのひと》を恋ひつゝ行けば野菊濃し　高浜虚子《たかはまきょし》

生《お》ひ出でてきのふけふなる水草《みくさ》かな　水原秋櫻子《みずはらしゅうおうし》

虚子の句の「恋ひつつ」は、「恋ふ」の連用形「恋ひ」の下に助詞「つつ」が付いた例。「つつ」は連用形接続の性質を持ちます。秋櫻子の「生ひ出で」は、動詞「生ふ」の連用形「生ひ」に「出づ」（「出で」は「出づ」の連用形）という動詞が続いて「生ひ出づ」という複合動詞になった例です。ちなみに、ハ行上二段動詞の命令形も「強ひよ」「恋ひよ」「生ひよ」などとなって「ひ」が現れますが、俳句での用例はほとんどありません。

＊

それではここまで、語尾に「ひ」が現れるハ行四段動詞・ハ行上二段動詞の例を見てきましたので、「い」が現れるヤ行上二段動詞の例、「ゐ」が現れるワ行上一段動詞の例とあわせた簡便な使い分け表を七一ページに掲げます。今後の作句にご利用ください。私たちが日々の作句で出会うかなづかいのうち、圧倒的多数は今回学んだ「ひ」と書くケースですから、「い」および「ゐ」と書くケースを暗記してしまうのが早道です。

＊

さてハ行四段・上二段動詞の語尾に「ひ」が現れるケースについてのお話が終わりましたので、続いて、その関連事項である「ハ行四段・上二段動詞の連用形が固定化して生まれた名詞」を見ていきます。たとえば次のような例です。

てぬぐひの如《ごと》く大きく花菖蒲《はなしょうぶ》　岸本尚毅《きしもとなおき》

無理強《じ》ひをせぬが酒豪や大石忌《おおいしき》　鷹羽狩行《たかはしゅぎょう》

「てぬぐひ」の「ぬぐひ（拭ひ）」、「無理強ひ」の「強ひ」はそれぞれ前出のハ行四段動詞「拭ふ」、およびハ行上二段動詞「強ふ」の連用形が固定化した例です。

この「てぬぐひ」「無理強ひ」のように、連用形が固定化して生まれた名詞は数多くありますので、例を挙げましょう。

木のあひに星のきらつく寒さ哉《かな》　正岡子規《まさおかしき》

幕あひのさざめきたのし松の内　水原秋櫻子

「あひ（間）」は物と物などの中間・間（あいだ）の意で、ハ行四段動詞「あふ（合ふ・会ふ）」の連用形「あひ（合ひ・会ひ）」に由来すると言われています。「幕あひ（幕間）」は「幕」に「あひ（間）」が付いたもので、芝居で一幕終わって、次の幕が開くまでの間のことです。「まくま」と誤読されることがありますが、正しくは「まくあひ（新かなでは「まくあい」）」です。

雨雲と卯浪《うなみ》のあひだ須磨《すま》ほのと　阿波野青畝《あわのせいほ》

舞茸《まいたけ》の襞《ひだ》のあはひのうつそりと　辻《つじ》美奈子《みなこ》

「あひだ（間）」は「あひ（間）」に場所を示す語である「と（所・処）」の濁音「ど」が付いた「あひど（間処）」から変化したという説が有力です。「あはひ（間）」も物と物などの中間・間（あいだ）の意の語で、「あふ（合ふ・会ふ）」の未然形「あは」に接尾語「ふ」が付いたハ行四段動詞「あはふ」の連用形の「あはひ」から来たとも、「あひあひ（相合）」の縮約とも言われています。

ちなみに、俳句によく現れる接頭語「あひ（相）」も、紹介しておきましょう。これもハ行四段動詞「あふ（合ふ・会ふ）」の連用形「あひ（合ひ・会ひ）」に由来する語で、名詞や動詞の上に付いて、「共に」「互いに」の意味を加えたり、語調を整えたりする働きを持つものです。次の克巳《かつみ》の句は動詞「触れ」（「触る」の連用形）の上に付いた例です。

あひ触れしボートの舳先《へさき》木下闇《こしたやみ》　行方克巳《なめかたかつみ》

旧かなで「い」「ゐ」「ひ」と書く動詞の語尾

		語例	未然形	連用形	終止形	連体形	已然形	命令形
い	ヤ行上二段動詞	老ゆ	老いず	老いたり	老ゆ	老ゆるとき	老ゆれども	老いよ
		悔ゆ	悔いず	悔いたり	悔ゆ	悔ゆるとき	悔ゆれども	悔いよ
		報ゆ	報いず	報いたり	報ゆ	報ゆるとき	報ゆれども	報いよ
ゐ	ワ行上一段動詞	ゐる	ゐず	ゐたり	ゐる	ゐるとき	ゐれども	ゐよ
		用ゐる	用ゐず	用ゐたり	用ゐる	用ゐるとき	用ゐれども	用ゐよ
ひ	ハ行四段動詞	言ふ	言はず	言ひたり	言ふ	言ふとき	言へども	言へ
		思ふ	思はず	思ひたり	思ふ	思ふとき	思へども	思へ
		買ふ	買はず	買ひたり	買ふ	買ふとき	買へども	買へ
	ハ行上二段動詞	生ふ	生ひず	生ひたり	生ふ	生ふるとき	生ふれども	生ひよ
		恋ふ	恋ひず	恋ひたり	恋ふ	恋ふるとき	恋ふれども	恋ひよ
		強《し》ふ	強ひず	強ひたり	強ふ	強ふるとき	強ふれども	強ひよ

＊ワ行上一段動詞「ゐる（居る）」は「ゐ」「ゐ」「ゐる」「ゐる」「ゐれ」「ゐよ」と活用するため語幹と語尾の区別がありません。

11

たらひ・けはひ など
「ひ」を使う言葉③

春風やかぶつて運ぶたらひ舟　赤塚《あかつか》五行《ごぎょう》

小鳥来てつくばひ渡るしづけさよ　石塚《いしづか》友二《ともじ》

「たらひ舟」は小回りがきくたらい型の舟で、新潟県佐渡《さど》のものがよく知られています。五行の句からは、その舟の大きさや岩礁《がんしょう》の多い海の波のきらめきなどが目に浮かびます。友二の句は小鳥が「つくばひ」を飛び越したり、縁から縁へ飛び移ったりする情景でしょうか。時折上がる小鳥の声が聞こえるだけの静謐《せいひつ》な秋のひとときを描いています。

今回は、語末に「ひ」が現れる語のうち、上の句の「たらひ（盥）」「つくばひ（蹲・蹲踞）」のようなケースからお話を始めましょう。前回で触れたように、語末に「ひ」が付く名詞の中には、ハ行四段・ハ行上二段動詞の連用形が固定化して生まれた名詞が多く含まれています。特にハ行四段動詞由来の語は数が多く、「たらひ」「つくばひ」などもそのひとつなのです。

まず「たらひ」ですが、これは、「手」にハ行四段動詞「あらふ（洗ふ）」の連用形「あらひ（洗ひ）」が付いた「手洗ひ」が変化したものと言われています。続く「つくばひ」ですが、こちらは「うずくまる、しゃがむ」という意のハ行四段動詞「つくばふ（蹲ふ）」の連用形「つくばひ（蹲ひ）」から来た語です。

それでは「たらひ」「つくばひ」にちなんでハ行四段動詞の連用形が固定化して生まれた名詞を見ていきましょう。

まなかひに来れる霧に小《ち》さき子よ　中村汀女《なかむらていじょ》

汀女の句の「まなかひ（眼間・目交）」は「目と目の間」「目の前」「まのあたり」の意の名詞で、成り立ちは「目《ま》」＋「な」＋「交《か》ひ」。すなわち、「め（目）」の古形である「ま（目）」に、「の」の意味を持つ古語「な」を介して重なり交わることを示す動詞「かふ（交ふ）」の連用形「かひ（交ひ）」が付いたという説が有力です。ちなみに、山と山が迫る場所をさす「かひ（峡）」はこの「交ひ」と同源の語で俳句にはよく使われます。旧国名の「甲斐」は「峡」に由来すると言われており、こちらもかなづかいは「かひ」です。

飛び消ゆる菊の夜露《よつゆ》やよばひ星　立圃《りゅうほ》

立圃の句の「よばひ星」は流れ星のことで、漢字にすると「婚星」「夜這星」です。この「よばひ（婚・夜這）」もまた、言い寄ったり求婚したりすることを表す動詞「よばふ（呼ばふ・喚ばふ）」の連用形「よばひ（呼ばひ・喚ばひ）」から来た名詞なのです。「よばひ」というと、相手の寝所に忍び込む行為が思い浮かびますが、

旧かなで「ひ」を含む語一覧

ア行

あしらひ　あたひ（値）　あぢはひ（味はひ）　あつかひ（扱ひ）　あはひ（間）　あひ（相・間）　あひだ（間）　あひびき（逢引）　あふひ（葵）　あらそひ（争ひ）　いきほひ（勢ひ）　いさかひ（諍ひ）　いざよひ（十六夜）　いひ（飯）　いりあひ（入相・入会）　うがひ（嗽）　うぐひ（鯎）　うぐひす（鶯）　うつろひ（移ろひ）　うひ（初）　うるほひ（潤ひ）　うれひ（憂ひ・愁ひ）　おこなひ（行ひ）　おとがひ（頤）　おとなひ（訪ひ）　おにやらひ（鬼やらひ）　おひたち（生ひ立ち）　おもひ（思ひ）

カ行

かぎろひ（陽炎）　かたらひ（語らひ）　かひ（峡・甲斐）　かひ（貝）　かひな（腕）　かひなし（甲斐なし）　かよひ（通ひ）　かれひ（鰈）　きほひ（競ひ・勢）　きらひ（嫌ひ）　ぐあひ（具合・工合）　くぐひ（鵠）　くひ（杭）　くひ（食ひ）　けはひ（気配）　けはひ（化粧）　こひ（恋）　こひ（鯉）　こよひ（今宵）

サ行

さいはひ（幸ひ）　さかひ（境・界）　さすらひ（流離ひ）　しつらひ（設ひ）　しなひ（撓ひ）　しなひ（竹刀）　し

言い寄ったり求婚したりすることがそもそもの意です。

しら梅や北野の茶店《ちゃや》にすまひ取　蕪村《ぶそん》

蕪村の句の「すまひ取」は相撲《すもう》取りのことです。「すまひ（相撲・角力）」は負けまいと争うことをいう動詞「すまふ（争ふ）」の連用形「すまひ（争ひ）」から来た名詞です。古代から使われた歴史の古い語ですが、現代では「すもう（相撲・角力）」のほうが一般的な語となっています。

この他にも「きほふ（競ふ・勢ふ）」の連用形から来た「きほひ（競ひ・勢）」、「たぐふ（比ふ・類ふ）」の連用形から来た「たぐひ（類・比）」、「たたずまふ（佇まふ）」の連用形から来た「たたずまひ（佇まひ）」、「つがふ（番ふ）」の連用形から来た「つがひ（番）」、「ならふ（慣らふ・習ふ・倣ふ）」の連用形から来た「ならひ（慣・習ひ・倣ひ）」、「にほふ（匂ふ）」の連用形から来た「にほひ（匂ひ）」、「ねがふ（願ふ）」の連用形から来た「ねがひ（願ひ）」、「ほがふ（寿ふ・祝ふ）」の連用形から来た「ほ

	ひ（椎）　しひ（強ひ）　しひたぐ（虐ぐ）　すくひ（救ひ）　すぢかひ（筋交ひ）　すまひ（住まひ）　すまひ（相撲・角力）　そろひ（揃ひ）
タ行	たがひ（互ひ）　たぐひ（類・比）　たたずまひ（佇まひ）　たひらか（平らか）　ただよひ（漂ひ）　たひ（鯛）　たひら（平ら）　たひらか（平らか）　たひらぎ（玉珧）　たひらぐ（平らぐ）　たましひ（魂）　ためらひ（躊躇ひ）　たゆたひ（揺蕩ひ）　たらひ（盥）　ちがひ（違ひ）　ちひさし（小さし）　つかひ（使ひ）　つがひ（番）　つくばひ（蹲・蹲踞）　つくろひ（繕ひ）　つどひ（集ひ）　つひ（終）　つひに（終に・遂に）　つひやす（費やす）　つひゆ（費ゆ・潰ゆ）　てぬぐひ（手拭ひ）　とむらひ（弔ひ）
ナ行	ならひ（慣・習ひ・倣ひ）　なりはひ（生業）　にぎはひ（賑はひ）　にひ（新）　にほひ（匂ひ）　ねがひ（願ひ）　ねぎらひ（労ひ）　ねらひ（狙ひ）
ハ行	はがひ（羽交ひ）　はからひ（計らひ）　はぢらひ（恥ぢらひ）　はひ（灰）　はらひ（払ひ・祓ひ）　はらばひ（腹

	マ行	ヤ行	ワ行
這ひ）ひたひ（額）ひひらぎ（柊）ふるまひ（振舞ひ）ほがひ（寿・祝）ほしあひ（星合）	まあひ（間合ひ）まがひ（紛ひ）まぐはひ（目合）まつよひ（待宵）まどひ（惑ひ）まなかひ（眼間・目交）まよひ（迷ひ）ものぐるひ（物狂ひ）もよひ（催ひ）	やしなひ（養ひ）やまひ（病）やよひ（弥生）よそほひ（装ひ）よはひ（齢）よばひ（婚・夜這）よひ（宵）よひやみ（宵闇）	わざはひ（災ひ）わづらひ（煩ひ）わらひ（笑ひ）をととひ（一昨日）をとつひ（一昨日）

がひ（寿・祝）」など、ハ行四段動詞の連用形が固定化して生まれた名詞は数多くあります。俳句を掲げましょう。

竹の子のきほひや日々に二三寸　正岡子規《まさおかしき》
寝台もまた流氷のたぐひにて　長谷川《はせがわ》櫂《かい》
残雪《ざんせつ》や日本の屋根のたたずまひ　加古宗也《かこそうや》
春の夜の金屛《きんびょう》に鴛鴦《おし》のつがひかな　高浜虚子《たかはまきょし》
昼酒もこの世のならひ初諸子《はつもろこ》　森《もり》澄雄《すみお》
よりそへば雪のにほひのかぎりなし　中岡毅雄《なかおかたけお》
恋さまぐ〜願ひの糸も白きより　蕪村
雪見酒一《ひ》とくちふくむほがひかな　飯田蛇笏《いいだだこつ》

＊

最後に、「ひ」で終わる語で、発音の変遷という点で興味深い語を紹介いたします。

鶯《うぐいす》のけはひ興《おこ》りて鳴きにけり　中村草田男《なかむらくさたお》

「けはひ」は、漠然と感じられる物事の様子をいう語

ですが、「け（気）」に「広がる」という意の「はひ（延）」が付いたという説が有力です。この「けはひ」は今では「ケハイ」と読みますが、近代以降にこの読みが一般化するまでは「ケワイ」と発音されていました。「けはひ」が「ケワイ」という発音を失って「ケハイ」と読まれるようになったのは「気配」という当て字に引かれてのことと考えられています。「けはひ」から派生した語に「けはひ（化粧・仮粧）」がありますが、この発音も「ケワイ」です。「けはひ（化粧・仮粧）」は「けしょう（化粧・仮粧）」という語に押されてしまい、現代の生活ではもう使われませんが、古い発音は完全に失われたわけではなく、たとえば神奈川県鎌倉にある「けわいざか（仮粧坂・化粧坂）」などの地名の中に今も残存しています。

これで「い」と「ゐ」と「ひ」の使い分けについてのお話は終わりです。作句に使えそうな「旧かなで『ひ』を含む語一覧」を七三―七五ページに掲載しています。

第3章

うとふの使い分け

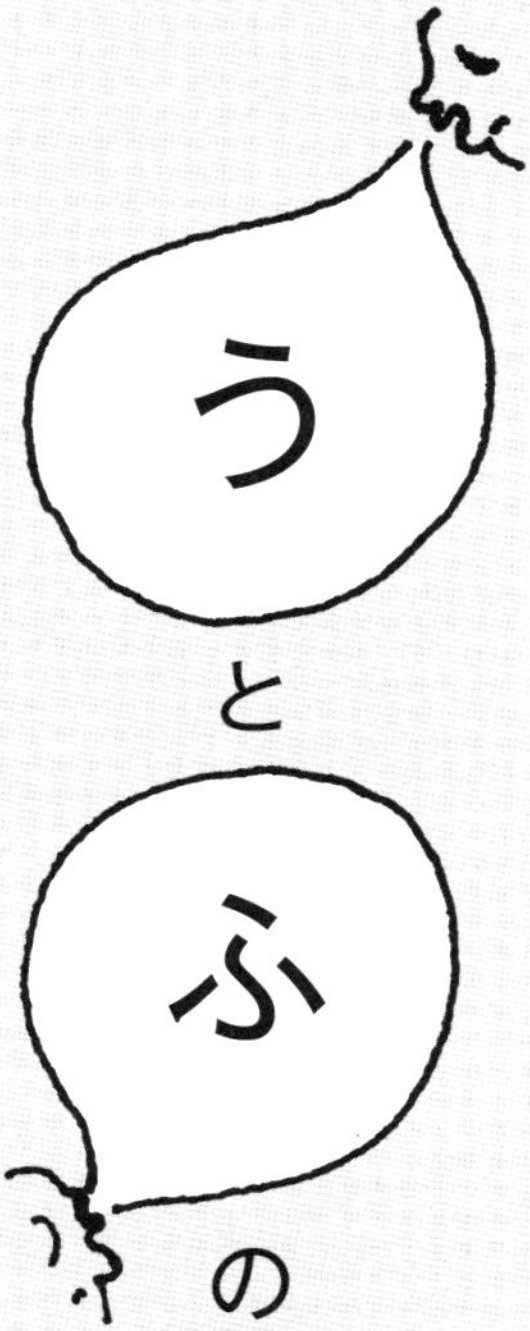

12

かげろふ・きのふ など
「ふ」を使う言葉①

薪《まき》をわるいもうと一人冬籠《ふゆごもり》　正岡子規《まさおかしき》

襟《えり》あしの黒子《ほくろ》あやふし朧月《おぼろづき》　竹久夢二《たけひさゆめじ》

子規の妹の律《りつ》は、根岸《ねぎし》の子規庵《しきあん》で子規の身の回りの世話をつとめたことで知られています。子規のこの句からは働き者の律の姿がしのばれます。女性の白い襟足にほくろを見つけた夢二の句は、美人画をよくした画家らしい眼を感じさせますね。

新かなで「う」を含む言葉である「いもうと（妹）」と「あやうし（危うし）」は、旧かなでは右のように「いもうと」「あやふし」となります。このように、新かなの「う」は、旧かなでは「う」と「ふ」の二通りに使い分けます。今回は、そのうちの「あやふし」のタイプ、すなわち、旧かなで「ふ」を使うタイプの言葉のお話をします。

それでは、かな書きの例が比較的多い「かげろふ」から始めましょう。「かげろふ」と書く語にはいくつかの言葉があります。

かげろふやほろ〳〵落ちる岸の砂　土芳《とほう》

かげろふの歩けば見ゆる細き髭《ひげ》　星野立子《ほしのたつこ》

土芳の句の「かげろふ（陽炎）」は春の季語で、晴れた日に野原などに立つ光と影のたゆたいを言います。立子の句の「かげろふ（蜉蝣・蜻蛉）」は昆虫で、こちらは秋の季語。飛び方が陽炎のゆらめくさまに似ることがその名の由来です。

とぶときのうすばかげろふ翅《はね》見えず　五十嵐《いがらし》播水《ばんすい》

草かげろふ夜をみづみづしくしたり　小島《こじま》健《けん》

カゲロウと似た昆虫のウスバカゲロウとクサカゲロウも、旧かなで「ふ」を使います。播水の句の「うすばかげろふ（薄羽蜉蝣）」は夏の季語で、薄く透ける翅を持ち弱々しく飛びます。健の句の「草かげろふ（草蜉蝣）」も夏の季語で、こちらは薄緑色の体に透ける翅を持ちます。余談ですが、ウスバカゲロウの幼虫は蟻《あり》地獄《じごく》でクサカゲロウの卵は優曇華《うどんげ》。ともに夏の季語です。

物干にかげろふ秋の夕日哉《かな》　正岡子規

子規の句の「かげろふ（影ろふ）」は光がほのめいたり、翳《かげ》ったりすることをいう動詞です。陽炎が立つという意味ではありません。

ふはふはのふくろふの子のふかれをり　小澤《おざわ》實《みのる》

あぢさゐやきのふの手紙はや古ぶ　橋本《はしもと》多佳子《たかこ》

かげぼふしこもりゐるなりうすら繭《まゆ》　阿波野《あわの》青畝《せいほ》

かなかなとゆふづつと入れかはりたる　鷹羽《たかは》狩行《しゅぎょう》

「ふくろふ（梟）」「きのふ（昨日）」「ほふし（法師）」「ゆふ（夕）」なども、旧かなで「ふ」を使う言葉です。實の句は「ふ」の字を重ねて、産毛《うぶげ》に覆《おお》われたフクロウの子のいとけなさを際立たせています。多佳子の句の「きのふの手紙」には何か心ときめくことが書かれていたのではないでしょうか。そんな手紙も一夜明けると古びたものに感じられるというのです。アジサイの色のように、人の心も移ろいやすいのですね。青畝の句は作りはじめの薄い繭の中に籠《こも》っているカイコの姿を「かげぼふし（影法師）」に喩《たと》えたものでしょう。

狩行の「ゆふづつ（夕星・長庚）」（古形はゆふつづ）は夕方西空に見える金星（宵の明星《みょうじょう》）のこと。かなかなの声が止んだころ、西空に目をやっているのです。

ちなみに、旧かなで「ゆふ」と書く語には他にも「ゆふ（木綿）」や「ゆふ（結ふ）」があります。次の青畝の句は灯台のある辺りに群生して開花した「はまゆふ（浜木綿）」の芳香を愛《め》でるもの。爽雨《そうう》の句は、色紙を七夕竹《たなばただけ》に結びつける手と手が触れ合った情景でしょう。淡い恋の趣《おもむき》があります。

はまゆふは真夜の灯台にほはしむ　阿波野青畝

七夕の色紙結《ゆ》ふ手のあひにけり　皆吉爽雨《みなよしそうう》

＊

それでは続いて、「てふ」のお話です。旧かなと言えば「てふ（蝶）」が思い出されるほどなじみ深い語で、俳句でもかな書きの例が多く見られます。

てふの羽の幾度越《いくたびこゆ》る塀《へい》のやね　芭蕉《ばしょう》

てふてふの散らかしてゐる日向《ひなた》かな　黛《まゆずみ》執《しゅう》

釣鐘《つりがね》にとまりて眠る胡《こ》てふ哉《かな》　蕪村《ぶそん》

ちなみに、「てふ（蝶）」と同じ「てふ」という表記の言葉がありますが、こちらも俳句で時折見られます。

木の実てふ冷たくてあたたかきもの　行方克巳《なめかたかつみ》

この「てふ」は「と言ふ」（新かなでは「と言う」）を縮めた形の連語です。和歌によく使われる語ですので、『百人一首』の〈恋すてふわが名はまだき立ちにけり　人知れずこそ思ひそめしか　壬生忠見《みぶのただみ》（現代語訳　恋をしているという噂《うわさ》がもう立ってしまった。人知れず思い始めたのに）〉などでおなじみの方も多いでしょう。克巳の句は、ひんやりした木の実を手に転がしながらふと童心に返って胸が温まるひとときを描き、木の実というものの持ち味を鮮やかに掬《すく》い上げています。

「てふ」と同じ意味の言葉に「とふ」「ちふ」がありますが、こちらも同様に「と言ふ」を縮めた連語です。

雪吊《ゆきつり》の懈怠《けたい》を春の兆《きざ》しとふ　中原道夫《なかはらみちお》
衣擦《きぬずれ》の音して蓮《はす》の開くちふ　相生垣瓜人《あいおいがきかじん》

道夫の句は「雪吊の縄《なわ》が怠《なま》けているように見えるともう春だ」と、土地の人が言うのを聞いて興《きょう》を覚えたものでしょう。瓜人の句は、「衣擦の音がしてハスが開花する」と言うものの、自分はまだ開花の音を聞いていないため、憧《あこが》れを込めて詠《よ》んだものと思われます。

ところで、この「てふ」「とふ」「ちふ」は、新かなでは順に「ちょう」「とう」「ちゅう」と書くのですが、新旧の表記を比較すると、興味深いことに気づかされます。

新かな		旧かな
ちょう	――	てふ
とう	――	とふ
ちゅう	――	ちふ

新かなは現代の発音に即して書き表す原則ですので、「ちょう」「とう」「ちゅう」となり、三つの言葉の間のつながりが、形の上からは見えにくくなっています。一方、旧かなのほうは、三つの言葉が「と言ふ」という同じ言葉から来たことが理解しやすい形が保たれています。

この本ではこれまでにも、語源をたどったり語の組み立てを検証したりという作業を行ってきましたが、旧かなを学んでいると、新かなでは一見関係ないと思

える言葉が実は同じルーツだと分かるケースに、ときどきぶつかります。「てふ」「とふ」「ちふ」もその一例で、こういうところに、旧かなを学ぶ面白さの一つがあるのではないかと思われます。

＊

さて、新かなで「う」、旧かなで「ふ」を使う語の中には、右に挙げた「ちょう――てふ」「ちゅう――ちふ」のケースのように、新かなと旧かなで「う」と「ふ」が置き替わるだけではない語があります。その中のいくつかは俳句に頻出する語ですので、次に、俳句を掲げながら、それらの語についてお話しします。

覚書して捨られぬあふぎ哉　也有《やゆう》
あふ坂や花の梢《こずえ》の車道《くるまみち》　智月《ちげつ》
花あふち梢のさやぎしづまらぬ　橋本多佳子
初御空《はつみそら》みづのあふみの揺るぎなし　明隅礼子《あけずみれいこ》

まず「あふぎ（扇）」「あふさか（逢坂）」「あふち（楝・樗）」「あふみ（近江）」ですが、これらは新かなでは「おうぎ」「おうさか」「おうち」「おうみ」です。新かなの「おう」の部分を旧かなでは「あふ」と書くのです。

也有の句の「あふぎ」は動詞の「あふぐ（扇ぐ）」の連用形「あふぎ」が固定化して名詞となった語です。新かなでは「あおぐ（扇ぐ）」と「おうぎ（扇）」は関係がない語のように見えますが、旧かなだと関係がよく分かります。智月の句の「あふ坂（逢坂）」は、滋賀県大津《おおつ》市南部にある東海道の坂で、「あふさかやま（逢坂山）」「あふさかのせき（逢坂の関）」で知られています。難所のため、車石《くるまいし》という石を敷設《ふせつ》した車道が近世に作られました。智月の句は、サクラが咲き誇るその道の光景を詠んだものです。

多佳子の句の「あふち」は、植物のセンダンの古名です。たっぷりとけぶるように咲いた薄紫の花を風が揺らし続けているさまが美しいですね。礼子の句の「あふみ」は「あはうみ（淡海）」から来た語です。滋賀県出身の作者の故郷への思いが伝わってくる句です。

13 「ふ」を使う言葉②

あふぎ・けふ など

大学も葵祭《あおいまつり》のきのふけふ　田中裕明《たなかひろあき》

五月十五日に執《と》り行われる京都の上賀茂《かみがも》・下鴨《しもがも》神社の例祭が葵祭（賀茂祭《かもまつり》）です。古くは「祭」というだけでこの祭を指し、王朝行列が練り歩く路頭の儀の麗《うるわ》しさで知られています。この句は作者が京都大学在学時代の作。学問の園である大学のキャンパスにも、さすがに葵祭のころとなればそこはかとなくその空気が感じられるのでしょう。

さて、新かなで「う」を含む語である「きのう（昨日）」と「きょう（今日）」は、旧かなでは上の句のように「きのふ」「けふ」と書き、ともに「ふ」を使います。とはいえ、新旧の表記を比較すると、「きのう」と「きのふ」は「う」と「ふ」が置き替わるだけなのに対して、「きょう」と「けふ」の場合は、「う」と「ふ」が替わるだけではない、という違いがあります。

今回はこの「けふ」のように、新旧の表記の対応が複雑な語についてお話を進めます。前回の後半で、「あふぎ（扇）」などの語を挙げてお話しした続きとなります。それではまず、「あふぎ」と後にお話しする「じふ（十）」そして「けふ」を、それぞれの新かなと対照表にしてみましょう。対応する箇所に傍線を付します。

	漢字	新かな	旧かな
①	扇	おうぎ	あふぎ
②	十	じゅう	じふ
③	今日	きょう	けふ

「あふぎ」の「あふ」は、①新かなではオ段の文字（この場合は「お」）に「う」を加えた表記が、旧かなでは「ア段の文字（この場合は「あ」）＋ふ」であるパターンです。

「じふ」は、②新かなでは「ゆ」（この場合は小書きの「ゅ」）を含む表記が、旧かなでは「イ段の文字（この場合は「じ」）＋ふ」であるパターンです。

「けふ」は、③新かなでは「よ」（この場合は小書きの「ょ」）を含む表記が、旧かなでは「エ段の文字（この場合は「け」）＋ふ」であるパターンです。

新旧の表記の対応が複雑なケースは、実はこの①〜③の三パターンに大別されます。

ここで試しに、前回挙げた語の中から「てふ（蝶）」「ちふ（と言ふの意）」「あふみ（近江）」をとり出して、右の①〜③のどれにあたるか実際に分類してみましょう。まず「てふ」は新かなでは「ちょう」ですので、③にあたりますね。次に「ちふ」は新かなでは「ちゅう」ですので、②にあたります。「あふみ」は新かなでは「おうみ」ですので、①ということになります。

それでは①〜③のパターンに分類される語のうち俳句でかな書きにされることが比較的多い語を見ていきましょう。まず「はふる（抛る）」から。

柚子《ゆず》三つはふり込んだる湯の騒ぐ　橋本榮治《はしもとえいじ》

新かなの「ほうる（抛る）」は旧かなで「はふる」と書き、分類の①にあたる語です。この句は冬至《とうじ》に無病息災を願って入る柚子湯を詠《よ》む句でしょう。いったん沈んで湯気の中に勢いよく浮かび上がってくる柚子の黄色が目に浮かびます。

根岸《ねぎし》より参りさうらふ手を焙《あぶ》る　加藤郁乎《かとういくや》

新かなの「そうろう（候）」は、旧かなでは「さうらふ」と書き①にあたる語です。同じく「らふ」で終わる語の「さぶらふ（候）」が変化して生まれた語です。この句の中七《なかしち》の「参りさうらふ」は「やってまいりました」の意。地名の「根岸」は、江戸時代の画家・酒《さか》井抱一《いほういつ》と文人の亀田鵬斎《かめだほうさい》や、江戸時代から続く料理屋を心に置くもののようです。手焙りに寄るこの句の客と主は、江戸情緒を解する粋人《すいじん》なのでしょう。

さて、「さうらふ」同様「らふ」と書く語に「らふそく（蠟燭）」がありますが、これは俳句でかな書きにされる例が多いものです。

梅雨《つゆ》深しらふそくに描く花びらも　柴田美佐《しばたみさ》

新かなの「ろうそく（蠟燭）」は、旧かなでは「らふそく」と書きます。雨に降り込められた小暗い部屋で、絵蠟燭《えろうそく》に描かれた花びらをひっそりと見つめる人が思い浮かぶ句です。

らふ梅の咲きたるを持ち夜の客　金田咲子《かなださきこ》

新かなの「ろうばい（臘梅・蠟梅）」は、旧かなでは「らふばい」と書きます。臘月《ろうげつ》（旧暦十二月）あたりに咲き、花が蠟のように透けることから、漢字表記には「臘」「蠟」の二通りありますが、いずれも旧かなでは「らふ」です。冷たい闇《やみ》の中、かぐわしい金色の花を持って友が来てくれるとは何と嬉《うれ》しいことでしょう。

べつかふの眼鏡をかけて野に遊ぶ　今井杏太郎《いまいきょうたろう》

新かなの「べっこう（鼈甲）」は、旧かなでは「べつかふ」と書き、これも①にあたる語です。ちなみに「べつ」の「つ」の部分は促音《そくおん》（詰まる音）ですので、新かなでは「っ」と小書きにするのが通例です。が、旧かなではこのように促音も小書きにはせず「つ」と通常の大きさの文字で書きます。鼈甲の眼鏡は日本で眼鏡の生産が始まった江戸時代から現在に至るまで、高価なものとして知られます。「べつかふの眼鏡」を通して見た野遊びの情景には、古き良き優雅な時代の幻が映っているのかもしれません。

キウジフノナツマデイキテアリガタウ　鈴木太郎《すずきたろう》

新かなの「きゅうじゅう（九十）」は旧かなでは「き

うじふ」と書きます。「じふ（十）」は②にあたる語です。

この句は九十歳で父が亡くなった際の作。カタカナ書きから訥々《とつとつ》とした口調が想像され、口数少ない男同士の絆《きずな》が思われます。

＊

さて、ここまで①～③のパターンの語を紹介してきましたが、このたぐいの語は他にも数多くあります。季語の中からそれらを拾って、次に書きだしてみましょう。「雑煮」から順に、新年・春・夏・秋・冬の季語です。

漢字	新かな	旧かな
雑煮	ぞうに	ざふに
入学	にゅうがく	にふがく
夾竹桃	きょうちくとう	けふちくたう
紅葉忌	こうようき	こうえふき
猟犬	りょうけん	れふけん

「ざふに」は①のパターン、「にふがく」は②のパターン、「けふちくたう」「こうえふき」「れふけん」は③のパターンにあたります。これらはほんの一例で、他にもこのケースに該当する数多くの語が存在します。一つ一つ覚えていこうとすると、至難《しなん》の業《わざ》という気がいたしますが、実際のところは、俳句でこれらの言葉をかな書きにする例はさほど多くはありません。歳時記などの例句を見ても、たとえば次のように、漢字表記がほとんどです。

海山のものの重みを雑煮椀《ぞうにわん》　野澤節子《のざわせつこ》
入学の吾子《あこ》人前に押し出だす　石川桂郎《いしかわけいろう》
病人に夾竹桃《きょうちくとう》の赤きこと　高浜虚子《たかはまきょし》
吉原は菊の盛りや紅葉忌　増田龍雨《ますだりゅうう》
猟犬の身を紐《ひも》にして跳びにけり　大串《おおぐし》章《あきら》

個々の語を無理に覚えようとするのではなく、むしろ、①～③の三つのパターンを記憶するのがおすすめです。新かなでオ段の文字＋「う」の形の語、「よ」

や小書きの「ょ」を含む語、「ゅ」や小書きの「ゅ」を含む語は、旧かなでは「ふ」を使う語の可能性がある、ということをしっかり頭に入れて、かな書きにしたい語がそれに該当する場合は、その都度辞書を引くように気をつけるのが良いでしょう。

ちなみに、旧かなの中には、日本の言葉、すなわち和語のかなづかいと、漢字の音を表す字音かなづかいの二種類が存在します。実は右ページに書きだした季語の傍線部の「ざふ」「にふ」「けふ」「えふ」「れふ」は、すべて「雑」「入」「夾」「葉」「猟」という漢字の音を表す字音かなづかいです。また、前回紹介した語の中の「ほふし（法師）」「てふ（蝶）」、今回紹介した語の中の「らふそく（蠟燭）」「らふばい（臘梅・蠟梅）」「べつかふ（鼈甲）」「きうじふ（九十）」も、字音かなづかいです。新旧の表記の対応が複雑なケースはこの字音かなづかいに特に多く現れます。漢字の数は膨大ですので、実際の俳句で出会った都度、覚えていくのが良いでしょう。ただし「てふ」「らふそく」はかな書きの作例が比較的多く見られますので、ここで覚えてしまいましょう。

14

「ふ」を使う言葉③

ハ行四段・上二段・下二段動詞語尾の「ふ」

蠅《はえ》生れ早《は》や遁走《とんそう》の翅《はね》使ふ　秋元不死男《あきもとふじお》

ゆふぐれのしづかな雨や水草《みくさ》生《お》ふ　日野草城《ひのそうじょう》

古きよき言の葉をもて年迎ふ　富安風生《とみやすふうせい》

不死男の句は、生まれたと思うと、もう小悪党のように素早く飛び回るハエの姿を捉《とら》えています。草城の句の雨は、水草が生いそめた水面を優しく濡《ぬ》らす春の夕べの雨です。風生の句は年頭の改まった気分を描き出しています。普段使いの言葉ではなく、古くからのゆかしい言葉をもって年のはじめを祝うのですね。

さて今回は、上の「使ふ」「生ふ」「迎ふ」のように、旧かなで語尾に「ふ」が現れるハ行四段・ハ行上二段・ハ行下二段動詞のお話をします。ちなみに旧かなで動詞の語尾に「う」と「ふ」のどちらのかなを使うかと迷ったときの使い分けは、すこぶる簡単です。と言うのも、旧かなで語尾に「う」が現れる動詞は、ア行下二段動詞の「う（得）」「こころう（心得）」、ワ行下二段動詞の「うう（植う）」「うう（飢う）」「すう（据う）」の五語しかないからです。この五語以外はすべて今回お話しするハ行動詞のいずれかですので、「ふ」をお使いください。

それではハ行四段活用から始めましょう。

ハ行四段活用

未然形……使はず
連用形……使ひたり
終止形……使ふ
連体形……使ふとき
已然形《いぜん》……使へども
命令形……使へ

ハ行四段活用では語幹（この場合は「使」）の下に「は」「ひ」「ふ」「ふ」「へ」「へ」という語尾が続きます。冒頭の不死男の句の「使ふ」は終止形です。次に紹介する和《かず》生《お》の句の「使ふ」は、「遊び」という名詞を下にともないますので連体形の例になります。

正月の地べたを使ふ遊びかな　茨《いばら》木《き》和《かず》生《お》

ハ行四段動詞には、「合ふ」「言ふ」など基本的な語をはじめとするきわめて多くの語があり、「ふ」で終わる動詞の大半は四段活用と見てかまわないほどです。

いちいち書き出すときりがないので、俳句の例を少々挙げるにとどめましょう。順に「逢《あ》ふ」「思ふ」「買ふ」「食ふ」「笑ふ」がハ行四段動詞の例です。

凌霄《のうぜん》や旅よりぬけて人と逢ふ　矢《や》島《じま》渚《なぎさ》男《お》
春の日のをりをり揺るるかと思ふ　大峯《おおみね》あきら
花つけるこの木のために日記買ふ　守《もり》屋《や》明俊《あきとし》
階段をどどどどと降り西瓜《すいか》食ふ　古《ふる》田《た》紀《き》一《いち》
羅《うすもの》をまとひよく食べよく笑ふ　今《いま》井《い》肖《しょう》子《こ》

＊

それでは次にハ行上二段活用です。

ハ行上二段活用

未然形……生ひず
連用形……生ひたり
終止形……生ふ
連体形……生ふるとき
已然形……生ふれども
命令形……生ひよ

ハ行上二段活用は、語幹（この場合は「生」）の下に「ひ」「ひ」「ふ」「ふる」「ふれ」「ひよ」という語尾が続きます。「ふ」は終止形・連体形・已然形の語尾に現れますが、俳句では已然形の例は少なく、もっぱら終止形と連体形が使われます。冒頭の草城の句は終止形の例です。次に連体形の例を紹介しましょう。

をさなごに生ふる翼や桜《さくら》東風《ごち》　仙田《せんだ》洋子《ようこ》

ハ行上二段動詞は、四段動詞とは逆に数が少なく、「生ふ」以外に俳句で見られるのは「恋ふ」「強《し》ふ」ぐらいです。

花追ふは人恋ふること吉野山　戸恒東人《とつねはるひと》

巡礼に山日を強ふる竹煮草　上田《うえだ》五千石《ごせんごく》

＊

続いて、ハ行下二段活用です。

旧かなで「ふ」を含む語一覧

ア行	あふぎ（扇）　あふさか（逢坂）　あふせ（逢瀬）　あふち（樗・楝）　あふみ（近江）　あやふし（危ふし）　いちえふ（一葉）
カ行	かげぼふし（影法師）　かげろふ（陽炎）　かげろふ（蜉蝣・蜻蛉）　きのふ（昨日）　けふ（今日）　けふちくたう（夾竹桃）　こてふ（胡蝶）
サ行	ざふすい（雑炊）　ざふに（雑煮）　じふ（十）　すまふ（相撲・角力）
タ行	たふとし（尊し・貴し）　たふとぶ（尊ぶ・貴ぶ）　たふとがる（尊がる・貴がる）　ちふ　てふ（蝶）　てふ　とふ　とほたふみ（遠江）
ナ行	にふだう（入道）
ハ行	はにふ（埴生）　はふる（抛る・放る）　ふくろふ（梟）　べつかふ（鼈甲）　ほふし（法師）

ハ行下二段活用

未然形……迎へず
連用形……迎へたり
終止形……迎ふ
連体形……迎ふるとき
已然形……迎ふれども
命令形……迎へよ

ハ行下二段活用は、語幹（この場合は「迎」）の下に「へ」「へ」「ふ」「ふる」「ふれ」「へよ」という語尾が続きます。「ふ」は終止形・連体形・已然形の語尾に現れます。冒頭の風生の句は終止形の例です。次に連体形の例を紹介しましょう。

樺《かば》を焚《た》きわれ等迎ふる夏炉《なつろ》なり　橋本多佳子《はしもとたかこ》

ハ行上二段動詞同様、ハ行下二段動詞でも已然形を使う俳句の例は少ないのですが、一例紹介いたしましょう。

マ行	むかふ（向こう）
ヤ行	やぎふ（柳生）　ゆふ（夕）　ゆふ（木綿）
ラ行	らふそく（蠟燭）　らふたく（臈長く）　らふばい（臘梅・蠟梅）

＊ハ行四段・上二段・下二段動詞は次ページの一覧参照。
＊タ行の「ちふ」「てふ」「とふ」は「〜と言う」の意。
＊「すまふ」「むかふ」には、「すまう」「むかう」の説もあります。

小鳥来る羯諦《ぎやあてい》羯諦唱ふれば　前田攝子《まえだせつこ》

「唱ふれば」は、ハ行下二段動詞「唱ふ」の已然形「唱ふれ」に助詞「ば」が接続したもので、「唱えたところ」の意です。「羯諦羯諦」は般若心経《はんにゃしんぎょう》の真言ですが、それを唱えていると小鳥がやってきたというのです。生あるものすべてが仏の慈悲に包まれるかのような、明るい秋の日差しを感じさせる句ですね。

ハ行下二段動詞は、四段動詞ほど数は多くありませんが、しばしば俳句に現れます。順に「与ふ」「答ふ」「教ふ」「数ふる」「支ふる」がハ行下二段動詞の例です。「与ふ」「答ふ」「教ふ」は終止形。「数ふる」「支ふる」は連体形です。

初明りかがやける手を子に与ふ　今瀬《いませ》剛一《ごういち》
初蝶《はつちょう》来《く》何色と問ふ黄と答ふ　高浜虚子《たかはまきょし》
秋晴や宙にゑがきて字を教ふ　島谷征良《しまたにせいろう》
数ふるはぐくむに似て手毬唄《てまりうた》　片山由美子《かたやまゆみこ》
一島を潮の支ふる曼珠沙華《まんじゅしゃげ》　大木《おおき》あまり

*

それでは最後に、かなづかいを「ふ」と勘違いしやすい例を少々挙げて、締めくくりとしましょう。

料亭の門前に水打ちて老ゆ　桂《かつら》信子《のぶこ》
上げ汐《しお》の千住《せんじゅ》を越ゆる千鳥かな　正岡子規《まさおかしき》

旧かなで「ふ」で終わるハ行動詞一覧

四段動詞	上二段動詞	下二段動詞
あふ（会ふ・合ふ・逢ふ） いとふ（厭ふ） いふ（言ふ） うつろふ（映ろふ・移ろふ） おとなふ（訪ふ） おふ（追ふ） おふ（負ふ） おもふ（思ふ） かふ（買ふ） かふ（飼ふ） かふ（交ふ） きほふ（競ふ・勢ふ） くふ（食ふ） さうらふ（候ふ） さきはふ（幸ふ） すまふ（住まふ） すまふ（争ふ） たたずまふ（佇まふ） ためらふ（躊躇ふ） つかふ（使ふ） つくばふ（蹲ふ） とふ（問ふ・訪ふ） ならふ（習ふ・倣ふ） にほふ（匂ふ） ぬぐふ（拭ふ） ねがふ（願ふ） ほがふ（祝ふ） むかふ（向かふ） ゆふ（結ふ） よばふ（呼ばふ） わづらふ（煩ふ） わらふ（笑ふ）	おふ（生ふ） こふ（恋ふ） しふ（強ふ）	あたふ（与ふ） いらふ（答ふ） うつたふ（訴ふ） おさふ（抑ふ） かかふ（抱ふ） かぞふ（数ふ） かんがふ（考ふ） こしらふ（拵ふ） こたふ（答ふ・応ふ） こ

これらの「老ゆ」「越ゆる」について、「ゆ」を使うのは誤りで、「老ふ」「越ふる」と「ふ」を使うのが正しいのではないか、と思われた方はないでしょうか。「老ゆ」「越ゆ」はヤ行の動詞ですので「ゆ」を使う信子や子規の句は適切な用法なのですが、つい迷ってしまいそうですね。そのような方は「ゆ」で終わるヤ行の動詞を一つずつ覚えていきましょう。

まず手始めにヤ行上二段動詞の「老ゆ」「悔ゆ」「報ゆ」、そして、ヤ行下二段動詞の「癒ゆ」「見ゆ」「燃ゆ」などをここで覚えていただければと思います。

それではこれで「う」と「ふ」の使い分けのうち、「ふ」を使う言葉については終わりです。「旧かなで『ふ』を含む語一覧」を九〇―九一ページに、「旧かなで『ふ』で終わるハ行動詞一覧」を下段に掲載します。いずれも作句に使えそうな語という視点から選んだものです。

らふ（堪ふ）　ささふ（支ふ）　そなふ（備ふ・供ふ）　たくはふ（蓄ふ）　たふ（耐ふ）　つかふ（仕ふ）　となふ（唱ふ）　とらふ（捕ふ）　ながらふ（永らふ）　まじふ（交じふ）　むかふ（迎ふ）　よこたふ（横たふ）　をしふ（教ふ）

15

ワ行下二段・ア行下二段動詞語尾の「う」

「う」を使う言葉①

つちくれに語りかけつつ苗木《なえぎ》植う　福永《ふくなが》みち子《こ》
妻子飢《う》う蟻《あり》にも増して励まねば　上村占魚《うえむらせんぎょ》
土用にして灸《きゅう》を据《す》うべき頭痛あり　夏目漱石《なつめそうせき》

「苗木植う」は春の季語で、植林用の苗木や観賞用の庭木の苗木を植えることを言います。みち子の句は、命を育む土に苗木という新しい命を託《たく》しているのですね。占魚の句は、地に列をなす蟻を見つめながら、家族のために懸命に働かなければ、と自らを鼓舞《こぶ》する句です。漱石の句は、暑さの極まる土用の体調不良を訴えています。「土用にして」は「（まさしく）土用であって」の意。土用の灸は特効があるという俗信をふまえて、約束したかのように灸を据えねばならない身であることよ、と苦笑しているのでしょう。

さて、今回は上の句の中の「植う」「飢う」「据う」のように、旧かなで語尾に「う」が現れるワ行下二段動詞のお話から始めます。前回、旧かなで語尾に「ふ」が現れるハ行四段・上二段・下二段動詞のお話をしましたので、それと対にして覚えてください。それでは「植う」を例にとって、ワ行下二段活用を見てみましょう。

ワ行下二段活用

未然形……植ゑず
連用形……植ゑたり
終止形……植う
連体形……植うるとき
已然《いぜん》形……植うれども
命令形……植ゑよ

ワ行下二段活用では語幹《ごかん》（この場合は「植」）の下に「ゑ」「ゑ」「う」「うる」「うれ」「ゑよ」という語尾が続きます。語尾にワ行（わ・ゐ・う・ゑ・を）の「う」と、その下の「ゑ」の二種類の文字が現れるため、ワ行下二段活用と言います。

冒頭三句の中の「植う」「飢う」「据う」は、すべて終止形の例です。みち子の句は一句の終わりで終止する句。占魚の句は上五《かみご》で切れる句です。漱石の句は、「据う」の下に当然の助動詞「べし」（「べき」は「べし」の連体形）が接続していますが、「べし」は終止形（ラ変動詞には連体形）に接続する性質を持つのです。

終止形以外で語尾に「う」が現れるのは連体形と已然形ですが、已然形の例は俳句にあまり見られません。連体形の「植うる」「飢うる」「据うる」を使う句を次に挙げておきましょう。順に「日」「こころ」「吾」という名詞を下にともなう連体形の例です。

竹植うる日の夕あかりいつまでも　星野麦丘人《ほしのばくきゅうじん》

しんしんと飢うるこころや蛇殺し　川口重美《かわぐちしげみ》

燭《しょく》据うる吾《あ》に触れたまふ雛《ひいな》かな　阿波野青畝《あわのせいほ》

さて、旧かなで語尾に「う」が現れる動詞としては、ア行下二段動詞の「う（得）」「こころう（心得）」も挙げられます。「う（得）」を例にとって、ア行下二段活用を見てみましょう。

ア行下二段活用

未然形……えず
連用形……えたり
終止形……う
連体形……うるとき
已然形……うれども
命令形……えよ

ア行下二段動詞の「う（得）」は、語幹と語尾の区別がない（どこまでが語幹でどこからが語尾か区別ができない）語で、「え」「え」「う」「うる」「うれ」「えよ」と変化します。ア行（あ・い・う・え・お）の「う」とその下の「え」の二種類の文字が現れるため、ア行下二段活用と言います。ただし、ア行下二段活用の動詞がかな書きにされる例は、俳句ではあまり見られません。次の句のように漢字で書かれる場合が多いようです。

一句得るまでは動かじ石蕗《つわ》の花　阿部《あべ》みどり女《じょ》

余談ですが、動詞の中には右の「う（得）」のように語幹と語尾の区別のない語がいくつか存在します。俳句でおなじみの「く（来）」「す（為）」また、第8回でお話しした「ゐる（居る）」などは、いずれも語幹と語尾の区別がありません。古語辞典の巻末などに掲げられている動詞活用表でこれらの語を探すと、語幹の欄に○印が書いてあったり、語が（　）付きで載せられていたり、空欄になっていたりします。それらは、「語幹と語尾の区別がない」という意味です。興味のある方は、お手元の古語辞典を開いてみてください。

それでは、今回と前回で、動詞の語尾（活用語尾）に「う」が現れるワ行下二段動詞・ア行下二段動詞の例、「ふ」が現れるハ行四段・上二段・下二段動詞の例を見てきましたので、簡便な使い分け表を次ページに掲げます。一見複雑ですが、実のところ、動詞語尾の「う」と「ふ」の使い分けは難しくありません。私たちが日々の作句で出会うかなづかいのうち、圧倒的多数は「ふ」と書くケースですから、「う」と書く少数派を暗記すればよいのです。「う」が現れるのは「植う」「飢う」「据う」「う（得）」「こころう（心得）」のみです。

ちなみに、次ページの表に記したケース以外で動詞語尾に「う」が現れるものとしては、

梨食うて心すずしくなりにけり　日原《ひはら》傳《つたえ》

の「食うて」のようなウ音便が挙げられます。音便は発音しやすいように音が変化することで、この句の場合は、ハ行四段動詞「食ふ」の連用形に「て」が付いた「食ひて」から変化しています。このウ音便については、次回じっくりとお話しします。

旧かなで「う」「ふ」と書く動詞の語尾

		語例	未然形	連用形	終止形	連体形	已然形	命令形
う	ワ行下二段動詞	植う 飢う 据う	植ゑず 飢ゑず 据ゑず	植ゑたり 飢ゑたり 据ゑたり	植う 飢う 据う	植うるとき 飢うるとき 据うるとき	植うれども 飢うれども 据うれども	植ゑよ 飢ゑよ 据ゑよ
	ア行下二段動詞	う（得） こころう（心得）	えず こころえず	えたり こころえたり	う こころう	うるとき こころうるとき	うれども こころうれども	えよ こころえよ
ふ	ハ行四段動詞	言ふ 思ふ 買ふ	言はず 思はず 買はず	言ひたり 思ひたり 買ひたり	言ふ 思ふ 買ふ	言ふとき 思ふとき 買ふとき	言へども 思へども 買へども	言へ 思へ 買へ
	ハ行上二段動詞	生ふ 恋ふ 強ふ	生ひず 恋ひず 強ひず	生ひたり 恋ひたり 強ひたり	生ふ 恋ふ 強ふ	生ふるとき 恋ふるとき 強ふるとき	生ふれども 恋ふれども 強ふれども	生ひよ 恋ひよ 強ひよ
	ハ行下二段動詞	与ふ 数ふ 迎ふ	与へず 数へず 迎へず	与へたり 数へたり 迎へたり	与ふ 数ふ 迎ふ	与ふるとき 数ふるとき 迎ふるとき	与ふれども 数ふれども 迎ふれども	与へよ 数へよ 迎へよ

16

ウ音便の「う」

「う」を使う言葉②

梨食うてすっぱき芯《しん》に至りけり　辻《つじ》　桃子《ももこ》

いと白う八つ手の花にしぐれけり　中村汀女《なかむらていじょ》

ナシは甘い果汁に富みますが、芯には強い酸味があります。桃子の句はそのナシの特徴を端的にとらえています。汀女の句は、白いヤツデの花に降りかかるとき、時雨《しぐれ》の雨筋がひときわ白く感じられるというのです。繊細な感覚の句ですね。

さて今回は右の句の「食うて」「白う」に現れるウ音便の「う」からお話を始めます。旧かなだと「ふ」ではないかと誤りがちですが、ウ音便は「う」と表記します。音便とは発音しやすいように音が変化することで、①「い」に変わるイ音便、②「う」に変わるウ音便、③撥音《はつおん》（「ん」と撥《は》ねる音）に変わる撥音便、④促《そく》音《おん》（「っ」と詰まる音）に変わる促音便の四種類があります。これらについては第6回で概説していますので、ご参照ください。それではウ音便のお話に入っていきましょう。

まず桃子の句の「食うて」ですが、これは動詞に現れたウ音便です。ハ行四段動詞「食ふ」の連用形「食ひ」に助詞「て」が付いた「食ひて」がそもそもの形で、その「ひ」が発音しやすいように「う」に変化して「食うて」となったものです。

同様のパターンのウ音便は、俳句にしばしば登場しますので、例を挙げておきましょう。

もの言うて歯が美しや桃の花　森《もり》　澄雄《すみお》

子を負うて肩のかろさや天の川　竹下《たけした》しづの女《じょ》

われ在《あ》りと思うてをれば厠《かわや》の蚊《か》　辻田克巳《つじたかつみ》
髪結うて急ぎ戻るやそゞろ寒　下田実花《しもだじっか》

傍線部はそれぞれ「言ひて」「負ひて」「思ひて」「結ひて」がそもそもの形で、それがウ音便化したものです。先にも書いたように、これらを「×言ふて」などと誤る例を見ることがありますが、「言ふ」という形はハ行四段動詞の終止形（または連体形）ですので、連用形接続の性質を持つ助詞「て」が下に付くことはありません。助詞「て」の上には「ふ」は付かない、と覚えてください。

＊

次に汀女の句の「白う」を見てみましょう。こちらは動詞ではなく、形容詞に現れたウ音便の例です。形容詞「白し」の連用形「白く」がそもそもの形で、それが発音しやすいように変化したものです。形容詞のウ音便も、俳句にしばしば登場しますので、例を挙げましょう。

おもしろうてやがてかなしき鵜舟《うぶね》哉《かな》　芭蕉《ばしょう》
寒雀《かんすずめ》身を細うして闘へり　前田普羅《まえだふら》
白玉やなつかしうして初対面　山田弘子《やまだひろこ》
菖蒲《しょうぶ》根《ね》分《わけ》水をやさしう使ひけり　草間時彦《くさまときひこ》

順に「おもしろう」「細う」「なつかしう」「やさしう」がウ音便で、それぞれ、「おもしろく」「細く」「なつかしく」「やさしく」の「く」の部分が「う」になっているものです。ちなみにこのウ音便形のうち「なつかしう」「やさしう」は新かなでは「なつかしゅう」「やさしゅう」と、小書きの「ゅ」をともなう形になります。現在も丁寧な手紙文や会話文で「嬉《うれ》しゅうございます」などと使いますが、同じパターンですね。たとえばこれを旧かなに戻すとどう書くでしょうか？　旧かなでは「嬉しうございます」と書きます。

＊

それでは、形容詞のウ音便に続いて、それに由来する言葉を紹介していきましょう。

まず、挨拶語《あいさつ》の「ありがとう」ですが、これは旧かなでは「ありがたう」と書きます。

洋梨はうまし芯までありがたう　加藤楸邨《かとうしゅうそん》

「ありがたう」の基になっている形容詞「ありがたし（有り難し）」は、その字のごとく、「有ることが難《かた》し（「難し」は「難《むずか》しい」の意）」が原義で、そこから、「めったにない」「珍重すべき」「もったいない」などの意となった語です。この「ありがたし」の連用形「ありがたく」がウ音便化した「ありがたう」に「ございます」が付いた感謝の言葉が「ありがたうございます」で、そこから「ございます」を省略したのが「ありがたう」です。

楸邨の句は、飾らないストレートな言葉が温かい句です。「芯まで」は、冒頭の桃子の句にもあるように、普通のナシは芯が酸《す》っぱいことを前提にしています。

点滴の滴々新年おめでたう　川崎展宏《かわさきてんこう》

おはやうと言はれて言うて寒きこと　榎本《えのもと》　享《みち》

新かなの「おめでとう」「おはよう」は、旧かなでは「おめでたう」「おはやう」と書きますが、「ありがたう」と同じく、形容詞のウ音便に由来します。「おめでたう」は形容詞「めでたし」の連用形「めでたく」がウ音便化した「めでたう」に「お」の付いたもの。「おはやう」は形容詞「はやし（早し）」の連用形「はやく」がウ音便化した「はやう」に「お」の付いたものです。

展宏の句は最晩年の病床の作です。病床の正月は明るく楽しいものではないでしょうが、点滴の滴を見つめて新年を言祝《ことほ》ぐ飄々《ひょうひょう》とした姿が見えます。享の句は張り詰めた冬の朝の寒気に響く声が聞こえるようですね。ちなみにこの句の「言うて」は先に掲げた澄雄の句にもあるように、動詞のウ音便の例です。

また、挨拶の語ではありませんが、やはり形容詞のウ音便に由来する語として、「かろうじて（辛うじて）」「とう（疾う）」「とうから（疾うから）」も挙げられます。旧かなでは「からうじて（辛うじて）」「とう（疾う）」「とうから（疾うから）」と書きます。

からうじて鶯餅《うぐいすもち》のかたちせる　桂《かつら》 信子《のぶこ》

父母とうになし馬鈴薯《ばれいしょ》の花ざかり　瀧澤宏司《たきざわこうじ》

山茶花《さざんか》へ疾《と》うから雨の降つてをり　青山《あおやま》 丈《じょう》

「からうじて（辛うじて）」は「厳しい」という意の形容詞「からし（辛し）」の連用形「からく」に「して」が付いた「からくして」がウ音便化して「からうじて」となったもの。「厳しいがやっとのことで」という意から「ようやく」「やっと」「僅《わず》かに」などの意となった語です。「とうに（疾うに）」「とうから（疾うから）」は、「早い」という意の形容詞「とし（疾し）」の連用形「とく」がウ音便化した「とう」に「に」「から」が付いたものです。

信子の句は抓《つま》み上げた鶯餅、または菓子箱の中のそれの描写でしょうか。やっと形を保つとは、柔らかな鶯餅にぴったりの表現です。宏司の句は、清楚《せいそ》で美しいジャガイモの花から、亡き父母と過ごした時間がしみじみと思いやられます。丈の句からは、柔らかな花弁を零《こぼ》れる美しい雨粒が見えるようですね。

＊

それでは最後に、形容詞のウ音便にちなんで、助動詞の「べし」に現れるウ音便についても紹介しておきましょう。

白蓮や開かば露《つゆ》をこぼすべう　正岡子規《まさおかしき》

助動詞「べし」は、形容詞と同じパターンの語形変化をするため、連用形は「べく」となります。「べう」はその「く」の部分が、ウ音便化したものです。新かなで書くと「びょう」となる語ですが、旧かな表記だと「べく」という音便化する前の形との関係がよく分かりますね。「こぼすべう」は「零《こぼ》すに違いない」の意で、子規の句は白いハスの蕾《つぼみ》を前にして、「開いたらきらきらした露をこぼすに違いない」と、その姿を愛《め》でているのです。

＊

さてこれで動詞と形容詞に現れるウ音便のお話は終わりですが、実は、ウ音便化は他の品詞にも数多く起こります。一例を挙げましょう。名詞の例です。

おとうとに十年の恋牽牛花《けんぎゅうか》　藺草慶子《いぐさけいこ》

「おとうと（弟）」はそもそもは年下の人を表す「おとひと」で、その「ひ」がウ音便化して出来た語です。慶子の句の季語「牽牛花」はアサガオのことですが、彦星と織姫、すなわち牽牛と織女《しょくじょ》の「牽牛」のイメージを背後に置いているのでしょう。彦星（牽牛）のように涼やかな眉目《びもく》の青年のひたむきな恋が思われます。

この「おとうと」のように「ひと」及び「びと」の「ひ」や「び」がウ音便化した名詞の例はほかにもあり、「いもひと（妹人）」から来た「いもうと（妹）」、「なかびと（仲人）」から来た「なかうど（仲人）」、「めしひと（召人・囚人）」から来た「めしうど（召人・囚人）」、「まれひと（稀人）」が転じた「まらひと」から来た「まらうど（客・賓）」などが挙げられます。

右はほんの一例で、ウ音便の含まれる語は他にも数多くあります。それらは次回以降のお話の中で、必要に応じて挙げることにいたしましょう。

17

助動詞の「う」「よう」

「う」を使う言葉③

もう少し俳句つくらう日向《ひなた》ぼこ　上野章子《うえのあきこ》

湯豆腐や死後に褒《ほ》められようと思ふ　藤田湘子《ふじたしょうし》

冬は寒く、日も早く落ちます。それだけに、日中の日向ぼこには心が癒《いや》されるもの。章子の句からは、その暖かさの中で俳句を作る喜びがしみじみと伝わります。句帳に遺《のこ》されていた最晩年の作ということです。

湘子の句は、自解によれば、「周囲からいただく批評は大切。それはありがたく受けとめるが、それはばかり気にしていたら自分の俳句は求められない。それより五十年百年後の俳句作者の誰かが、一句でも眼にとめてくれたら本望」という気分を込めた作とのことです。「褒められよう」が名利や栄達を求める思いと異なることは、自解からも、「湯豆腐」というシンプルな食べ物の季語からも窺《うかが》われます。

さて、上の句の「つくらう」や「褒められよう」は旧かなとして適切な用法ですが、これを、「つくらふ」が正しいのではないか、「褒められよふ」あるいは「褒められやう」が正しいのではないかなどと迷った方はないでしょうか。

今回は、そのような迷いを払拭《ふっしょく》していただくために、「つくらう」に使われている助動詞「う」、「褒められよう」に使われている助動詞「よう」についてじっくりとお話しします。

それではまず、助動詞「う」から始めましょう。

助動詞「う」は、新かなでも旧かなでも「う」と書きます。俳句でおなじみの「む」という文語の助動詞から、「む」→「ん」→「う」という変化を経て平安時代末期以降に生まれた語で、意志や推量などの意を表す点でも、動詞などの未然形に接続する点でも、「む」の働きを引き継ぐものです。

小包を母につくらむ初しぐれ　黒田杏子《くろだももこ》

杏子の句の「つくらむ」と、冒頭の章子の句の「つくらう」を比べると、ともに「〜しよう」という意志を表し、ラ行四段動詞「つくる」の未然形「つくら」に接続していることが確認できます。

それでは「う」を使った句を挙げましょう。

年玉を妻に包まうかと思ふ　後藤比奈夫《ごとうひなお》
死なうかと囁《ささや》かれしは蛍《ほたる》の夜　鈴木真砂女《すずきまさじょ》
何とせう鬼城《きじょう》の軸も紙魚《しみ》まみれ　大橋敦子《おおはしあつこ》
木の家のさて木枯らしを聞きませう　高屋窓秋《たかやそうしゅう》

「包まう」「死なう」「せう」「ませう」に、それぞれ「う」が使われています。「包まう」は、マ行四段動詞「包む」の未然形「包ま」に接続した例。「死なう」は、ナ変動詞「死ぬ」の未然形「死な」に接続した例。「せう」はサ変動詞「す」の未然形「せ」に接続した例。「ませう」は口語の助動詞「ます」の未然形「ませ」に接続した例です。

このうち、比奈夫と真砂女の句の「包まう」「死なう」は、「う」の直前の未然形語尾（「ま」「な」）がア段です。新かなでは「包もう」「死のう」とオ段ですので注意してください。

試しに、次の例で新かなから旧かなに戻す作業をしてみましょう。たとえば新かなの「急ごう」「話そう」「勝とう」「遊ぼう」は旧かなではどう書くでしょうか？　助動詞「う」の上のオ段の文字をア段に戻せばいいので、旧かなでは、「急がう」「話さう」「勝たう」「遊ばう」となります。

一方、敦子と窓秋の句の「せう」「ませう」は、「う」の直前の未然形語尾（「せ」）がエ段です。こちらの場合、新かなでは「しょう」「ましょう」、すなわち、小書きの「ょ」を含む表記になります。俳句の例はあまり見ませんが、これも覚えていただけたらと思います。たとえば天気予報などで「晴れでしょう」と言いますが、旧かなでは「晴れでせう」となります。

比奈夫の句は、愛情深い夫の心がさらりと詠《よ》まれています。真砂女の句は、道ならぬ恋をした相手からの囁きでしょう。「蛍の夜」という下五《しもご》は浪漫的ですが、切なさをも宿しています。敦子の句の「鬼城」とは村《むら》上鬼城《かみきじょう》です。大切にしていたこの俳人の掛軸《かけじく》を不覚にも紙魚に食われて、「何とせう（どうしたらいいだろう）」と嘆いています。窓秋の句の「さて〜聞きませう」という弾んだ口調は印象的です。木の葉を吹き散らす木枯を木造の家の中で聞くのは寄るべないはずですが、そこにおかしみを見出して楽しんでいるのです。

さて、助動詞「う」を一句に三度も使ったユニークな句がありますので、まとめとして引いておきます。

寒からう痒《かゆ》からう人に逢《あ》ひたからう　正岡子規《まさおかしき》

「寒からう」は形容詞「寒し」の未然形「寒から」に接続した例。「痒からう」は形容詞「痒し」の未然形「痒から」に接続した例。「逢ひたからう」の「たからう」は、形容詞型の活用をする助動詞「たし」の未然形「たから」に接続した例です。

この句は明治三十年の作で、子規も、この句を贈られた河東碧梧桐《かわひがしへきごとう》もこの当時はまだ若者でした。天然痘《てんねんとう》にかかって療養中の碧梧桐の心情を思いやった句です。

＊

それでは続いて、助動詞「よう」のお話です。

「よう」は室町時代後期に、助動詞「う」から出来た語で、「う」と同じく意志や推量などの意を表す助動詞。新かなでも旧かなでも「よう」と書きます。たとえばマ行上一段動詞の「見る」を例にとると、未然形「見」＋「う」→「見う」に「みょう」の音が現れ、それが「見よう」のごとく「よ」を表記する形になり、そこから改めて、

「見よう」→「見」＋「よう」

の形に分かれて、助動詞として独立したものですので、

かなづかいは「よう」が適切です。

対等でゐよう春暮《しゅんぼ》の鴉《からす》とは　大木《おおき》あまり

あまりの句の「ゐよう」はワ行上一段動詞「ゐる（居る）」の未然形「ゐ」に接続した例。嫌われ者のカラスですが、優しい春の夕暮れの光の中、わが身もカラスも同じ命だとしみじみと感じているのでしょう。

＊

さて、助動詞「よう」としばしば混同されるものに「やう（様）」があります。「やう（様）」は、ありさま・姿などを表す名詞で、これに助動詞「なり」をともなって一語化した助動詞「やうなり（様なり）」は俳句に頻出します。

月はあれど留主《るす》のやう也須磨《なりすま》の夏　芭蕉《ばしょう》

やませ来るいたちのやうにしなやかに　佐藤鬼房《さとうおにふさ》

寒菊や母のやうなる見舞妻　石田波郷《いしだはきょう》

鬼房の句の「やうに」は「やうなり」の連用形で、この形がもっとも多く見られるようです。また、波郷の句の「やうなる」は連体形の例です。このように俳句に頻繁《ひんぱん》に使われるなじみ深い語であるため、これに引きずられて助動詞「よう」の旧かなも「×やう」と誤りがちになるのです。気をつけましょう。

芭蕉の句は『笈《おい》の小文《こぶみ》』所収で、夏の須磨を訪れたところ、やはり須磨は秋が良いと残念に思う気持ちを詠《よ》んだものです。鬼房の句は、冷害をもたらすやませを、するするとやってくる肉食獣のイタチにたとえて、その非情さを怖れています。波郷の句は、「寒菊」という季語から、楚々《そそ》とした妻の慈母のような表情が浮かびますね。

さて、「やうなり」以外にも、「やう（様）」を含む語は俳句にしばしば現れます。

寒椿《かんつばき》今年は咲かぬやうすなり　正岡子規

羽子板の判官静《ほうがんしずか》色もやう　松本《まつもと》たかし

詰襟《つめえり》に早春の風さやうなら　加藤《かとう》かな文《ぶん》

「やうす（様子）」「もやう（模様）」「さやうなら」に「やう（様）」が含まれています。ちなみに、「さやうなら」の「さやう」は、「さ（然）」＋「やう（様）」です。「さ（然）」は「そう」という意の副詞で、「さやうなら」は「そのようなら」の意。そもそもは、「さやうならば……」の下に続く表現を省略したもので、そこから、別れの挨拶《あいさつ》に用いられるようになりました。子規の句は、毎年楽しみにしているカンツバキの今年のありさまを残念に思うもの。たかしの句は、「判官」すなわち源《みなもとの》 義経《よしつね》と静御前《しずかごぜん》をあしらった羽子板を愛《め》でるものです。かな文の句は卒業式の光景でしょう。

　最後に、「やう（様）」にちなんで、旧かなで「やう」と書くその他の語も挙げておきましょう。新かなの「ようやく（漸く）」「ようよう（漸う）」は、旧かなでは、「やうやく」「やうやう」と書きます。

桑の実ややうやくゆるき峠道　五十崎古郷《いかざきこきょう》

十月の月ややう〳〵凄《すご》くなる　夏目漱石《なつめそうせき》

18

「う」を使う言葉④

さうめん・さうびなど

風にそふミモザの花にそうてゆく　浦川聡子《うらかわさとこ》

築山を飽かず眺めて冷さうめん　小島《こじま》　健《けん》

聡子の句は、風に揺れるミモザの花房の美しさと、その花の傍《かたわ》らを歩く喜びを詠《よ》んでいます。健の句からは、広々とした庭を眺めつつくつろぐひとときが思われます。

さて、右の聡子の句の「そうて」の「そう」と、健の句の「さうめん（索麺・素麺）」の「さう」は、ともに新かなで「そう」と書きます。ただし、「う」の上の文字に注目すると、「そ」と「さ」の違いがあります。

さて、ここで思い出していただきたいのが第13回でお示しした対照表です。そこでは、旧かなで「ふ」を使う言葉のうち、新かなとの対応が複雑なものについてお話をしました。じつは、旧かなで「う」を使う言葉にも同様に、新旧の表記の対応が複雑な語があります。対照表にしてみましょう。

	漢字	新かな	旧かな
①	索麺	そうめん	さうめん
②	胡瓜	きゅうり	きうり
③	茗荷	みょうが	めうが

今話題にしている「さうめん」は、①新かなではオ段の文字（この場合は「そ」）に「う」を加えた表記が、旧かなでは「ア段の文字（この場合は「さ」）＋う」であるパターンです。②は新かなでは「ゆ」（この場合は小書きの「ゅ」）を含む表記が、旧かなでは「イ段の文字

（この場合は「き」）＋う」であるパターンです。③は新かなでは「よ」（この場合は小書きの「ょ」）を含む表記が、旧かなでは「エ段の文字（この場合は「め」）＋う」であるパターンです。

このうち、すこぶる数の多いものが①のパターンで、旧かな学習のひとつの山場となるところです。そのため、今回から第21回まで関連事項も含めてじっくりと①のパターンの語を見ていきたいと思います。②③については、第22回で解説しますので、楽しみにお待ちください。

それでは今回は、冒頭の健の句の「さう」のようなパターン、すなわち、

新かな	オ段の文字＋う	例「そう」
	←	
旧かな	ア段の文字＋う	例「さう」

というパターンの言葉のうち、俳句に使われることの多いものを紹介していきます。余談ながら、聡子の句の「そうて」の「そう」は、ハ行四段動詞「そふ（沿ふ）」の連用形「そひ」がウ音便化したもの。ウ音便については、第16回をご参照ください。

＊

まず健の句の「さうめん」ですが、これは、「さくめん（索麺）」の「く」がウ音便化して「う」となったもの。「さく（索）」は、縄・綱という意の語です。

続いて、俳句によく出てくる副詞「さう（然う）」のお話をしましょう。新かなでは「そう」ですが、旧かなでは次の句のように、「さう」と書きます。

妻がゐて夜長を言へりさう思ふ　森《もり》 澄雄《すみお》

「さう」は「さ（然）」（「そのように」の意）という副詞の変化した語と言われています。澄雄の句は、「夜長ですね」という妻の言葉に確かにそうだと思った、というものです。秋の夜を静かに過ごす仲睦まじい夫婦の姿が浮かびますね。

この「さう」から生まれた連体詞「さういふ」、接

続詞「さうして」も俳句に登場します。

芯《しん》に塵《ちり》たいせつな雪さういふ雪　柚木紀子《ゆきのりこ》

詫《わび》手紙かいてさうして風呂へゆく　種田山頭火《たねださんとうか》

副詞の「さう」と並んで俳句によく使われるのが、接尾語「さう」（名詞に分類する説もあり）です。「さう」は「～の様子」「～らしい」と様態を表したり、「～ということ」と伝聞の意を表したりする語で、「さま（様）」が転じたとも、「さう（相）」（姿・ありさまの意）から来たとも言われています。

さて、この接尾語「さう」に指定の助動詞「だ」が付いて一語化したものに、現代語の助動詞「さうだ」があります。「さうだ」は「さう」の働きを受け継いで様態や伝聞を表します。新かなでは「そうだ」と書きますが、旧かなでは「さうだ」と表記します。次の句は、「さうだ」の連体形「さうな」が使われた例です。

見えさうな金木犀《きんもくせい》の香なりけり　津川絵里子《つがわえりこ》

本来嗅覚《きゅうかく》に訴えかけるものであるキンモクセイの香りを、「見えさうな」と視覚を基準にして捉《とら》えることで、強い芳香を描きだしたところが斬新《ざんしん》ですね。この連体形「さうな」は俳句にしばしば使われますので、例を補いましょう。

皹《あかぎれ》といふいたさうな言葉かな　富安風生《とみやすふうせい》

榠樝《かりん》には打ち明けてみてよささうな　後藤比奈夫《ごとうひなお》

また、「さうだ」の連用形「さうに」と、同じく連用形の「さうで」も例を掲げましょう。

菜の花がしあはせさうに黄色して　細見綾子《ほそみあやこ》

落ちさうで落ちぬところに露の玉　高橋将夫《たかはしまさお》

なお、絵里子の句から将夫の句までの「さうだ」はすべて様態を表す例です。前述のように「さうだ」は様態や伝聞を表しますが、俳句で使われる場合は、様態を表す例が多いようです。

さて、副詞「さう（然う）」、接尾語「さう」の他にも、「さう」というかなづかいの語は俳句にしばしば現れます。季語の中からそれらを拾ってみましょう。

供へけり蕾《つぼみ》がちなる冬さうび　山田閏子《やまだじゅんこ》

さうぶ湯やさうぶ寄《より》くる乳《ち》のあたり　白雄《しらお》

徹頭徹尾機嫌のいい犬さくらさう　川上弘美《かわかみひろみ》

閏子の句の「冬さうび」は冬の季語です。「さうび（薔薇）」（新かなで「そうび」）は、「しやうび（薔薇）」（新かなで「しょうび」）が直音化した語で、この句のように「冬」をともなう五音の形で、俳句の下五《しもご》に使われることの多い語です。閏子の句からは、寒気の中にけなげに開こうとする冬のバラを通して、亡き人へ寄せる作者の気持ちが伝わってきます。

余談ですが、この「さうび」を詠み込んだ面白い歌がありますので、次に紹介しておきましょう。『古今《こきん》和歌集《わかしゅう》』巻十に登場する歌で、作者は仮名序の筆者である紀貫之《きのつらゆき》です。

我はけさうひにぞ見つる花の色をあだなる
物といふべかりけり　紀　貫之

この歌は、物の名を隠して詠み込む「物名歌《ぶつめいか》」の一つです（『古今和歌集』の巻十は、物名歌を集めた巻です）。歌意は、「私は今朝初めて見た花であるが、その色は、あでやかなものと言うべきであることよ」というものですが、波線を付した「けさうひに（今朝初に）」の部分に「さうひ」すなわち「さうび（薔薇）」の語が隠してあります。日本に自生するバラではなく、中国渡来のバラを指す「さうび」に対して中国の詩文集『文選《もんぜん》』に出る漢語「婀娜《あだ》」（あでやかという意）を用いるところにも、平安朝知識人らしい趣向がうかがえる歌です。

続いて、白雄の句の「さうぶ湯（菖蒲湯）」は、夏の季語です。「菖蒲」は、現代では「しょうぶ」（旧かなは

「しやうぶ」）の読みが一般的ですが、「さうぶ（菖蒲）」（新かなは「そうぶ」）も古い歴史を持つもので、『枕草《まくらのそう》子《し》』などにも現れます。白雄の句は、端午《たんご》の節句の菖蒲湯に入っている光景を描くものです。菖蒲の緑の葉が胸乳のあたりにすうっと寄る瞬間を、鋭敏な感覚で捉えた清々しい句です。

　さて、続く弘美の句の「さくらさう（桜草）」は春の季語です。この句の「徹頭徹尾」は「始めから終わりまでずっと」の意ですが、「頭」と「尾」という語を使うことで、ちぎれんばかりにしっぽを振る犬の姿も浮かび上がらせています。

「さくらさう」のように「さう（草）」をともなう植物の季語はほとんどが漢字表記ですが、かな書きの例もまれに見られます。

照り出でて俄《にわ》かに脆《もろ》しおいらんさう　林原耒井《はやしばららいせい》
一束のはうれんさうを夕妻ら　山口青邨《やまぐちせいそん》
矢車にやぐるまさうの白穂咲く　阿部《あべ》ひろし

　それでは最後に、「さう」というかなづかいの語をもう一つ紹介しておきましょう。古語の形容詞「さうざうし」（「物足りない」の意）で、「さくさくし（寂寂し・索索し）」がウ音便化したものという説が有力です。次の句は連体形「さうざうしき」を使う例です。

荻《おぎ》の風いとさう〴〵しき男かな　蕪村《ぶそん》

「いとさう〴〵しき」は、『徒然草《つれづれぐさ》』の一節「よろづにいみじくとも、色好まざらん男は、いとさうざうしく（万事に優れていても、色を好まない男は、物足りなく）」を背後に置く表現で、「和歌では、秋を告げる荻の風は寂《さび》しさの極致とされているが、色気の乏しいところは物足りない男のようだ」と言い、和歌的美意識を逆転させた内容となっている句です。

19

「う」を使う言葉⑤

あうむ・たうがらし など

おしあうて又卯《う》の花の咲きこぼれ　正岡子規《まさおかしき》

咳《せき》をして死のかうばしさわが身より　山上樹実雄《やまがみきみお》

山の声母の声もつ蕗《ふき》のたう　河野多希女《こうのたきじょ》

子規の句は、卯の花が白く咲き満ちるさまを鮮やかに描き出しています。樹実雄の句は、咳をした際に我が身から死の香りが立ちのぼった、と言うのです。死は怖《おそ》れ忌《い》むべきものではなく、自らの中に親しいものとして在ると言うのでしょう。多希女の句は、小さなフキノトウから、大自然の声と懐かしい母の声が聞こえる、と言います。幼いころに母と山でフキノトウを摘んだ思い出が蘇《よみがえ》るのでしょうか。

さて、上の句の「おしあうて」「かうばしさ」「蕗のたう」は、新かなではそれぞれ「おしおうて」「こうばしさ」「蕗のとう」と書きます。いずれも、新かなで「オ段の文字＋う」が旧かなでは「ア段の文字＋う」である、というパターンのものです。

新かな		旧かな
オ段の文字＋う 例「おう」「こう」「とう」	←	ア段の文字＋う 例「あう」「かう」「たう」

今回は、新かな「おう」と旧かな「あう」、新かな「こう」と旧かな「かう」、新かな「とう」と旧かな「たう」の対応について、俳句に使われることが比較

的多い語に絞ってお話しします。

＊

まず、冒頭の子規の句ですが、新かな「おしおうて」は、旧かなでは「おしあうて」になります。これはハ行四段動詞「おしあふ」の連用形「おしあひ」に助詞「て」が付いてウ音便「おしあう」になったもの。新かなの「おう」を旧かなで「あう」と書く例としては、「あうむ（鸚鵡）」も時折見られるものです。

永き日の鸚鵡《おうむ》のあうむ返しかな　亀井雉子男《かめいきじお》

春ののんびりした一日に、オウムに話しかけたのはどんな言葉だったのでしょうか。

続いて、冒頭の樹実雄の句ですが、新かな「こうばしさ」は旧かなでは「かうばしさ」です。名詞「かうばしさ（香ばしさ・芳ばしさ）」は、形容詞「かうばし（香ばし・芳ばし）」に接尾語の「さ」が付いたもの。「かうばし」は、形容詞「かぐはし（香し・芳し）」から生まれた語です。「かぐはし」から生まれた語としては、「かうばし」の他に「かんばし（香し・芳し）」もあります。

かぐはしや時雨《しぐれ》すぎたる歯朶《しだ》の谷　川端茅舎《かわばたぼうしゃ》
菖蒲湯《しょうぶゆ》を出てかんばしき女かな　日野草城《ひのそうじょう》

余談ながら「かぐはし」は、名詞「か（香）」に「優れている」「精妙で美しい」などの意を表す形容詞「くはし（細し）」が付いて生まれたものです。

仏足に春のくはしき松の影　森《もり》　澄雄《すみお》

この機会に、「かうばし」と「くはし」「かぐはし」「かんばし」をセットにして覚えると便利です。「かぐはし」「くはし」の傍線部のかなづかいを「は」か「わ」か迷ったときは、「かうばし」「かんばし」を思い出せば誤ることはありません。

新かなの「こう」を旧かなで「かう」と書く例は他にもあります。まず、動物の季語「あんかう（鮟鱇）」と「かうもり（蝙蝠）」から。

あんかうは釣るす魚なり縄簾《なわのれん》　夏目漱石《なつめそうせき》

かうもりの鳴くや火を焚《た》く母の上　吉田汀史《よしだていし》

「あんかう」の語源は未詳ですが、「かうもり」は古形の「かはほり」（「かはぼり」とも）の変化した語と言われています。「かはほり」は俳句ではおなじみの季語です。

かはほりやむかひの女房こちを見る　蕪村《ぶそん》

植物の季語でかな書きの例を見ることの多いのは「きちかう（桔梗）」です。

きちかうも見ゆる花屋が持仏堂　蕪村

現代では「ききょう（桔梗）」（旧かなでは「ききやう」）が一般的な呼称になっていますが、「きちかう」は古い歴史を持つ古名です。一一一ページで、「さうび（薔薇）」の例として、『古今和歌集《こきんわかしゅう》』巻十に載る紀貫之《きのつらゆき》の物名歌《ぶつめいか》を紹介しましたが、その貫之の従兄弟《いとこ》で、共に『古今和歌集』の撰者《せんじゃ》をつとめた紀友則《きのとものり》に、「きちかう」の語を詠《よ》み込んだ物名歌があります。

あきちかうのはなりにけり白露のおける
くさばも色かはりゆく　紀　友則

歌意は「野に秋が近くなったことだ。白露を置いた草葉も色が変わってゆく」で、「あきちかうのはなりにけり（秋近う野はなりにけり）」の波線を付した部分に「きちかうのはな（桔梗の花）」の語が隠してあります。

むかうへと橋の架かつてゐる薄暑《はくしょ》　鴇田智哉《ときたともや》

「向こう側」の意の名詞「むかう（向かう）」は、ハ行四段動詞「向かふ」の連用形「向かひ」のウ音便「向かう」が固定して名詞化したものです。智哉の句の「むかう」ですが、作為のない自然のままの楽土を指す「むかう（無何有）」という語が別にありますので、あるいはその意も響かせてあるかもしれません。

ちなみに旧かなとしてのかなづかいは「向かう」ではなく「向かふ」が正しいという説もあります。こちらは、連体形（ないしは終止形）の「向かふ」が固定して名詞化したと考える説で、それに従うと旧かなは「向かふ」ということになります。

日のあたる壁のむかふの蟻地獄　横山白虹《よこやまはくこう》

新かなの「向こう」に対する旧かなには、「向かう」説と「向かふ」説が併存しているわけです。

これと似た現象として、新かなの「すもう（相撲）」にも、二様の旧かな説があります。ハ行四段動詞「すまふ（争ふ）」の連用形「すまひ」のウ音便が固定化した「すまう」であるとする説と、連体形（ないしは終止形）が固定化した「すまふ」だとする説の二つが併存しています。

「かう」を使う語はまだまだ多くありますので、句だけをいくつか掲げておくことにいたしましょう。

あやめ生《おい》け軒の鰯《いわし》のされかうべ　芭蕉《ばしょう》

落飾やかうほねに鳴る花鋏《はなばさみ》　澁谷《しぶや》道《みち》

かうなれば蠅虎《はえとりぐも》とあそばんか　緒方《おがた》敬《けい》

「されかうべ」「かうほね」「かうなれば」は、新かなでは「されこうべ（髑髏）」「こうほね（河骨）」「こうなれば」です。

＊

続いて、冒頭の多希女の句の「蕗のたう」です。新かなの「蕗のとう（蕗の薹）」は旧かなでは「蕗のたう」と書きます。同じく新かなで「とう」を使う「とうとう（到頭）」「とうがらし（唐辛子）」「てんとうむし（天道虫）」は、「たうとう」「たうがらし」「てんたうむし」と書きます。

十夜粥《じゅうやがゆ》すすりたうとう一人ぼち　木田千女《きだせんじょ》
唐辛子《とうがらし》色となりゆくたうがらし　片山由美子《かたやまゆみこ》
翅《はね》わつてんたう虫の飛びいづる　高野素十《たかのすじゅう》

最後に、「たう」にちなんで、「だう」の例も挙げておきましょう。新かなの「りんどう（竜胆）」は旧かなで「りんだう」と書きますが、時折かな書きの例を見ます。

りんだうや楢《なら》のこぼれ日ふみゆけば　木津柳芽《きづりゅうが》

「竜胆」は「りゅうたん」（旧かなでは「りゆうたん」）と読みますが、これが、「りうたむ」「りうたう」と変化して出来たのが「りんだう」です。

20

はうれんさう・まらうど など
「う」を使う言葉⑥

死なうかと囁《ささや》かれしは蛍《ほたる》の夜　　鈴木《すずき》真砂女《まさじょ》
大風やはうれん草が落ちてゐる　　千葉《ちば》皓史《こうし》
掛香《かけこう》や車せりあふ物まうで　　正岡《まさおか》子規《しき》
寒菊や母のやうなる見舞妻　　石田《いしだ》波郷《はきょう》
骸《むくろ》くるむ毛布何枚あらうとも　　大木《おおき》あまり

真砂女の句の「死なうか」という囁きは、この世では成就《じょうじゅ》できない恋の相手からの言葉なのでしょう。闇《やみ》を飛ぶ蛍は甘美でもあり、切なくもあります。皓史の句は春の郊外の情景でしょうか。道ばたに落ちているホウレンソウの緑がはっとするほど鮮やかです。子規の句の「車」は牛車《ぎっしゃ》でしょう。『源氏物語』の「葵《あおい》」の巻での六条御息所《ろくじょうのみやすんどころ》と葵上《あおいのうえ》の車争いなどへも連想が広がるのは、「掛香」という優雅な季語の働きです。波郷の句からは冬のわびしさの中で妻のあたたかさが心の支えであったことが分かります。あまりの句は、「アフガニスタン戦争」という前書を持つもの。折々に社会問題を詠《よ》み続けている作者らしいまなざしの句です。

さて、これらの句に登場する「死なう」「はうれん草」「物まうで」「やうなる」「あらう」は、新かなではそれぞれ「死のう」「ほうれん草」「物もうで」「ようなる」「あろう」と書きます。いずれも、新かなで「オ段の文字＋う」が旧かなでは「ア段の文字＋う」である、というパターンのものです。

新かな	旧かな
オ段の文字＋う 例「のう」「ほう」「もう」「よう」「ろう」	← ア段の文字＋う 例「なう」「はう」「まう」「やう」「らう」

今回はこの、新かな「のう」と旧かな「なう」、新かな「ほう」と旧かな「はう」、新かな「もう」と旧かな「まう」、新かな「ろう」と旧かな「らう」の対応について、俳句に使われることが比較的多い語に絞ってお話しします。新かな「よう」と旧かな「やう」の対応についてはすでに、第17回で語例を多く挙げていますので、そちらをご参照ください。

それでは冒頭の真砂女の句の「死なう」から始めましょう。新かな「死のう」は、旧かなでは「死なう」です。これはナ変動詞「死ぬ」の未然形「死な」に推量や意志を表す助動詞「う」が接続したもので、この場合は意志を表します（一〇三ページ参照）。

新かなの「のう」を旧かなで「なう」と書く例としては、形容詞「なし（無し）」の連用形「なく」のウ音

便「なう」も挙げられます。

嵩《かさ》もなう解かれて涼し一重帯《ひとえおび》　日野《ひの》草城《そうじょう》

死ぬ暇もなうてと笑ひ薬喰《くすりぐい》　茨木《いばらき》和生《かずお》

草城の句は、暑い戸外を歩いて湿った帯を解いた場面でしょう。「嵩もなう」すなわち、「（たいした）嵩も無く」という描写から、夏用の帯らしい軽さが伝わります。和生の句の「なうて」は、「なう（無う）」に助詞「て」が接続した例。高齢だが何かと忙しく死ぬ暇も無い、と言うのです。明るい笑顔が目に浮かびます。

＊

次に皓史の「はうれん草（菠薐草）」は俳句でかな書きにされる例が比較的多い語の一つです。西南アジア原産のホウレンソウは、洋の東西を問わず栽培が盛んで、日本では、江戸初期に中国経由で伝わった在来種、明治以降に導入された西洋種、両者の雑種が栽培されています。「はうれん」は、漢字の音を表す字音かなづかいで、ネパールの地名に由来すると言われています。海を越えて渡ってきた野菜らしい名なのですね。

新かなの「ほう」を旧かなで「はう」と書く例としては、名詞の「はう（方）」「はうき（箒・帚）」なども挙げられます。

紙芝居片蔭《かたかげ》の大人《おとな》のはうが笑ふ　原田《はらだ》種茅《たねぢ》

雪月花をのこの罪ははうき星　高屋《たかや》窓秋《そうしゅう》

種茅の句の「片蔭の大人のはうが」は、大人とは違って、かんかん照りの場所で紙芝居を見る子どもの姿を心に置くものです。窓秋の句の「はうき星（箒星）」は彗星《すいせい》の異称で、長い尾を引くところからこう呼ばれます。古来妖星《ようせい》とされ、凶兆とされた星を男性の罪の象徴と捉《とら》えた句です。同じ作者に〈雪月花をみなの罪は地に芽生え〉もありますが、天にある「をのこの罪」と地にある「をみなの罪」の対照が興味深いですね。

それでは、「はう」にちなんで、「ばう」の例も挙げましょう。

どんよりとまんばうのゐる春の風邪《かぜ》　奥坂《おくざか》まや

新かな「まんぼう（翻車魚）」は旧かなでは「まんばう」で、俳句でかな書きにされることが多いものです。姿が円いことから「まるぼう（円坊）」の訛《なま》り、また、四角くも見えるため「まんばう（満方）」から来た語なども言われますが、決め手はなく語源は未詳です。まやの句は、風邪心地で水族館にいるのでしょうか。あるいは風邪で臥《ふ》せっている際の夢の中でマンボウに出会ったのかもしれません。いずれにせよ、動作が鈍く海面に浮いていることも多いマンボウの姿が、春の風邪のけだるさと通い合っています。

とんばうの時折風に隠れけり　抜井《ぬくい》諒一《りょういち》

新かな「とんぼう（蜻蛉）」は、旧かなでは「とんばう」と書くのが一般的です（ただし語源は未詳で、旧かなを「とんばふ」とする説もあります）。諒一の句は、やや強い秋風の中を煌《きら》めきながら飛ぶ姿が印象的に描写されています。

ちなみに、トンボを表す言葉には「とうばう」（新かなでは「とうぼう」）もあり、この「とうばう」から「とんばう」、さらに「とんぼ」に変化したと考えられています。

新かなの「ぼう」を旧かなで「ばう」と書く例としては他に、「ばうず（坊主）」もあり、季語にも「ねぎばうず（葱坊主）」「けしばうず（罌粟坊主・芥子坊主）」などと使われます。しかし、かな書きの例はあまりなく、漢字が多いようです。

母逝きて泣き場所が無し葱坊主《ねぎばうず》　今瀬《いませ》剛一《ごういち》

揺るること花におくれず罌粟坊主《けしばうず》　片山《かたやま》由美子《ゆみこ》

＊

続いて、冒頭の子規の句の「物まうで」です。

新かな「物もうで（物詣）」は、旧かなでは「物まうで」になります。「物まうで」は社寺に参ることで、「まうで」の部分は動詞「まうづ（詣づ）」の連用形が固定して名詞化したものです。
次の句は、動詞「まうづ（詣づ）」の連用形「まうで」に助動詞「けり」が接続した例です。

稲の雨斑鳩寺《いかるがでら》にまうでけり　正岡子規

「まうづ」は、「まゐる（参る）」と「いづ（出づ）」が複合した「まゐづ」から変化した語と言われています。
また、同じく動詞で、新かなの「もう」を旧かなで「まう」と書くものに「まうす（申す）」があります。「まうす」は古形の「まをす」が変化した形と言われています。

菊人形遠島まうしつけられし　山田征司《やまだせいし》

征司の句の「まうしつけ」は「まうす」と「つく」の複合動詞「まうしつく（申し付く）」の未然形です。菊人形が何らかの理由で飾ってあった場所から外されたことを、遠島を申し付けられたと、ユーモラスに見立てたものでしょうか。

＊

最後に、冒頭のあまりの句の「あらう」についてお話しします。新かな「あろう」は、旧かなでは「あらう」です。これはラ変動詞「あり」の未然形「あら」に推量や意志を表す助動詞「う」（この場合は推量）が付いたものです。
新かなの「ろう」を旧かなで「らう」と書く例として、他には、一〇二ページで紹介した名詞「まらうど（客・賓）」も挙げられます。

冬日あび庭にまらうど外を飴屋《あめや》　富安風生《とみやすふうせい》

前書によれば、この句は風生が師の高浜虚子《たかはまきょし》を自宅に招いた折の作とのこと。表の通りを行く行商の飴屋の声が庭に届きます。冬の日差しが満ちる静かな庭で、師弟はくつろいだひとときを過ごしたことでしょう。

21

「う」を使う言葉⑦

ぼうたん・ゑんどう など

向きあうて茶を摘《つ》む音をたつるのみ　皆吉爽雨《みなよしそうう》

豆の花の向かうで会はうロシナンテ　小川楓子《おがわふうこ》

爽雨の句からは、しんとした茶畑が想像されます。向かいあって丁寧に茶を摘んでいるのは夫婦でしょうか、親子でしょうか。いろいろと想像が膨《ふく》らみますね。

楓子の句の「ロシナンテ」とは、セルバンテス作『ドン・キホーテ』で、主人公ドン・キホーテが乗る馬の名です。そのロシナンテが、なんと小説の世界から抜け出して豆の花咲く畑の向こう側で待っているというのです。作者は、第二のドン・キホーテといった心持ちなのかもしれません。

さて、爽雨の句の「向きあうて」は新かなでは「向きおうて」と書きます。新かなで「オ段の文字＋う」が旧かなでは「ア段の文字＋う」である、というパターンですが、このパターンに従うさまざまな例について、左の①〜⑨の例を中心に、お話ししてきました。

ちなみに、冒頭に挙げた楓子の句の中の旧かな「向

	新かな	例	旧かな	例
①ア行	おう	おうむ（鸚鵡）	あう	あうむ
②カ行	こう	こうばし（芳ばし）	かう	かうばし
③サ行	そう	そうび（薔薇）	さう	さうび
④タ行	とう	ふきのとう（蕗の薹）	たう	ふきのたう

⑤ナ行	のう	しのう（死のう）	なう	しなう
⑥ハ行	ほう	ほうき（箒・帚）	はう	はうき
⑦マ行	もう	もうず（詣ず）	まう	まうづ
⑧ヤ行	よう	ようなり（様なり）	やう	やうなり
⑨ラ行	ろう	まろうど（客）	らう	まらうど

かう」は、新かなでは「向こう」と書きますので、表にあてはめると、②に分類される語、ということになります。

それではここから、今回の本題に入っていきましょう。今回は、新かなで「オ段の文字＋う」が旧かなでは「ア段の文字＋う」というパターンには従うものの、①〜⑨にはあてはまらない例について、お話しします。

冒頭の楓子の句をご覧ください。

この句のように、新かな「会おう」は、旧かなで「会はう」と書きます。たしかに新かなで「オ段の文字＋う」である、というパターンには従っていますが、それぞれの「う」の上の文字は、「会お（ア行）＋う」「会は（ハ行）＋う」と別々の行に属しています。①〜⑨のように、新かなと旧かなそれぞれの「う」の上の文字が同じ行に属するのが通例ですから、これは異例のケースです。

そのため、新かな「会おう」を旧かなに戻す際には迷いが起こりがちです。「お」と同じくア行に属する「あ」を使って「×会あう」とすると違和感が残り、それでは、「×会ほう」だろうか、「×会をう」だろうか、などと迷いがちですが、そういうときは動詞の活用表に戻ることをお勧めします。そうすれば確実に誤りを避けることができます。

ハ行四段活用

未然形……会はず
連用形……会ひたり
終止形……会ふ
連体形……会ふとき
已然形《いぜん》……会へども
命令形……会へ

「会はう」の「う」は推量や意志を表す助動詞（この場合は意志）で、未然形に接続します。右の活用表に照らすと、ハ行四段動詞「会ふ」の未然形は「会は」ですから、「会は」＋「う」、すなわち「会はう」が正しいかなづかいだと判断できます。

ハ行四段動詞の未然形に「う」が付く例は、他にも多くありますので、一例を挙げておきましょう。

俳諧《はいかい》の骨拾はうよ枯尾花《かれおばな》　尾崎紅葉《おざきこうよう》

「拾はう」は、ハ行四段動詞「拾ふ」の未然形「拾は」＋助動詞「う」です。新かなでは「拾おう」、旧かなでは「拾はう」となります（※助動詞「う」については第17回参照）。

＊

さて、ここまで新かなで「オ段の文字＋う」が旧かなでは「ア段の文字＋う」である、というパターンについて、バリエーションも含めてお話をしてきました。そこで、これまでの締めくくりとして、新かなで「オ段の文字＋う」が旧かなでも「オ段の文字＋う」である、というパターンについて、最後にお話をつけ加えたいと思います。このパターンの語は数多くありますので、俳句に使われがちな例に絞って取り上げましょう。

おもしろうてやがてかなしき鵜舟《うぶね》哉《かな》　芭蕉《ばしょう》

ぼうたんの百のゆるるは湯のやうに　森《もり》澄雄《すみお》

新かな「おもしろうて（面白うて）」「ぼうたん（牡丹）」は旧かなでも「おもしろうて」「ぼうたん」と書きます。「おもしろうて」は、形容詞「おもしろし」

の連用形「おもしろく」のウ音便「おもしろう」に「て」が付いたもの。一方、「ぼうたん」は、「ぼたん（牡丹）」の「ぼ」が長音化して「ぼう」となったもの。『栄花《えいが》物語』にも「さうびん、ぼうたん、からなでしこ、ぐれんげの花を植ゑさせたまへり」などと登場する歴史の古い語です。ちなみに「さうびん」は、一一一ページでお話しした「さうび」と同じく、薔薇《ばら》を意味します。「からなでしこ（唐撫子）」は別名・石竹《せきちく》ともいい、「ぐれんげ（紅蓮華）」は漢字のとおり、紅の蓮の花です。

己が影抱きて流るるあめんぼう　雨宮《あめみや》きぬよ
雪の水車ごつとんことりもう止むか　大野林火《おおのりんか》

新かな「あめんぼう（水黽・水馬）」「もう」は、旧かなでも「あめんぼう」「もう」です。ただしこの二つの語の旧かなは、一説には「あめんばう」「まう」とも言われています。記憶にとどめておかれると良いでしょう。

錦木《にしきぎ》は吹倒されてけいとう花　蕪村《ぶそん》
きんぽうげ山雨ぱらりと降つて晴れ　岡田日郎《おかだにちお》
ひとづまにゑんどうやはらかく煮えぬ　桂《かつら》信子《のぶこ》

植物の季語からも例を拾いましょう。新かな「けいとう（鶏頭）」「きんぽうげ（金鳳花）」「えんどう（豌豆）」は、旧かなでも「けいとう」「きんぽうげ」「ゑんどう」と書きます。

新かなでも旧かなでも「オ段の文字＋う」と書くパターンは、これらの他にも数多くありますので、出会った語から一つ一つ親しんでいくのが良いでしょう。

22

「う」を使う言葉⑧

きうり・めうが など

ようやく今回で、「う」と「ふ」の使い分けの章も終了です。

じつは、旧かなを使う際にもっとも迷いが起こりやすいのが、この「う」と「ふ」の使い分けでした。特に「う」を使う言葉には複雑な要素が多く、中でも一〇八ページでお示しした対照表の①のパターン、新かな「オ段の文字＋う」が旧かな「ア段の文字＋う」となる、というパターンの言葉は面倒でした。数も種類も多く、俳句にもけっこう使われるため、これまでじっくり時間をかけましたが、やっとこの難所を越えましたので、これ以降は、比較的楽に進められそうです。

さて今回は「う」を使う言葉の最終回ですので、一〇八ページにお示しした対照表の②と③のパターンの語についてお話しします。

対照表の②と③を再掲しましょう。

	漢字	新かな	旧かな
②	胡瓜	きゅうり	きうり
③	茗荷	みょうが	めうが

②は新かなでは「ゆ」（この場合は小書きの「ゅ」）を含む表記が、旧かなでは「イ段の文字（この場合は「き」）＋う」であるパターンです。③は新かなでは「よ」（この場合は小書きの「ょ」）を含む表記が、旧かなでは「エ段の文字（この場合は「め」）＋う」であるパターンです。

それではまず②のパターンのお話から。

割りばしをわるしづこゝろきうりもみ　久保田万太郎《くぼたまんたろう》

白玉やなつかしうして初対面　山田弘子《やまだひろこ》

万太郎の句の「きうり」と弘子の句の「なつかしう」は新かなでは「きゅうり」「なつかしゅう」と書きます。まず「きうり」ですが、かつては黄色く熟れた状態で用いられていたため黄の瓜《うり》、すなわち「きうり（黄瓜）」と呼ばれたといわれています。トマトやレタスと並ぶサラダの定番野菜ですが、トマト（tomato）やレタス（lettuce）が外国語由来の外来語であるのに対して、キュウリは「き（黄）」と「うり（瓜）」という日本古来の和語の複合語なのですね。また「なつかしう」ですが、これは形容詞「なつかし（懐かし）」の連用形「なつかしく」がウ音便化した形です。

万太郎の句には、夏のあっさりした料理の一つである胡瓜揉み《きゅうりもみ》の小鉢を前にした佳き時間が窺《うかが》えます。弘子の句は、初対面なのに旧知のごとく打ち解けられる間柄を喜んでいます。なめらかで涼しげな白玉を食べながら、会話も弾んだことでしょう。

さて、②のパターンの語は他にも数多くあります。が、次のように漢字表記の場合がほとんどで、かな書きの例は少ないようです。

朝顔のみな空色に日向灘《ひゅうがなだ》　川崎展宏《かわさきてんこう》

闘牛《とうぎゅう》のふぐり乳房に似て豊か　矢島渚男《やじまなぎさお》

禽獣《きんじゅう》とゐて魂《たま》なごむ寒日和《かんびより》　西島麦南《にしじまばくなん》

白昼を能見て過す蓬《よもぎ》かな　宇佐美魚目《うさみぎょもく》

流氷や宗谷《そうや》の門波《となみ》荒れやまず　山口誓子《やまぐちせいし》

新かなの「ひゅうが（日向）」「とうぎゅう（闘牛）」「きんじゅう（禽獣）」「はくちゅう（白昼）」「りゅうひょう（流氷）」は、旧かなでは「ひうが」「とうぎう」「きんじう」「はくちう」「りうひよう」と書きます。

このうち、「ひうが」は「日に向かう」の意の「ひむか」が変化した和語のかなづかい、他は漢字の音を示す字音かなづかいです。

ちなみに、新かなで小書きの「ゅ」を含む語は、旧かなで常に「イ段の文字＋う」を使う語となる訳ではありません。

残り生《よ》は忘らるるため龍《りゅう》の玉　山上《やまがみ》樹実雄《きみお》

右の句の「龍（竜）」は、旧かなで「×りう」ではなく「りゅう」と書きます。新かなで小書きの「ゅ」である部分が、旧かなでは小書きでない「ゆ」になるだけ、というパターンの語も多いことを覚えておき、かな書きにしたい場合はその都度《つど》辞書で確かめることをお勧めします。

さて、ここまで新かなで小書きの「ゅ」を使う語の例ばかり引きましたが、小書きでない場合の例もあげておきましょう。かな書きの例はきわめて少ないのですが、次のような句があります。

ふりむけばいうれい草と指さされ　星野《ほしの》麦丘人《ばくきゅうじん》

新かなの「ゆうれい（幽霊）」は旧かなでは「いうれい」と書きます。「いうれい草」とはギンリョウソウ（銀竜草）の別名です。山中の陰地に生え、根以外は純白で半透明、筒状の花を下向きに付けるさまが幽霊を思わせるため、この名があります。

それでは次に、③のパターンの語についてお話ししましょう。

＊

生ひたちのいづれも暗き花めうが　中原道夫《なかはらみちお》
れんげうや黒釉《こくゆう》の壺《つぼ》逃れむと　大木孝子《おおきたかこ》
へうたんの花咲く稽古《けいこ》囃子《ばやし》かな　石田郷子《いしだきょうこ》

道夫の句の「めうが（茗荷）」、孝子の句の「れんげう（連翹）」、郷子の句の「へうたん（瓢簞）」は、新かなでは「みょうが」「れんぎょう」「ひょうたん」と書きます。

まず「めうが」ですが、これは平安時代の辞書『和《わ》名抄《みょうしょう》』によれば、和名は「めか」と呼ばれていたようで、その「めか」が変化して「めうが」となったと考えられています。「れんげう」「へうたん」のほうは、漢字の音を示す字音かなづかいです。

道夫の句の「花めうが」はミョウガの花のことです。大ぶりの葉に隠れて地際に咲く一つ一つの花に、暗い

旧かなで「う」を含む語一覧

ア行	カ行	サ行
あうむ（鸚鵡）　あんかう（鮟鱇）　いうれい（幽霊）　いちやう（銀杏）　いつそう（一層）　いもうと（妹）　う（得）　うう（植う）　うう（飢う）　おとうと（弟）　おはやう（お早う）　おめでたう（お目出度う）	かうがい（笄）　かうして（斯うして）　かうばし（芳ばし）　かうべ（頭）　かうほね（河骨）　かうもり（蝙蝠）　かはいさう（可哀相）　からうじて（辛うじて）　かりうど（狩人）　きうり（胡瓜）　ききやう（桔梗）　きちかう（桔梗）　ぎやうさん（仰山）　きやうだい（兄弟）　きんぽうげ（金鳳花）　けいとう（鶏頭）　こころう（心得）　ごばう（牛蒡）	さう（草）　さう（相）　さう（然う）　さういふ（然ういふ）　さうだ（助動詞・一二〇ページ参照）　さうび（薔薇）　さうめん（索麺・素麺）　さうらふ（候ふ）　さやうなら（然様なら）　しやうぶ（菖蒲）　すう（据う）　すまう（相撲・角力）

生い立ちを持つ薄幸の人々が重なったのでしょうか。孝子の句は黒釉の壺に長く活《い》けたレンギョウの黄色い花の枝を、壺から逃れようとするものと見立てています。郷子の句からは、ヒョウタンの花が咲く頃、祭の稽古囃子が聞こえる平穏な暮らしが窺えます。

　さて、③のパターンの語は他にも数多くありますが、次のように漢字表記がほとんどであるようです。

麗《うるわ》しき春の七曜《しちよう》またはじまる　山口誓子《やまぐちせいし》
孑孑《ぼうふら》や須磨《すま》の宿屋の手水鉢《ちょうずばち》　正岡子規《まさおかしき》
箱庭の人の絶叫してゐたる　中田《なかた》剛《ごう》
若狭《わかさ》女の饒舌《じょうぜつ》わんわん暖房車　瀧《たき》春一《しゅんいち》
翡翠とぶその四五秒の天地かな　加藤楸邨《かとうしゅうそん》
美しき緑走れり夏料理　星野立子《ほしのたつこ》

　新かなの「しちよう（七曜）」「ちょうず（手水）」「ぜっきょう（絶叫）」「じょうぜつ（饒舌）」「びょう（秒）」「りょうり（料理）」は、旧かなでは「しちえう」「てうづ」「ぜつけう」「ぜうぜつ」「べう」「れうり」

タ行	ナ行	ハ行	マ行	ヤ行
たいそう（大層）　たうがらし（唐辛子）　たうげ（峠）　たうとう（到頭）　たうもろこし（玉蜀黍）　たたうがみ（畳紙）　ちゆう（中）　ちやうちん（提灯）　てうづ（手水）　てんたうむし（天道虫）　とう（疾う）　どう（如何）　どぢやう（泥鰌）　とんばう（蜻蛉）	なかうど（仲人）　にふだう（入道）　にんぎやう（人形）	はう（方）　はうき（箒）　ばうず（坊主）　はうだい（放題）　はうれんさう（菠薐草）　はんめう（斑猫）　びやうぶ（屏風）　ふう（風）　ふうせん（風船）　ふきのたう（蕗の薹）　ぶだう（葡萄）　へうたん（瓢箪）　ぼうし（帽子）　ぼうたん（牡丹）　ほんたう（本当）	まうす（申す）　まうづ（詣づ）　まらうど（客・賓）　まんばう（翻車魚）　むかう（向かう）　むちゆう（夢中）　めうが（茗荷）　めんだう（面倒）　もやう（模様）	やう（様）　やうかん（羊羹）　やうす（様子）　やうな

と書きます。このうち「てうづ」は和語で、手を洗う水を表す「てみづ」がウ音便化したもの、他は漢字の音を表す字音かなづかいです。

ちなみに、新かなで小書きの「ょ」を含む語が、旧かなで常に「エ段の文字＋う」を使う語となる訳ではありません。

きやうだいの記憶の隙間《すきま》浮いて来い　片山由美子《かたやまゆみこ》

裸子の尻《しり》らつきようのごと白く　本井《もとい》英《えい》

新かな「きょうだい」は旧かなでは「×けうだい」ではなく、「きやうだい」と書きます。また、新かな「らっきょう」は、旧かなで「×らつけう」ではなく「らつきよう」と書きます。このように、新かなで小書きの「ょ」である部分が、旧かなでは小書きでない「や」や「よ」である、というパターンの語も多いことを覚えていただけたらと思います。新かなで小書きの「ょ」を含む語を旧かなでかな書きにしたい場合に

	り（様なり）　やうやく（漸く）　やうやう（漸う）　よう（助動詞・一〇五－一〇六ページ参照）
ラ行	らつきよう（辣韮）　りこう（利口）　りんだう（竜胆）　れうり（料理）　れんげう（連翹）
ワ行	わうごん（黄金）　わうじ（王子）　わかうど（若人）　ゑんどう（豌豆）

＊名詞の「すまう」（相撲・角力）と名詞の「むかう」（向かう）については「すまふ」「むかふ」という説もあります。

は、その都度辞書を引くのが確実です。

子守歌いちやうもみぢと揺れながら　浦川聡子《うらかわさとこ》

どぢやう汁悪事企むこと楽し　山田真砂年《やまだまさとし》

最後に、俳句によく使われる「銀杏《いちょう》」「泥鰌《どじょう》」のかなづかいについて補足しておきましょう。新かなの「いちょう」「どじょう」は、旧かなでは「いちやう」

「どぢやう」と書きます。慣用的に「いてふ」「どぜう」のかなが使われてきたことは俳句ではおなじみのとおりですが、近年の研究によって、正しい旧かなは「や」を使う形であることが明らかになってきました。

まず「いちやう」ですが、これは中国語の「鴨脚」（イチョウを意味する語）の発音を、宋《そう》や元《げん》に渡った日本の僧が「イーチャウ」と聞き覚えて、それが訛《なま》ったという説が有力です。泥鰌のほうは語源未詳で、しかも「どぜう」以外にも「どづを」「どぢを」「どじやう」「どじよう」などの説がありますが、現在では、かなづかいの参考となる最も古い文献に従って「どぢやう」が正しいとする説が有力となっています。

＊

それでは「う」と「ふ」の使い分けについては、今回で終了します。作句に使えそうな「旧かなで『う』を含む語一覧」は前ページに掲載しています。

第4章

えとゑとへの使い分け

23

「え」を使う言葉①

えび・えびす　など

えび・さざえ生簀《いけす》に活《い》きて朝桜　酒井和子《さかいわこ》

くちびるを出て朝寒のこゑとなる　能村登四郎《のむらとしろう》

はだへより同じ湯の香や百日紅《さるすべり》　中岡毅雄《なかおかたけお》

和子の句は、生簀で動くエビやサザエをクローズアップしています。魚屋の店頭でしょうか、漁港の朝市でしょうか。きびきびと働く人が目を上げた先にはサクラが美しく咲いているのです。登四郎の句からは晩秋の朝の寒々とした空気が伝わります。冷えたくちびるから声を出すと、自分の声で自分が励まされるのでしょう。毅雄の句の「はだへ」は「肌」のこと。湯上がりの者同士、さっぱりとくつろいだ気分で柔らかなサルスベリの花を見ているのです。

さて、新かなで「え」を含む言葉である「えび（海老・蝦）」「さざえ（栄螺）」「こえ（声）」「はだえ（肌）」は、旧かなでは上のように「えび」「さざえ」「こゑ」「はだへ」となります。このように、新かなの「え」は、旧かなでは「え」「ゑ」「へ」の三通りに使い分けます。今回は、そのうちの「えび」「さざえ」のタイプ、すなわち新かなでも旧かなでも「え」を使う言葉のお話をします。

まず「えび（海老・蝦）」ですが、体色が「えび」（葡《ぶ》萄《どう》の古名）の色に似るためとする説や、立派な髭《ひげ》から「えひげ（吉髭）」「えひげ（枝髭）」としたとする説などがあります。ちなみに、節のある根が海老のかたちに似るためその名があるエビネも、旧かなで「え」を使います。

木洩日《こもれび》へすつくすつくと花えびね　田島和生《たじまかずお》

山林に自生する蘭《らん》であるエビネらしいたたずまいが描写された句ですね。

続いて「さざえ」ですが、小さな柄《え》（柄の旧かなは「ゑ」）を付けた貝の意とする説、殻《から》の小さな角が「さざれ（礫）」に似るため、それが転じたとする説など、語源説はさまざまです。

旧かなというと、つい「ゑ」や「へ」を使うと思いがちですが、「え」を使う言葉は数多くあります。

雪月花わけても花のえにしこそ　飯田龍太《いいだりゅうた》

「えにし（縁）」は、漢字の音の「えん（縁）」の語末の「n」に「i」を添えて表記した「えに（縁）」に、上の語を強める働きをする助詞「し」が付いて出来た語です。「えん」「えに」「えにし」はすべて同じ意味を表します。

えん en → えに eni → えにし enisi

龍太の句は、「悼 山本健吉《やまもとけんきち》先生」の前書のある句。日本の美意識の代表である「雪月花」を挙げ、そこから特に「花」をとりたてて、故人との深い縁をしのんでいます。

ところで、「えに」と「えにし」は、和歌の中で

「え（江）」や「え（枝）」の掛詞《かけことば》として使われることがしばしばあります。

次の歌は、「えに」と「江」を掛詞とした例。

みをつくし恋ふるしるしにここまでも
めぐり逢《あ》ひけるえには深しな

（『源氏物語』澪標《みおつくし》の巻）

これは『源氏物語』の「澪標」の巻で、摂津《せっつ》国住吉《すみよし》社《しゃ》（現在の大阪市の住吉《すみよし》大社）へ詣《もう》でた折りに光源氏が明石《あかし》の上に贈った歌です。歌意は、「この身を尽くしてあなたを恋い慕《した》う証拠に、澪標のあるこの難波《なにわ》の浦にまで来てめぐり会うとは、あなたとの縁は深いのですね」というもの。初句の「みをつくし」は澪（船の運航に適した水路）を示すための杭である「澪標」と、「身を尽くし」を掛けた表現。「えに」には「江」を掛けて、「澪標」と「え（江）」という海に関する縁語仕立てとした歌です。

右の歌からも類推されるように、「え（江）」も旧かなで「え」と書く語です。同じく「え（枝）」及び「えだ（枝）」も旧かなで「え」と書きます。次に掲げるように漢字表記の場合がほとんどでかな書きの例はあまり見ませんが、「いりえ（入江）」「えど（江戸）」「ほつえ・うはえ（上枝）」「しづえ・したえ（下枝）」「こえだ（小枝）」など、俳句でおなじみのこれらの言葉はみな旧かなで「え」を使うものです。

入海の更に入江の里の秋　松本《まつもと》たかし
秋十《と》とせ却《かえっ》て江戸を指《さす》古郷　芭蕉《ばしょう》
青柿の上枝に父の曠野《こうや》見ゆ　佐藤鬼房《さとうおにふさ》
頬白《ほおじろ》や下枝下枝の芽ぐむ間を　中村汀女《なかむらていじょ》
寒禽《かんきん》の取り付く小枝あやまたず　西村和子《にしむらかずこ》

＊

旧かなで「え」を使う語には「えびす」もあります。

昼酒の許されてをり初えびす　榎本好宏《えのもとよしひろ》

「えびす（戎・夷）」は、七福神の一つで、商家の福の神として祀《まつ》られることが多い神です。「初えびす」は一月十日の戎《えびす》祭のことで「十日戎」とも言われ、兵庫の西宮《にしのみや》神社・大阪の今宮戎《いまみやえびす》神社・京都の恵比須《えびす》神社の

ものが有名です。好宏の句は、活気のある初えびすの一こまでしょう。えびすのように目を細めてにこにこする顔つきを「えびす顔」と言いますが、昼酒を飲んでえびす顔となった人が目に浮かぶ句です。

「えびす」の語源は、古代の奥羽から北海道にかけて住み、中央政権に属さなかった人々を指す「えみし(蝦夷)」で、

えみし → えみす → えびす

という段階を踏んで、平安時代以降は「えびす」が一般的になりました。語源にも分かるように旧かなは「え」を使うのですが、「恵比須」「恵比寿」の字をあてることも多く、「恵」の旧かなは「ゑ」であるために、「ゑびす」のかなづかいも慣用的に行われています。

24

ヤ行下二段・ア行下二段動詞語尾の「え」
「え」を使う言葉②

病《やまい》癒《い》えず蹲《うずくま》る夜の野分《のわき》かな　夏目漱石《なつめそうせき》
子らの風邪《かぜ》癒えたり庭に枕干す　小林千史《こばやしちふみ》
菠薐草《ほうれんそう》スープよ煮えよ子よ癒えよ　西村和子《にしむらかずこ》

病苦と戸外の野分が重なった漱石の句からは切迫感が漂《ただよ》います。一方、千史の句には安堵《あんど》感が溢《あふ》れています。きょうだいが風邪で枕を並べていたのでしょう。ようやく皆治って、小学校や幼稚園などに無事に送りだすことができたのです。和子の句は病児を気遣う母親の句。呑《の》み込みやすく栄養の付くものを食べさせようとする親心が窺《うかが》えます。

さて上の三句の中の「癒え」「癒え」「癒えよ」ですが、これらについて、旧かなでは「ゑ」か「へ」を使うのではないかと思われた方はないでしょうか。旧かなだと何となく「ゑ」か「へ」という感じもしますが、これらはいずれもヤ行下二段動詞「癒ゆ」が活用したもので、旧かなでも「え」を使います。ヤ行下二段動詞は俳句に頻繁に登場し、かなづかいを誤る作も多く見られます。

今回はぜひ、このかなづかいをマスターしてください。

それではまず、「癒ゆ」を例にとって、ヤ行下二段活用を簡単におさらいしましょう。

未然形……癒えず
連用形……癒えたり
終止形……癒ゆ
連体形……癒ゆるとき
已然《いぜん》形……癒ゆれども
命令形……癒えよ

ヤ行下二段活用

ヤ行下二段活用では語幹（この場合は「癒」）の下に「え」「え」「ゆ」「ゆる」「ゆれ」「えよ」という語尾が続きます。語尾にヤ行（や・い・ゆ・え・よ）の「え」と「ゆ」の二種類の文字が現れるため、ヤ行下二段活用と言います。

冒頭三句の「癒え（ず）」「癒え（たり）」「癒えよ」は順に未然形・連用形・命令形の例です。未然形と連用形は見かけ上同じですが、下に付く語などで見分けます。漱石の句の「癒え」は、下に打消の助動詞「ず」があるので未然形。千史の句の「癒え」は下に完了の助動詞「たり」があるので連用形。和子の句の「癒えよ」は命令形。ちなみに、和子の句の中七《なかしち》にある「煮えよ」もヤ行下二段動詞「煮ゆ」の命令形です。

＊

それでは、ヤ行下二段動詞を使う句をなるべく多く見ていきましょう。まず未然形の例から。

頓《やが》て死ぬけしきは見えず蟬《せみ》の声　芭蕉《ばしょう》
枯木宿はたして犬に吠《ほ》えられし　芝《しば》不器男《ふきお》

芭蕉の句の「見え」、不器男の句の「吠え」は、それぞれ「見ゆ」「吠ゆ」の未然形です。「吠え」の下の受身の助動詞「らる」（「られ」は「らる」の連用形）は未然形に接続します。芭蕉の句からは命の無常が切々と伝わります。不器男の句では、乾いた冬の大気に犬の声が響き渡ります。

続いて連用形の例を挙げましょう。特に多いのは連用形接続の性質を持つ助詞「て」が下に付く例です。

木々に耳ふえてゆくなり青嵐《あおあらし》　仲《なか》　寒蟬《かんせん》

輪飾《わかざり》の輪の崩れずに燃えてをり　能村研三《のむらけんぞう》

寒蟬の句の「ふえ」、研三の句の「燃え」は、それぞれ「ふゆ（増ゆ）」「燃ゆ」の連用形です。寒蟬の句は、茂りゆく葉が強風に煽《あお》られる際のざわめきを「木々に耳ふえてゆく」と感覚的に捉《とら》えた点に詩情があります。研三の句は鋭い写生眼に支えられた句です。

喪服着て蜻蛉《とんぼ》の羽音聞こえけり　岸本尚毅《きしもとなおき》

下萌《したも》えぬ人間それに従ひぬ　星野立子《ほしのたつこ》

冴えかへるもののひとつに夜の鼻　加藤楸邨《かとうしゅうそん》

葛《くず》の花むかしの恋は山河越え　鷹羽狩行《たかはしゅぎょう》

尚毅の句の「聞こえ」、立子の句の「下萌え」は、「聞こゆ」「下萌ゆ」の連用形です。それぞれ、連用形接続の性質を持つ詠嘆の助動詞「けり」、完了の助動詞「ぬ」が接続しています。楸邨の句の「冴え」は「冴ゆ」の連用形。下に「かへる」という動詞（用言）

旧かなで「え」を含む語一覧

ア行	カ行	サ行	タ行	ナ行
あえか　あまえ（甘え）　いほえ（五百枝）　え（江）　え（枝）　え（柄）　えがたし（得難し）　えき（駅）　えき（易）　えこひいき（依怙贔屓）　えせ（似非）　えぞ（蝦夷）　えだ（枝）　えと（干支）　えな（胞衣）　えにし（縁）　えのき（榎）　えび（海老・蝦）　えび（葡萄）　えびす（戎・夷）　えぶり（朳）　えみし（蝦夷）　えもいはず（得も言はず）　えら（鰓）　えらぶ（選ぶ）　えり（襟）　える（選る）　えん（縁）　えん（艶）　えんぴつ（鉛筆）　えんま（閻魔）　おほみえ（大見得）　おびえ（脅え・怯え）　おもほえず（思ほえず）	きえぎえ（消え消え）　こころえ（心得）	さえ（冴え）　さざえ（栄螺）　したもえ（下萌）	たえず（絶えず）　たえま（絶え間）　つくえ（机）　とほぼえ（遠吠え）　とりえ（取得・取柄）	ぬえ（鵺・鵼）

が付いて「冴えかへる」という複合動詞になっています。狩行の句の「越え」は「越ゆ」の連用形。連用形で言いさして余韻を残す技法を使う句です。

尚殺の句は斎場の庭か、野辺送りでしょうか。蜻蛉の羽音が印象的です。立子の句は自然に随順する心を素直に詠《よ》んでいます。楸邨の句は自分の鼻から立春後の寒気を感じています。狩行の句は恋人の元に向かうひたむきな姿を描きます。

余談ですが、立子の句の動詞「下萌ゆ」に対応する名詞は「したもえ（下萌）」です。俳句ではもっぱら漢字表記ですが、かな書きにすれば「したもえ」となります。同じく春の季語「ひこばえ（蘖）」も、ヤ行下二段動詞「ひこばゆ（蘖ゆ）」に対応する名詞で、こちらはかな書きの例を時折見ます。

ひこばえや山羊《やぎ》追ふごとく子を追ひて　石川桂郎《いしかわけいろう》

最後に、命令形の例です。

ハ行	マ行	ヤ行
はえ（南風）　はえぬき（生え抜き）　ひえ（冷え）　ひこばえ（蘖）　ふえ（笛）	みえ（見栄）　みえ（見得）　むらぎえ（斑消え）　めばえ（芽生え）　もえ（燃え）　もえ（萌え）　もえぎ（萌葱・萌黄）	ゆふばえ（夕映）

街燈《がいとう》の今宵《こよい》は消えよ春の月　林《はやし》翔《しょう》

今生《こんじょう》を燃えよと鬼の佞武多《ねぶた》来る　成田千空《なりたせんくう》

翔の句の「消えよ」、千空の句の「燃えよ」は、それぞれ「消ゆ」「燃ゆ」の命令形です。翔の句は美しい春月を愛でたいと願うもの。千空の句は東北の地に根ざした佞武多の魂を正面から捉えた句です。

＊

最後に、ヤ行下二段動詞に関連して、ア行下二段動詞についても触れておきましょう。第15回ですでにお話ししたように、ア行下二段動詞には「う（得）」「こころう（心得）」の二種類があります。「う（得）」を例にとって見てみましょう。

ア行下二段活用

未然形……えず
連用形……えたり
終止形……う
連体形……うるとき
已然形……うれども
命令形……えよ

「え」は、未然形・連用形・命令形に現れますが、俳句ではかな書きの例はほとんど見られません。ただ、

寒菊《かんぎく》に曇る眼鏡《めがね》を拭《ぬぐ》ひえず　中山世一《なかやませいいち》

この句のように、「〜できない」の意を表す「未然形」＋打消の助動詞「ず」の「えず」のかな書きの例

ヤ行下二段動詞一覧

あまゆ（甘ゆ）　いばゆ（嘶ゆ）　いゆ（癒ゆ）　おびゆ（怯ゆ・脅ゆ）　おぼゆ（覚ゆ）　おもほゆ（思ほゆ）　きこゆ（聞こゆ）　きゆ（消ゆ）　くゆ（崩ゆ）　こゆ（肥ゆ）　こゆ（越ゆ・超ゆ）　さかゆ（栄ゆ）　さゆ（冴ゆ）　したもゆ（下萌ゆ）　しなゆ（撓ゆ・萎ゆ）　すゆ（饐ゆ）　そびゆ（聳ゆ）　たゆ（絶ゆ）　つひゆ（費ゆ・弊ゆ・潰ゆ）　なゆ（萎ゆ）　にゆ（煮ゆ）　はゆ（映ゆ・栄ゆ）　ひこばゆ（蘖ゆ）　ひゆ（冷ゆ）　ふゆ（増ゆ・殖ゆ）　ほゆ（吠ゆ・吼ゆ）　まみゆ（見ゆ）　みゆ（見ゆ）　むらぎゆ（斑消ゆ）　もだゆ（悶ゆ）　もゆ（燃ゆ）　もゆ（萌ゆ）

ア行下二段動詞一覧

う（得）　こころう（心得）

は時折見られます。世一の句は、「悼　田中裕明《たなかひろあき》氏」の前書を持つ句。死を悲しむ涙に眼鏡が曇るのです。

＊

これでヤ行下二段動詞及びア行下二段動詞のお話は終わりです。作句に使えそうなそれぞれの動詞の例の一覧を掲載します。

また、今回で「え」を使う語についてのお話も終わりますので、作句に使えそうな「旧かなで『え』を含む語一覧」を前ページに掲載しています。

25

「ゑ」を使う言葉

ワ行下二段動詞語尾の「ゑ」、ゑくぼ など

野遊びの妻に見つけし肘《ひじ》ゑくぼ　　森《もり》　澄雄《すみお》
犬かけりゑのころ草も躍《おど》り跳《は》ね　　富安風生《とみやすふうせい》
深山木《みやまぎ》のこずゑの禽《とり》や冬の霧《きり》　　飯田蛇笏《いいだだこつ》
落蟬《おちぜみ》の仰向《あお》くは空深きゆゑ　　宮坂静生《みやさかしずお》

澄雄の句の「肘ゑくぼ」は、肘にあるえくぼのような窪《くぼ》みのこと。春の野で優しく妻を見つめているのです。風生の句は秋の野を素早く駆け回る犬と、それに呼応して花穂《かすい》を振るかのように見えるエノコログサが愉快《ゆかい》ですね。蛇笏の句は、静まりかえった深山を描いています。木の梢《こずえ》に止まる鳥だけが見えているのですが、それも次第に冬の霧に閉ざされていくのです。静生の句は地に落ちて死を迎える蟬のさまを、深い空に対する祈りの姿と見ているのでしょうか。

さて、上の句の中の「ゑくぼ（笑窪）」「ゑのころ草（狗尾草）」「こずゑ（梢）」「ゆゑ（故）」は、いずれも旧かなで傍線部を「ゑ」と書く語です。「ゑくぼ」「ゑのころ草」は語頭に、「こずゑ」「ゆゑ」は語末に「ゑ」が現れる例。今回はこれら、「ゑ」を使う言葉のお話をします。

それではまず「ゑくぼ（笑窪）」ですが、これは字のごとく、笑む際に頰《ほお》に出来る窪。関連語としては、「ゑむ（笑む）」「ゑまふ（笑まふ）」「ゑみ（笑み）」「ほほゑむ（微笑む）」「ほほゑみ（微笑み）」などがあり、いずれも「ゑ」を使います。俳句では「ほほゑみ」のかな書きの例が多いようです。次の句は、早春の訪れに対する喜びを、微笑《ほほえ》み合って分かち合うものです。

ほほゑみを目もて分けあひ雪の果《はて》　上田日差子《うえだひざし》

次に「ゑのころ草（狗尾草）」ですが、これは「ゑのこぐさ（狗尾草）」、また短く「ゑのころ」とも呼ばれます。しなやかな花穂が犬の子、小犬を指す「ゑのこ」「ゑのころ」の尾に似るところから来た名です。ちなみに次の蕪村《ぶそん》の句の「ゑのころ」はエノコログサではなく犬の子の意。趣《おもむき》深い名月の夜に、捨て犬という非情な行いをする下男の姿を描くものです。

名月にゑのころ捨《す》つる下部《しもべ》哉《かな》　蕪村

語頭に「ゑ」の付く語は他にも数多くあります。

鯉を画《か》き水をゑがくや春の雪　原《はら》石鼎《せきてい》

ひとづまにゑんどうやはらかく煮えぬ　桂《かつら》信子《のぶこ》

「ゑがく（描く）」は、「ゑ（絵）」＋「書く」から来た語で、古くは清音の「ゑかく」でした。「ゑ（絵）」は日本古来の和語のかなづかいではなく、漢字の音を示す字音かなづかいです。その「ゑ（絵）」に「書く」という和語が結びついて一語化した面白い成り立ちの語です。「ゑんどう（豌豆）」はともに漢字の音である「ゑん（豌）」＋「とう（豆）」が結びついた字音かなづかいです。石鼎の句は、和風庭園でしょうか。鯉が身を翻《ひるがえ》す池に春の雪が舞う静かなひとときです。信子の句は新婚時代の作。エンドウが煮上がり、夫と二人で温かな食卓を囲むのでしょう。

＊

それでは語末に「ゑ」の付く語についても見ていきましょう。

まず「こずゑ（梢）」ですが、これは「こ（木）」＋「すゑ（末）」の意です。次の白雄《しらお》の句は、「すゑ（末）」を使う例です。蚊遣火《かやりび》にもめげずに羽音をたてている蚊が憎らしくもあり、一抹《いちまつ》の哀れも誘いますね。

蚊やり火の烟《けぶり》のすゑに啼《なく》蚊かな　白雄

次に「ゆゑ（故）」ですが、これも俳句ではかな書きにされることが多い語です。この「ゆゑ（故）」から生まれた語に「ゆゑん（所以）」があり、こちらも「ゑ」を使います。

語末に「ゑ」の付く語は他にも数多くあります。

鶏犬《けいけん》のこゑ家々に山始《やまはじめ》　茨木和生《いばらきかずお》

旧かなで「ゑ」を含む語一覧

ア行	カ行	サ行	タ行	ハ行	マ行	ヤ行	ワ行
いしずゑ（礎）　いちゑ（一会）　うゑ（餓ゑ・飢ゑ）　うゑき（植木）　えいゑん（永遠）	こずゑ（梢）　こゑ（声）	すゑ（末）	たうゑ（田植）　つゑ（杖）　ともゑ（巴）	ほほゑみ（微笑み）	みづゑ（水絵）	ゆゑ（故）　ゆゑん（所以）	ゑ（餌）　ゑ（絵）　ゑがく（描く）　ゑくぼ（笑窪）　ゑさ（餌）　ゑすごろく（絵双六）　ゑちご（越後）　ゑのころ（犬子・犬児・狗児）　ゑのころぐさ（狗尾草）　ゑのぐ（絵の具）　ゑまふ（笑まふ）　ゑみ（笑み）　ゑん

（円）ゑん（園）ゑんどう（豌豆）ゑる（彫る）ゑんじゅ（槐）

蜘蛛《くも》の囲《い》の全《まった》きなかに蜘蛛の飢《う》ゑ　鷹羽狩行《たかはしゅぎょう》

「こゑ（声）」は俳句ではかな書きにされることの多い語の一つ。「飢ゑ」は、ワ行下二段動詞「飢う」の連用形「飢ゑ」が名詞化した語です。和生の句の「鶏犬のこゑ」は、陶淵明《とうえんめい》の「桃花源記」の一節である「鶏犬相聞こゆ」（家々が続いているさまを表す表現）を下敷きにしたものでしょう。年初に山に入り順調な山仕事を祈る人々。鶏や犬を飼う山里の健やかな暮らしが描かれています。狩行の句には緊張感が漂います。獲物がかかるや否《いな》や、完全で破れたところのない巣は震えて、飢えた蜘蛛が襲いかかるのでしょう。

＊

さて、右でワ行下二段動詞「飢う」に触れましたので、続いて、「飢う」をはじめとするワ行下二段動詞の語尾に現れる「ゑ」についてお話しします。ワ行下二段動詞は「うう（飢う）」「うう（植う）」「すう（据う）」の三語しかありませんので、この三語を覚えるのが早道です。まず、「飢う」を例にとり、ワ行下二段活用のおさらいをしましょう。

ワ行下二段活用

未然形……飢ゑず
連用形……飢ゑたり
終止形……飢う
連体形……飢うるとき
已然《いぜん》形……飢うれども
命令形……飢ゑよ

ワ行下二段活用では語幹（この場合は「飢」）の下に「ゑ」「ゑ」「う」「うる」「うれ」「ゑよ」という語尾が続きます。語尾にワ行（わ・ゐ・う・ゑ・を）の「う」と、その下の「ゑ」の二種類の文字が現れるため、ワ行下二段活用と言います。

それではワ行下二段動詞の三語、「飢う」「植う」「据う」を使った句を次に挙げましょう。和生の句の「植ゑ」は未然形の例、亮介《りょうすけ》の句の「据ゑ」は連用形の例、春日《はるひ》の句の「飢ゑ」は連用形の例、虚子《きょし》の句の「植ゑよ」は命令形の例です。

田に何も植ゑず田螺《たにし》を養殖す　茨木和生

正客《しょうきゃく》に山を据ゑたり武者飾《むしゃかざり》　野中亮介《のなかりょうすけ》

玉虫の飢ゑたるさまもなく死せり　満田春日《みつだはるひ》

秋草の名もなきをわが墓に植ゑよ　高浜虚子《たかはまきょし》

和生の句はタニシを養殖する田の光景。亮介の句は端午《たんご》の節句《せっく》を祝う光景。春日の句は死してなお輝くタマムシを描きます。虚子の句は二十代前半の句。若者らしいロマンが感じられます。余談ですが、やはり「ゑ」を使う語である「いしずゑ（礎）」は、「石」＋「据ゑ」が語源だという説が有力です。鈴子《すずこ》の句は、和歌に拠《よ》って生まれた「亀鳴く」という季語を使い、歴史を遡《さかのぼ》るがごとき思いを描いています。

亀鳴いていしずゑ円き国分尼寺《こくぶにじ》　嵯峨根鈴子《さがねすずこ》

＊

これで「ゑ」を使う語についてのお話は終わりです。作句に使えそうな「旧かなで『ゑ』を含む語一覧」を前ページに掲載しています。

26

「へ」を使う言葉①

まへ・かへるで など

歩《あり》き〳〵物おもふ春のゆくへかな　蕪村《ぶそん》

梅雨《つゆ》を病むひとへに旅の疲れかな　久保田万太郎《くぼたまんたろう》

春燈《しゅんとう》下《か》なつかし母の死臭さへ　山田《やまだ》みづえ

蕪村の句は、春の終わりにあちこち散策しながら、過ぎ去る春はどこへ行ってしまうのかと惜しんでいます。万太郎の句の「ひとへに」は「もっぱら」の意。ヨーロッパの旅から帰国したあとの句で、旅ゆえの疲れがどっと出て病み伏しているのです。みづえの句は、悲しみの極《きわ》みにあって切ないまでに母を慕《した》う思いが詠《よ》まれています。春の燈の下で優しかった母を思うと、死臭までもが懐かしく思われるのでしょう。

さて、上の句の中の「ゆくへ（行方）」「ひとへに（偏に）」「さへ」は、いずれも旧かなで傍線部を「へ」と書く語です。今回はこれら、「へ」を使う言葉のお話をします。

それではまず「ゆくへ（行方）」ですが、これは「行く」に「そのあたり」「その方向」などの意を表す「へ（方）」が付いて生まれた語です。「へ（方）」が付いた語は数多くありますので、句を挙げてみましょう。

黄楊《つげ》の花散るしづけさも田植まへ　勝又一透《かつまたいっとう》

蛇穴《へびあな》に入り湖の青しりへにす　村越化石《むらこしかせき》

積み上げしもののかたへに冬籠《ふゆごもり》　石田郷子《いしだきょうこ》

いにしへも粽《ちまき》結ひしかかく笑ひ　山根真矢《やまねまや》

一透の句の「まへ（前）」は、「目」の意を持つ「ま」に「へ（方）」が付いたもの。化石の句の「しりへ（後方）」は「後ろ」の意で、こちらは「しり（尻）」に

「へ（方）」が付いたものです。郷子の句の「かたへ（片方）」は「かた（片）」に「へ（方）」が付いたもので、ここでは「傍《かたわ》ら」の意です。「いにしへ（古）」は「過ぎ去った方」の意を表す「往《い》にし方《へ》」から来ています。これらはいずれも俳句ではかな書きの例が比較的多い語ですので、まとめて覚えておくと便利です。

　一透の句は忙しい田植えの季節を前に、ツゲの小花がほろほろと散る静かなひとときを描いています。化石の句は、青い湖を後ろにして暗い穴での冬眠につく蛇を描きます。郷子の句は自画像でしょうか。積み上げてあるのは俳句の本かもしれません。真矢の句は、家族で笑いながら粽を作りつつ、古の人もこのように笑いながら子どもの成長を願って作ったのかと、思いを馳《は》せているのです。

　ちなみに、「へ（方）」と関係あるのではないかと考えられつつも、はっきり語源が分からない語に「とこしへ（常しへ・永久）」があります。同義の「とこしなへ（常しなへ・永久）」と並んで、俳句ではかな書きの例が多く見られます。

とこしへの病躯《びょうく》なれども青き踏む　川端茅舎《かわばたぼうしゃ》

たんぽぽや長江《ちょうこう》濁るとこしなへ　山口青邨《やまぐちせいそん》

　茅舎の句は晩年の作で、「青き踏む」とは青草を踏みつつ春の野山を散策すること。治ることのない病の身ながら、しばし健やかな気分を味わったのでしょう。青邨の句は、長江の堤防に立ち、タンポポを眺めつつ悠久の思いを詠んだものです。

　それでは次に、冒頭に掲げた万太郎の句の中の「ひとへに（偏に）」を見ていきましょう。「ひとへに」の「ひとへ」は「ひとへ（一重）」から来た語で、「へ（重）」は「重ね」「重なり」を表します。

　この「へ（重）」の付いた語も多くありますが、俳句では次のように漢字表記が多いようです。

単帯《ひとえおび》その人らしく着こなして　富安風生《とみやすふうせい》

虹二重《ふたえ》神も恋愛したまへり　津田清子《つだきよこ》

奈良七重《ななえ》七堂《しちどう》伽藍《がらん》八重ざくら　芭蕉《ばしょう》

風生の句の「単帯」は「ひとへ（一重）」の「帯」の意で、夏用の帯をさらりと着こなす人を描きます。清子の句は、二重の虹に二柱の神の恋愛を思い描くというおおらかな発想のものです。芭蕉の句は「奈良」と「七重」で「ナ」音の頭韻《とういん》を踏み、さらに「七重」から「七堂」「八重」という数字を含む語を導き出す趣向を凝らした句です。

続いて、同じく冒頭に掲げたみづえの句の中の「さへ」を見ていきましょう。

この句の「死臭さへ」は「死臭までも」の意。添加の助詞「さへ」は動詞「添《そ》ふ」の連用形「添へ」の「そ」の音が「さ」に変化して生まれたと言われており、程度や範囲が拡大する際に「〜までも」の意で使います。この「さへ」を含む語である「あまつさへ（剰へ）」も俳句に使われます。

あまつさへ枯菊に雨そそぎけり　安住《あずみ》　敦《あつし》

「あまつさへ（剰へ）」は「あまり（剰り）」に「さへ」のついた「あまりさへ」が転じた語で、それだけでも並大抵でないのにさらに悪いことが加わる際に使います。敦の句は、菊が枯れてその本来の美しさを失ったところに加え、雨までもが降り注ぎさらに衰える姿を詠むものです。

ちなみに、助詞「さへ」とは無関係ですが、同じく「さへ」から始まる語を挙げておきましょう。

丹《に》の欄《らん》にさへづる鳥も惜春譜《せきしゅんふ》　杉田《すぎた》久女《ひさじょ》

さへづりやみな素足なる仏たち　村上《むらかみ》鞆彦《ともひこ》

動詞「さへづる（囀る）」も、その連用形「さへづり」が固定して名詞化した「さへづり（囀り）」も、かな書きの例が多いものです。久女の句は赤い欄干のある神社で詠まれたもの。鞆彦の句は寺の情景です。神仏の加護を受けた場所で、鳥たちも伸びやかに生を謳《おう》歌《か》しているのです。

「へ」を含む語はこれらのほかにも数多くあります。終わりに、その中から「かへる（蛙）」を紹介しておきましょう。

＊

ひきがへる跳《と》びて揃《そろ》はぬ後ろ足　伊藤《いとう》伊那男《いなお》

苔《こけ》の雨かへるでの花いづこゆか　芝《しば》　不器男《ふきお》

「かへる（蛙）」自体は俳句ではかな書きにされることは少ないのですが、「ひきがへる（蟇）」や「かへるで（蛙手）」は、右のようにかな書きの例を見ます。「かへるで」はカエデのことで、葉が深く切れ込んださまがカエルの手に似ているところから来た語です。『万葉集《まんようしゅう》』にも登場する古い歴史を持つ語ですが、古代の人がカエデの葉にこんな楽しい見立てをしていたとは、なんだか親しみを覚えますね。ちなみに「かへで（楓）」はこの「かへるで」を略した語ですので、こちらも旧かなで「へ」を使います。

伊那男の句からは大きなヒキガエルの姿が浮かびます。不器男の句の「いづこゆか」は「どこからか」の意。「ゆ」は起点や経由地などを示す古代の助詞で「～から」「～を通って」の意です。雨で潤った緑の苔の上に、小さなカエデの花はどこから来たのでしょうか。美しい情景ですね。

27

ハ行四段・下二段動詞語尾の「へ」

「へ」を使う言葉②

白牡丹《はくぼたん》といふといへども紅《こう》ほのか　高浜虚子《たかはまきよし》

大試験《だいしけん》山の如《ごと》くに控《ひか》へたり　同

一句目は「その名を白牡丹というが、そうはいってもほのかに紅を帯びているよ」の意。気品のある花に艶《えん》なる風情がかすかに漂うさまを「紅」で言い止めた句です。上五《かみご》の字余りと中七《なかしち》のかな書きの柔らかさから、ゆったりと咲く姿が浮かびます。二句目の「大試験」は卒業試験や進級試験のことで春の季語。単位を取ろうと懸命な学生たちの前に難しい試験が立ちはだかるさまを、山に喩《たと》えているのです。

今回は上の句の「いへども」「控へたり」のような例、すなわちハ行四段動詞（例「いふ（言ふ）」）およびハ行下二段動詞（例「控ふ」）の下に助詞や助動詞（例「ども」「たり」）が接続することなどで現れる「へ」についてお話しします。ハ行四段動詞・ハ行下二段動詞は数が多いため、俳句でよく見るかなづかいです。それではまず、次の表をご覧ください。

ハ行四段活用

未然形……言はず
連用形……言ひたり
終止形……言ふ
連体形……言ふとき
已然《いぜん》形……言へども
命令形……言へ

ハ行下二段活用

未然形……控へず
連用形……控へたり
終止形……控ふ
連体形……控ふるとき
已然形……控ふれども
命令形……控へよ

ハ行四段活用では語幹（この場合は「言」）の下に「は」「ひ」「ふ」「ふ」「へ」「へ」という語尾が続きます。「へ」は已然形・命令形の語尾に現れます。冒頭一句目の「いへ（言へ）」は、已然形接続の助詞「ども」が付いていますので已然形の例ですね。

一方、ハ行下二段活用は、語幹（この場合は「控」）の下に「へ」「へ」「ふ」「ふる」「ふれ」「へよ」という語尾が続きます。「へ」は未然形・連用形・命令形の語尾に現れています。冒頭二句目の「控へ」は下に連用形接続の完了の助動詞「たり」が付いていますので連用形の例です。

*

それではハ行四段動詞に現れる「へ」から見ていきましょう。已然形と命令形の例を一つずつ掲げます。

柿くへば鐘《かね》が鳴るなり法隆寺《ほうりゅうじ》　正岡子規《まさおかしき》

後の世も猟夫《さつお》となりて吾《われ》を追へ　藺草慶子《いぐさけいこ》

子規の句の「くへば」は、「くふ（食ふ）」の已然形「くへ」に助詞「ば」が付いた例。余談ですが、「ば」は未然形と已然形の両方に付く性質を持つ助詞で、

●未然形＋「ば」

……「もし〜したら」の意で、まだ起こっていないことを仮定して言う。

●已然形＋「ば」

……「〜すると」「〜したので」の意で、すでに起こって確定していることについて言う。

という使い分けがあります。子規の句の「くへば」は已然形＋「ば」ですので、「食うと」の意。子規は甘い柿をほおばって、その味を噛《か》みしめながら鐘を聞いているわけですね。柿好きの子規の代表句として知られる句です。

一方、慶子の句の「追へ」は、「追ふ」の命令形。獣《けもの》のようにすばしっこく逃げる女が、自分を追う男に向かって呼びかけているのです。「後の世も」は「来世でも」の意。それほど特別な結びつきながらも追い

追われる緊張した関係が続くとは、ドラマティックですね。

＊

次にハ行下二段動詞に現れる「へ」を見ていきましょう。まず未然形の例から。

大焚火《おおたきび》闇《やみ》に守られ衰《おとろ》へず　高橋悦男《たかはしえつお》
千年のことば称《たた》へむさくらんぼ　鈴木太郎《すずきたろう》

悦男の句の「衰へず」は、「衰ふ」の未然形「衰へ」に打消の助動詞「ず」が付いた例。太郎の句の「称へむ」は、「称ふ」の未然形「称へ」に推量や意志を表す助動詞「む」が付いた例。「ず」も「む」も未然形接続の性質を持つ語です。

悦男の句では闇に浮かびあがり、衰えることのない焚火の生々しさが印象的です。太郎の句の「千年のことば」は日本語の詩歌の伝統を比喩《ひゆ》的に述べたものでしょう。そのすばらしさを「称へむ（褒《ほ》め称えよう）」と思うのは、伝統に連なる俳人としての率直な気持ちではないでしょうか。「千年のことば」の一語一語を瑞々《みずみず》しいさくらんぼの一粒一粒のように活かしていきたいという願いも込められているのでしょう。

続いて連用形の例です。

流れつゝ色を変へけり石鹸玉《しゃぼんだま》　松本《まつもと》たかし
秋晴の口に咥《くわ》へて釘甘し　右城暮石《うしろぼせき》
支へあふ雪吊《ゆきつり》しあはせのかたち　原田《はらだ》　暹《すすむ》
豆飯《まめめし》や佳きことすこしづつ伝へ　上田日差子《うえだひざし》

たかしの句の「変へけり」は、「変ふ」の連用形「変へ」に詠嘆の助動詞「けり」が付いた例。暮石の句の「咥へて」は、「咥ふ」の連用形「咥へ」に助詞「て」が付いた例。「けり」も「て」も連用形接続の性質を持つ語です。暹の句の「支へあふ」は、「支ふ」の連用形「支へ」の下に「あふ」という別の動詞が続いて「支へあふ」という複合動詞になった例です。日差子の句の「伝へ」は何かが下に接続して連用形になったケースではなく、連用形で言いさして余情を持たせる用法です。

たかしの句は風に乗って飛びつつ虹色に光る石鹸玉の写生です。暮石の句は秋晴れの日の日曜大工のひとこまでしょうか。口に含んだ釘の金気を甘いと感じる感覚にはっとさせられます。暹の句は雪吊の綱がぴんと張って支え合うさまに、「しあはせのかたち」を感じています。日差子の句の「豆飯」は彩りよく温かな食べ物です。日々の生活の中の、ささやかながらも胸温まる喜びを分かち合っているのでしょう。

続いて命令形の例。

夕立の虹こしらへよ千松嶋《ちまつしま》　正岡子規

「こしらへよ」は、「こしらふ（拵ふ）」の命令形です。この句は明治二十六年、子規が松島を旅した際の作。夕立が降って松島の島々に美しい虹を拵《こしら》えてほしい、と願う句です。「千松嶋」は松島の古称です。

＊

それではここまで、ハ行四段動詞・ハ行下二段動詞の語尾（活用語尾）に現れる「へ」を見てきましたので、すでに学んだヤ行下二段動詞・ア行下二段動詞、ワ行下二段動詞と併せた簡便な使い分け表を次のページに掲げます。

「え」が現れるのは、語尾にヤ行（や・い・ゆ・え・よ）の文字が使われるヤ行下二段動詞と、ア行（あ・い・う・え・お）の文字が使われるア行下二段動詞です。「ゑ」が現れるのは、語尾にワ行（わ・ゐ・う・ゑ・を）の文字が使われるワ行下二段動詞です。「へ」が現れるのは、語尾にハ行（は・ひ・ふ・へ・ほ）の文字が使われるハ行四段動詞と、ハ行下二段動詞です。

「え」が現れるア行下二段動詞には「得《う》」「心得《こころう》」の二語、また「ゑ」が現れるワ行下二段動詞には「飢う」「植う」「据う」の三語しかありませんので、ここでもう一度復習し、暗記してしまいましょう。

旧かなで「え」「ゑ」「へ」と書く動詞の語尾

		語例	未然形	連用形	終止形	連体形	已然形	命令形
え	ヤ行下二段動詞	癒ゆ 見ゆ 吠ゆ	癒えず 見えず 吠えず	癒えたり 見えたり 吠えたり	癒ゆ 見ゆ 吠ゆ	癒ゆるとき 見ゆるとき 吠ゆるとき	癒ゆれども 見ゆれども 吠ゆれども	癒えよ 見えよ 吠えよ
	ア行下二段動詞	う（得） こころう（心得）	えず こころえず	えたり こころえたり	う こころう	うるとき こころうるとき	うれども こころうれども	えよ こころえよ
ゑ	ワ行下二段動詞	飢う 植う 据う	飢ゑず 植ゑず 据ゑず	飢ゑたり 植ゑたり 据ゑたり	飢う 植う 据う	飢うるとき 植うるとき 据うるとき	飢うれども 植うれども 据うれども	飢ゑよ 植ゑよ 据ゑよ
へ	ハ行四段動詞	言ふ 食ふ 追ふ	言はず 食はず 追はず	言ひたり 食ひたり 追ひたり	言ふ 食ふ 追ふ	言ふとき 食ふとき 追ふとき	言へども 食へども 追へども	言へ 食へ 追へ
	ハ行下二段動詞	控ふ 衰ふ 拵ふ	控へず 衰へず 拵へず	控へたり 衰へたり 拵へたり	控ふ 衰ふ 拵ふ	控ふるとき 衰ふるとき 拵ふるとき	控ふれども 衰ふれども 拵ふれども	控へよ 衰へよ 拵へよ

28

「へ」を使う言葉③

かんがへ・こたへ　など

北風にあらがふことを敢《あ》へてせじ　富安風生《とみやすふうせい》

とりあへず畳に座して秋の宿　吉田成子《よしだしげこ》

　風生の句は、冷たい北風の吹く日は敢えてその風に抗《あらが》わないでおこうと言います。逆らわずに風が止むのを待つという考えは、人生の過ごし方にも通ずるかもしれません。成子の句は秋の旅先での心地よい疲れを詠《よ》むものでしょう。宿に入って座った畳の感触に、旅情を覚えているのです。

　さて、前回では、ハ行四段動詞・下二段動詞の語尾に「へ」が現れるケースについてのお話をしました。今回はその関連事項として、「ハ行下二段動詞の連用形（または未然形）を含む表現に由来する語」に現れる「へ」についてお話しします。

　それでは冒頭に掲げた風生と成子の句の中の「敢へて」「とりあへず（取り敢へず）」から見ていきましょう。両者はともに副詞で、ハ行下二段動詞「敢ふ」の連用形および未然形を含む表現に由来するものです。

　まず「敢へて」ですが、これは連用形「敢へ」＋助詞「て」が一語として固定化し、副詞となったものです（助詞「て」は連用形に付く）。続いて「取り敢へず」は、複合動詞「取り敢ふ」の未然形「取り敢へ」＋打消の助動詞「ず」が一語に固定化して、副詞となったものです（助動詞「ず」は未然形に付く）。

　「敢ふ」は、①「押しきる」、②「十分にする」、③「こらえる」などさまざまな意味を持つ語で、「敢へて」は「押しきって」の意。「取り敢へず」は「十分に（時間や労力を）取らず」から「事態に十分対応できず」の意となり、そこから「ひとまず」「さしあたって」などの語意が生まれています。

ちなみに、「こらえる」という意味の「敢ふ」から生まれた語には、形容詞「敢《あ》へ無《な》し」があります。「敢ふ」の連用形「敢へ」が固定化した名詞「敢へ」に形容詞「無し」が付いて出来た語で、「こらえきれない」という意から、「あっけない」「はかない」などの語意が生まれています。

古暦《ふるごよみ》あへなく燃えてしまひけり　成瀬櫻桃子《なるせおうとうし》

この句の「あへなく」は形容詞「あへなし（敢へ無し）」の連用形です。「古暦」は、新年用の新しい暦を買ったことで不要になった古い暦のこと。処分しようと燃やすのですが、あっけなく燃え尽きるさまに一抹《いちまつ》の哀れを覚えているのです。

＊

さて、動詞「敢ふ」の連用形「敢へ」が固定化した名詞「敢へ」に触れましたが、それに関連して、ハ行下二段動詞の連用形が固定化した名詞を紹介しましょう。

考へを針にひつかけ毛糸編む　上野《うえの》泰《やすし》
羽子突《はねつき》の大上段といふ構へ　行方克巳《なめかたかつみ》
雪渓《せっけい》を仰ぐ反《そ》り身に支へなし　細見綾子《ほそみあやこ》

「考へ」「構へ」「支へ」は、順にハ行下二段動詞の「考ふ」「構ふ」「支ふ」の連用形「考へ」「構へ」「支へ」が名詞化したものです。ちなみに、ハ行下二段動詞に限らず、動詞の連用形には名詞化する性質があり、連用形由来の名詞は数多く存在します（例　ラ行四段動詞「走る」の連用形「走り」から出来た名詞「走り」、ヤ行上二段動詞「老ゆ」の連用形「老い」から出来た名詞「老い」など）。

泰の句は毛糸を針にかけつつ考えごとをするさまを、考えを針に引っかけていると見たところに詩情があります。克巳の句は新年の羽根突きの情景です。「大上段」という仰々《ぎょうぎょう》しい構えがかえって楽しく、その場のさざめきが感じられます。綾子の句は眩《まぶ》しい雪渓を身をそらして仰ぎながら、大自然の神々《こうごう》しさに圧倒されそうになる心地を「支へなし」という語で表しています。

ハ行下二段動詞「こたふ（答ふ・応ふ）」の連用形「こたへ（答へ・応へ）」が名詞化した「こたへ（答へ・応へ）」も、「〜ごたへ（〜答へ・〜応へ）」と濁音化した形で俳句にしばしば登場します。

口ごたへすまじと思ふ木瓜《ぼけ》の花　星野立子《ほしのたつこ》
手ごたへの雲に花あり弓はじめ　蕪村《ぶそん》
数の子の歯ごたへ数を尽くしつつ　鷹羽狩行《たかはしゅぎょう》

立子の句は「口答えをしないでおこう」という固い決意を述べたもの。愛らしいボケの花のように素直でいたい気持ちを詠むものです。蕪村の句の「弓はじめ」は新年に初めて弓を射る儀式。雲へ矢を射たところ、その彼方に雲と見紛《みまが》うほど見事に咲く桜の俤《おもかげ》を感じたと言うのです。蕪村によるこの句の前書には、今

旧かなで「へ」を含む語一覧

ア行

あつらへ（誂へ）　あへぐ（喘ぐ）　あへて（敢へて）　あへなし（敢へなし）　あへもの（和へ物）　あまつさへ（剰へ）　いにしへ（古）　いへ（家）　いほへ（五百重）　いくへ（幾重）　いけにへ（生贄）　いらへ（応へ・答へ）　うつたへ（訴へ）　うへ（上）　うれへ（憂へ）　おさへ（抑へ）　おほはらへ（大祓）　おもへらく（以為）

カ行

かかへ（抱へ）　かぜそばへ（風戯へ）　かぞへ（数へ）　かぞへび（数へ日）　かたへ（片方）　かなへ（鼎）　かへす（返す・反す）　かへす（還す・帰す）　かへで（楓）　かへりみる（顧みる・省みる）　かへる（返る・反る）　かへる（還る・帰る）　かへる（蛙）　かへるで（蛙手）　がへんず（肯んず）　かまへ（構へ）　かんがへ（考へ）　きまへ（気前）　ここのへ（九重）　こしらへ（拵へ）　こたへ（答へ・応へ）

サ行

ささへ（支へ）　さへ（助詞）　さへづり（囀り）　さへづる（囀る）　さなへ（早苗）　さばへなす（五月蠅なす）　しつらへ（設へ）　しろたへ（白妙）　しりへ（後方）

（サ行）	タ行	ナ行	ハ行	マ行	ヤ行	ワ行
そへぎ（添へ木） そなへ（備へ・供へ） そばへ（戯へ）	たくはへ（蓄へ） たとへ（喩へ・譬へ） たとへば（例へば） たへ（妙） てごたへ（手応へ） とこしへ（常しへ・永久） とこしなへ（常しなへ・永久）	ななへ（七重） なへ（苗） にへ（贄）	はへ（蠅） はだへ（肌） はらへ（祓） ひかへ（控へ） ひきがへる（蟇） ひとへ（一重・単） ひとへに（偏に） ふたへ（二重） ふるへ（震へ） へ（方） へ（重）	まへ（前） みちをしへ（道教へ） むかへ（迎へ）	やへ（八重） ゆくへ（行方）	をしへ（教へ） をみなへし（女郎花）

年の春こそ吉野の桜を見たいという願いを込めて詠んだとあります。狩行の句は、数の子を嚙《か》みしめた際の一粒一粒の感触を「数を尽くす」というめでたい表現で描くものです。それでは最後に愛らしい昆虫に登場してもらいましょう。

塋域《えいいき》はまかせ給《たま》へと道をしへ　千原叡子《ちはらえいこ》

この句の季語「道をしへ（道教へ）」は、ハ行下二段動詞「をしふ（教ふ）」の連用形由来の名詞「をしへ（教へ）」が「道」に付いて一語となったものです。「道をしへ」は昆虫のハンミョウのことで夏の季語。道に沿って、人の歩く前を飛ぶのでこの名があります。叡子の句の「塋域」とは墓場のこと。そこを案内するかに飛ぶ小さな虫の姿を描いています。

＊

それでは「え」と「ゑ」と「へ」の使い分けについてはこれで終わりです。作句に使えそうな「旧かなで『へ』を含む語一覧」は前ページに掲載しています。

第5章

おとをとほとふの使い分け

29

「お」を使う言葉①

おと・おのれ など

風邪《かぜ》に寝て母の足おと母のこゑ　馬場移公子《ばばいくこ》

めぐりては水にをさまる百合鷗《ゆりかもめ》　石田郷子《いしだきょうこ》

しぐるるやほのほあげぬは火といはず　片山由美子《かたやまゆみこ》

行《ゆき》〳〵てたふれ伏《ふす》とも萩《はぎ》の原　曾良《そら》

移公子の句は、風邪でうつらうつらしているときのものでしょうか。母の足音と声にほっとしたのでしょう。「おと」と「こゑ」がかな書きにされることで優しい雰囲気《ふんいき》が醸《かも》し出されています。郷子の句は、ユリカモメが白くきらめいて宙を舞っては水面に羽を畳んで浮くさまを描いています。由美子の句は、白くくすぶる火に対して、「炎を上げないものは火とは言わない」と断定しています。勢いよく炎を上げてこそ本当の火だということでしょう。時雨《しぐれ》は古来定めなきもの、無常観に通ずるものとされますが、移ろう時の流れの中にいるのなら、せめて炎を上げる火のようにいっしんに生きたいという願いが背後にあるのかもしれません。曾良の句は『おくのほそ道』の句です。旅の終盤で体調を崩し、芭蕉《ばしょう》と別行動をとった際のもので、どこまでも旅を続け、倒れ伏すとしても萩の野原でありたいという願いを詠《よ》んでいます。

さて、新かなで「お」を含む言葉である「おと（音）」「おさまる（収まる・納まる）」「ほのお（炎・焔）」「たおれふす（倒れ臥す）」は、旧かなでは「おと」「をさまる」「ほのほ」「たふれふす」となります。このように、新かなの「お」は、旧かなでは「お」「を」「ほ」「ふ」の四通りに使い分けます。今回は、そのうちの

「おと」のタイプ、すなわち、旧かなでも「お」を使うタイプの言葉のお話をします。

まず「おと」ですが、俳句ではかな書きの例が比較的多いものです。「おと」から生まれた動詞に「おとづる」があり、これも旧かなで「お」を使います。「音を立てる」「訪《たず》ねる」「便りをする」などの意ですが、俳句では「訪ねる」の意で使われることが多いようです。

誼《ぎ》にこころして暖房をおとづれぬ　飯田蛇笏《いいだだこつ》

「誼」は親しい交際のことですので、暖房を入れて待っていてくれた友人を訪ね、その心遣いに感謝しているのです。

ちなみに、「おとづる」の連用形「おとづれ」が固定して名詞化した語に「おとづれ」があります。「音を立てること」「訪ねること」「便り」などの意があり、次の風生《ふうせい》の句は、「便り」の意で使われたものです。

水仙や師へおとづれは墨《すみ》もてかく　富安風生《とみやすふうせい》

水仙の芳香の漂う部屋で、師への便りを墨で認《したた》めているのでしょう。師への敬慕が感じられる句です。

「おと」から生まれた動詞には「おとなふ」もあります。「おとづる」同様、「音を立てる」「訪ねる」「便りをする」などの意があり、次の蕪城《ぶじょう》の句は「訪ねる」の意で使われたものです。

おとなふに泉ある辺も心得て　木村蕪城《きむらぶじょう》

名所でしょうか。訪ねるに当たって、そこにある素晴らしい泉の場所も心得て訪ねるというのです。「おとなふ」の表の意味は「訪ねる」ですが、裏には「(泉が)音を立てる」という意も込められているのではないかと思われます。

さて、「おと（音）」の他にも「おと」と書く語はあり、代表的なものは「おと（弟・乙）」です。性別にかかわらず年下を表す名詞で、弟または妹を指します。

また、叔父（父の弟）の意の「おとをぢ」や、日本《やまと》武《たけるの》尊《みこと》の妃《きさき》として知られる「おとたちばなひめ（弟橘媛）」の例のように、他の語の上に付いて「年下・若い」あるいは「美しい」という意を表します。俳句では「おと」に「ひと」が付いた「おとひと」から出来た「おとうと（弟）」がしばしばかな書きで使われます（「おとうと」については一〇二ページ参照）。

おとうとに十年の恋牽牛花《けんぎゅうか》　藺《い》草《ぐさ》慶《けい》子《こ》

「おと」で始まる語をさらに見ていきましょう。形容詞「おとなし（大人し）」は名詞「おとな（大人）」に「し」が付いて形容詞化したもので、大人である状態そのものとともに、大人を感じさせる思慮分別や落ち着きも示し、そこから「穏やか」「静か」などの意が生まれています。次の久女《ひさじょ》の句の「おとなしき」は「おとなし」の連体形です。

姉ゐねばおとなしき子やしやぼん玉　杉《すぎ》田《た》久女《ひさじょ》

姉がいるとつい対抗心を起こすのですが、一人だと落ち着いて静かに遊んでいる。そんな子供心を捉《とら》えた句です。

牡蠣《かき》むきの殻《から》投げおとす音ばかり　中村《なかむら》汀女《ていじょ》

鮟鱇《あんこう》の知恵にもおとる渡世かな　大原《おおはら》其戎《きじゅう》

「おとす（落とす）」「おとる（劣る）」も「お」を使う語です。汀女の句は無駄話もせず作業に精を出す人々の情景を描いています。其戎の句は、愚鈍な人の譬《たと》えとされる鮟鱇を引き合いに出して、その鮟鱇にも劣る世渡りの下手さを言っています。

大つぶの寒卵《かんたまご》おく襤褸《ぼろ》の上　飯田蛇笏

「おく（置く）」も「お」を使う語です。「おく（置く）」は蛇笏の句のように、「位置を占めさせる」など動作そのものを表す語ですが、動詞の連用形の下や、「動詞の連用形＋て」の下に付いて用意や放置の意を添える働きをする場合もあります。この場合特に「×をく」と誤るケースが多いようですが、正しくは次のように「おく」と書きます。直子《なおこ》の句はカ行下二段動詞「空《あ》く」の連用形「空け」に付いた例。椿《つばき》の句はカ行下二段動詞「開《あ》く」の連用形「開け」＋「て」の下に付いた例です。

亡きひとに片手空けおく冬木《ふゆき》の芽　藤田直子《ふじたなおこ》

ほととぎす鳴く方の窓開けておく　星野《ほしの》椿《つばき》

直子の句は亡き夫を恋しく思う句で、寒気の中に命を養う冬木の芽が作者の姿を思わせます。椿の句からは、緑滴《したた》る山を背景に朗々と響くホトトギスの声が聞こえてくるようです。

同じく旧かなで「おく」と書く語には「起く」など多くがありますが、俳句では漢字表記が多いようです。

昼寝より背を畳《たたみ》よりはがし起く　篠原《しのはら》梵《ぼん》

余談ですが、「をく」と書く動詞にはカ行四段動詞「をく（招く）」（後世には「をぐ」とも）があります。俳句でのかな書きの例はあまり見ませんが、「行い」の意を持つ名詞「わざ（業・技）」の下に「をく」の連用形「をき」が付いて出来た名詞「わざをき（俳優）」（後世には「わざをぎ」とも）は、俳句にしばしば登場します。滑稽《こっけい》な身振り手振りで舞い歌い、神や人を楽しませること、また、それをする人のことで、俳句では俳優・役者の意で使われる場合が多いようです。

わざをぎの盆の湯治《とうじ》や鳳仙花《ほうせんか》　水原秋櫻子《みずはらしゅうおうし》

秋櫻子の句は、日頃忙しい役者が華やかな舞台で観客を楽しませる立場から、素の自分に戻って安らぐさまが窺《うかが》えます。

「お」を使う言葉で俳句でかな書きにされがちなものには、「おのれ（己）」もあります。

青葉木菟《あおばずく》おのれ恃《たの》めと夜の高処《たかど》　文挟夫佐恵《ふばさみふさえ》

夫佐恵の句は、心がくずおれそうになった折のものでしょうか。夜の闇《やみ》に包まれた高い場所から、「自恃《じじ》の心を失うな」と言うかのようにアオバズクの声が聞こえてきたのです。

「おのれ（己）」は「自分」「あなた」の意を表す「おの（己）」が基になって出来たとされますが、「おの（己）」が基になった語は他にも多くあります。

草いろ〳〵おの〳〵花の手柄かな　芭蕉

おのがじし蓮《はす》の枯れたる阿修羅《あしゅら》かな　鍵和田《かぎわだ》秞子《ゆうこ》

地に片手つけば惜春おのづから　村越《むらこし》化石《かせき》

「おのおの（各々・各）」は「おの（己）」を重ねた語で「それぞれ」「あなた方」の意。「おのがじし（己がじし）」は「己《おの》が為為《しし》（「し」はサ変動詞「す」の連用形）」で、「（それぞれが）自分の思い思いにし」の意から、「それぞれ」「めいめい」の意となっています。「おのづから（自づから）」は、「己《おの》」＋「づ」＋「から」で、「づ」は「の」の意を持つ古語「つ」が濁音化したもの。「から」には、「本質的なありさま」の意の名詞などの説があります。「それ自身の本質（によって）」の意から「そのまま」「自然に」の意が生まれたとされています。

芭蕉の句の「おの〳〵」は「それぞれ」の意で、美しく咲く秋草それぞれの美を讃えています。秞子の句は、それぞれに別の方角を向いて枯れているハスを詠むものです。化石の句は、温かな土に片手を突くと自然に惜春の思いが湧《わ》き上がるさまを詠んでいます。

30

おもて・おろか など
「お」を使う言葉②

瀧《たき》のおもてはよろこびの水しぶき　山上樹実雄《やまがみきみお》

おろかなる犬吠えてをり除夜《じょや》の鐘　山口青邨《やまぐちせいそん》

菊焚《た》いて育ての母の霊おくる　上村占魚《うえむらせんぎょ》

樹実雄の句からは、滝の表面を勢いよく撥《は》ね散る水しぶきが見えます。「おもて」には「顔」の意もありますので、滝が笑顔を見せているようにも感じられますね。青邨の句は、煩悩《ぼんのう》を消す除夜の鐘が荘厳《そうごん》に響く間も騒がしく吠え続ける犬を詠《よ》みます。占魚の句の季語は「菊焚く」。枯れた菊を刈って火にくべつつ、育ての母と過ごした月日を惜しみ、冥福を祈っているのです。

さて、上の句の中の「おもて（面・表）」「おろか（愚か）」「おくる（送る）」は、旧かなでも新かなでも「お」を使う語の例です。今回は前回に続き、旧かなでも新かなでも「お」を使う言葉のお話をします。

まず「おもて（面・表）」ですが、これは、「おも（面）」に方角を表す「て（方）」が付いた語、また、場所を表す「と（処）」が付いて音が転じた語などと言われています。「面」が基になって出来た語は他にもあり、「おもかげ（面影・俤）」や「おもしろし（面白し）」などは俳句にしばしば登場します。

おもかげを児にみる露の日夜かな　飯田蛇笏《いいだだこつ》

「面」に姿形を表す「影」が付いたのが「面影」です。蛇笏のこの句は戦死した息子の遺児（蛇笏にとっては孫）に、息子のありし日の面影を見るもの。句集ではすぐ左に〈遺児の手のかくもやはらか秋の風〉もあり、悲しみを伝えています。

おもしろうてやがてかなしき鵜舟《うぶね》哉《かな》　芭蕉《ばしょう》

形容詞「おもしろし（面白し）」は、顔の前が白く、すなわちぱっと明るくなるところから、「愉快だ」「興味深い」「趣《おもむき》がある」などの意となりました。この句の「おもしろう」は連用形「おもしろく」のウ音便形です。長良川《ながらがわ》の鵜飼《うかい》を見て作った句として知られています。

「面」を基にした形容詞には、照り輝くさまを表す「映《は》ゆし」が付いて出来た「おもはゆし（面映ゆし）」もあります。こちらは「顔（を合わせるの）が眩《まぶ》しい」というところから、「恥ずかしい」「照れくさい」などの意となりました。俳句では漢字表記が多いようです。

桜草膝《ひざ》に揺れ車中面映ゆし　戸《と》川《がわ》稲村《とうそん》

電車に乗っている場面でしょうか。桜草の鉢植えが人目を引くようで照れくさいのでしょう。

余談ですが、「面映ゆし」と同様の成り立ちの語には「目《ま》」＋「映ゆし」から転じた「まばゆし（目映ゆし・眩し）」、「顔」＋「映ゆし」から転じた「かはゆし」があります。「かはゆし」は「かはいい（可愛い）」の基になった語です。

蹴ちらしてまばゆき銀杏《いちょう》落葉かな　鈴《すず》木《き》花蓑《はなみの》

うぐひすの訛《なまり》かはゆき若音《わかね》かな　几《き》董《とう》

花蓑の句からは、ふかふか積もった金色の銀杏落葉が目に浮かびます。几董の句は「若音」すなわち鳴き始めてまだ上手くない鳴き声を「可愛い訛だなあ」と洒落《しゃれ》たものです。

＊

それでは次に、冒頭の青邨の句の「おろか（愚か）」を見ていきましょう。「おろか」は不十分・不完全の意の「おろ」に接尾語「か」が付いたもので、そこから「賢くない」「愚鈍」の意が生まれました。同根の語に「おろそか（疎か）」があり、これは「おろ」に接尾語「そか」が付いたもので、「拙《つたな》い」「なおざり」などの意を表します。また、「おろ」を重ねた語に「おろおろ」があり、これは「不十分なさま」から転じて「どうしていいか分からずうろたえるさま」を表します。

おろそかになりまさる世の魂祭《たままつり》　正岡子規《まさおかしき》

マヨネーズおろおろ出づる暑さかな　小川軽舟《おがわけいしゅう》

子規の句は先祖を祀《まつ》る魂祭がなおざりになっている世相を嘆くもの。軽舟の句はチューブからマヨネーズが出るさまを、暑さに打ちひしがれてうろたえているかのように擬人化した点に面白味があります。

＊

続いて、冒頭の占魚の句に使われている「おくる（送る）」を見ていきましょう。これはかなづかいを「×をくる」と誤りがちですが「お」を使う語です。

ちなみに、「おくる（遅る・後る）」もかな書きにされることがあります。次の不器男《ふきお》の句は、連用形「おくれ」の例です（助詞「て」は連用形に接続）。

麦車馬におくれて動き出づ　芝《しば》不器男《ふきお》

収穫した麦を積んだ車が、それを引く馬の動きに一瞬遅れるかのように動き出したさまが描写されています。

おくれ毛の影大いなる傀儡《くぐつ》かな　眞鍋呉夫《まなべくれお》

春愁や櫛《くし》もせんなきおくれ髪　久保《くぼ》より江《え》

「おくれ毛」は連用形「おくれ」を基にして出来た語

で、遅れて生えたため束ねられずに襟足《えりあし》に下がる短い毛のこと。「おくれ髪」も同じです。呉夫の句は、「傀儡」（操り人形）の妖《あや》しい生気を細部に目を留めることで摑《つか》んでいます。より江の句は、ほつれたおくれ髪に櫛を入れても春の物憂《ものう》さは尽きないと嘆きます。

＊

最後に、「お」で始まる語のうち、かなづかいを誤りやすい語を俳句とともに紹介しておきましょう。

おづおづと夕日沈める冬至かな　鈴木真砂女《すずきまさじょ》
おにをこぜ徹頭徹尾おにをこぜ　松尾隆信《まつおたかのぶ》
野の真昼さびしとおんぶばつたかな　大島雄作《おおしまゆうさく》

「おづおづ（怖づ怖づ）」は「怖れる」という意の動詞「おづ（怖づ）」から生まれた語ですので、かなづかいは「お」です。

「おに」は、隠れて人の目に見えない存在であるところから、漢字の「おん（隠）」が変化して出来た語という説が有力です。鬼には、時代とともに虎皮《とらがわ》の褌《ふんどし》、

旧かなで「お」を含む語一覧

ア行

お（御）　おいらん（花魁）　おうな（媼・嫗）　おかげ（御蔭）　おかめ（お亀・阿亀）　おきて（掟）　おきな（翁）　おぎろなし（賾なし）　おく（起く）　おく（置く・措く・擱く）　おくび（噯・噯気）　おくびやう（臆病）　おくる（送る）　おくる（贈る）　おくる（後る・遅る）　おくれがみ（後れ髪）　おくれげ（後れ毛）　おこす（起こす・興す）　おこたる（怠る・惰る）　おこなふ（行ふ）　おこは（御強）　おこる（怒る）　おこる（起こる・興る）　おごる（奢る・驕る・傲る）　おす（押す・圧す・推す）　おそし（遅し）　おそふ（襲ふ）　おぞまし　おそる（怖る・恐る・畏る・懼る）　おそろし（怖ろし・恐ろし）　おだし（穏し）　おだやか（穏やか）　おつ（落つ・墜つ・堕つ）　おつ（乙）　おづ（怖づ）　おづおづ　おと（音）　おと（弟・乙）　おとうと（弟）　おどかす（脅かす）　おとがひ（頤）　おどけ（戯け）　おとす（落とす）　おどす（脅す）　おとづる（訪る）　おとなふ（訪ふ）　おとる（劣る）　おどろ（棘・荊棘）　おどろかす（驚かす）　おどろく（驚く）　おとな（大人）　おとなし（大人し）　おなじ（同じ）　おに（鬼）　おの（己）　おのおの（各々・

たくましい体、角などの姿が与えられましたが、そもそもは目に見えない存在として捉《とら》えられていたのです。「おんぶ」は「背負う」という意の「おぶふ（負ふ）」が変化した語と言われています。

　真砂女の句は、一年中でもっとも日の短い日である冬至の弱い夕日を描いています。隆信の句の「おにをこぜ」は奇異な姿で背びれに毒を持ちますが、美味でも知られます。「徹頭徹尾」は「頭から尾まで」という文字通りの意味と「どこまでも」「あくまで」という意をかけたもので、自分自身を通す「おにをこぜ」を詠むものです。雄作の句の「おんぶばつた」は雌の上に雄が載《の》ることが多いことから付いた名です。秋の昼光の満ちる野原でひっそりと葉に止まっている姿が思われます。

おとがひに糀《こうじ》の花や寒造《かんづくり》　阿波野青畝《あわのせいほ》

枯れはてしおどろが下や水仙花　正岡子規

十六夜《いざよい》のおばしま濡《ぬ》れてありしこと　木村蕪城《きむらぶじょう》

ア行	カ行
各）　おのがじし（己がじし）　おのづから（自づから）　おのづと（自づと）　おのれ（己）　おはぐろ（御歯黒・鉄漿）　おばけ（お化け）　おばしま（欄）　おはします（御座します）　おはす（御座す・在す）　おはやう（お早う）　おび（帯）　おひたち（生ひ立ち）　おびただし（夥し）　おびやかす（脅かす）　おびゆ（怯ゆ）　おふ（生ふ）　おふ（負ふ）　おふ（追ふ）　おぶ（帯ぶ）　おぼつかなし（覚束なし）　おぼゆ（覚ゆ）　おぼる（溺る）　おぼろ（朧）　おみな（媼・嫗）　おも（面）　おもかげ（俤・面影）　おもざし（面差し）　おもし（重し）　おもしろし（面白し）　おもたし（重たし）　おもて（表・面）　おもはゆし（面映ゆし）　おもふ（思ふ）　おもむき（趣・赴き）　おもむく（趣く・赴く）　おもむろ（徐）　おや（親）　およぐ（泳ぐ）　およそ（凡そ）　およぶ（及ぶ）　おらぶ（叫ぶ）　おる（下る・降る）　おる（織る）　おれ（俺・己）　おろか（疎か・愚か）　おろおろ　おろす（下ろす・降ろす）　おろそか（疎か）　おんな（媼・嫗）　おんぶ	きおくれ（気後れ）　けおさる（気圧さる）

「おとがひ（顎）」は下顎《したあご》の古名。「おどろ（棘・荊棘）」は草木や茨《いばら》などの生い茂る場所のこと。「おばしま（欄）」は欄干《らんかん》・手すりのことです。俳句ではしばしば使われる語ですので、これらのかなづかいも覚えておくと良いでしょう。

青畝の句は、酒の寒造りに携わる人の下あごに糀が付いているさま。子規の句は、枯藪《かれやぶ》の裾《すそ》などに水仙が咲くさまを描写したものです。蕪城の句は、十六夜に照らされる橋の欄干を詠みます。さっと雨が降ったのでしょうか。「濡れてありしこと（濡れていたこと）」という回想形からは、そこで誰かと待ち合わせでもしていたのではないか、などという浪漫《ろうまん》的な想像がかき立てられます。

*

「お」を使う言葉についてはこれで終わりです。作句に使えそうな「旧かなで『お』を含む語一覧」を前ページに掲載します。この表からも分かるように旧かなの「お」は語頭に現れるケースが圧倒的多数です。

サ行	ハ行	マ行
ししおどし（鹿威し）　せおふ（背負ふ）	ひおもて（日面・日表）	みぞおち（鳩尾）

31
「を」を使う言葉①
をとこ・をとめ など

春灯《しゅんとう》やをとこが困るときの眉《まゆ》　辻《つじ》　美奈子《みなこ》
たをやかに幽明距《へだ》つ春の虹　殿村菟絲子《とのむらとしこ》
あをあをと空を残して蝶《ちょう》別れ　大野林火《おおののりんか》

美奈子の句の男性は何に困っているのでしょう。優しい春灯の下でその表情に苦笑する女性の姿が想像されます。菟絲子の句は幽明界《さかい》を異《こと》にした人を思う句です。美しい春の虹が懸橋《かけはし》に見えたとしても亡き人に再会する術《すべ》はないのです。林火の句は、晴れた空に縺《もつ》れ飛んでいた二頭の蝶が別々に飛び去ったさまを描いています。

さて、新かなで「お」を含む言葉である「おとこ（男）」「たおやか（嫋やか）」「あお（青）」は、旧かなでは上のように「をとこ」「たをやか」「あを」となり、いずれも「を」を使います。今回はそのうちの「をとこ」のタイプ、すなわち、旧かなで語頭（言葉の最初）に「を」を使うタイプの言葉のお話をします。

それでは「をとこ」から始めましょう。「をとこ」は、「若い」「未熟」の意の「をと」に、男を表す「こ」が付いて出来た語です。対になる語は若い未婚の女を指す「をとめ（少女・乙女）」で、こちらは女を表す「め」が付いた語。「むすこ（息子）」「むすめ（娘）」、「ひこ（彦）」「ひめ（媛）」の例にも見られるように、「こ」と「め」は一対の語です。

爽《さわ》かに牧場《まきば》のをとめ皆男装　瀧《たき》　春一《しゅんいち》

春一の句からは、秋の澄んだ大気の中できびきびと動く若い娘たちの姿が浮かびます。

また、「をとめ」に接頭語「さ」が付いて出来た「さをとめ（早乙女）」にも、かな書きの例が見られます。

さをとめの一むれ帰る小道哉《かな》　正岡子規《まさおかしき》

子規の句は、一日の田植えが終わった早乙女の一群が帰途につく景を描いています。

ここで注意したいのは「乙女」「早乙女」についてです。一六七ページでお話ししたように「乙」の旧かなは「おと」です。ただ、ここでは単なる当て字として使われていますので「×おとめ」「×さおとめ」と誤まらないようにしてください。

ところで、「をとめ」が若い女性だけを指すのに対して、「をとこ」には本来の意の「若い男」に加えて、男性一般を指す用法が古くから生まれています。その場合に対になるのは、女性一般を指す「をみな（女）」「をんな（女）」などです（「をんな」は「をみな」の「み」が「ん」に撥音便《はつおんびん》化した語。ウ音便化した「をうな（女）」もあります）。現代ではこのうち「をんな」（新かなでは「おんな」）が生き残って、「をとこ」（新かなでは「おとこ」）の対義語となっています。

次の句は、「をとこ」と「をみな」、「をとこ」と「をんな」を対にして詠《よ》んだものです。

後の世もをとことをみな雛《ひな》かざる　浦川聡子《うらかわさとこ》
子をもたぬをとことをんな毛蟲《けむし》焼く　黒田杏子《くろだももこ》

聡子の句からは、抑えた恋心とともに女の子として生まれた自《みずか》らを愛《いとお》しむ気持ちが伝わります。杏子の句は夫婦でしょう。はしゃぐ子のいない静かな庭で、二人して樹木の手入れをしているのです。

余談ですが、旧かなでも「を」でなく「お」を使う「おみな（媼・嫗）」「おんな（媼・嫗）」「おうな（媼・嫗）」という語があります（「おんな」「おうな」は「おみな」の撥音便形とウ音便形）。これらはいずれも年老いた女を指す語です。年老いた男性を表す語には「おきな（翁）」があり、これも旧かなで「お」を使います。

＊

続いて動詞「をり（居り）」のお話をしましょう。「をり」は俳句ではかな書きにされる場合がきわめて多い語です。特に連体形の「をる（居る）」は、漢字表記にすると、同じ漢字を使う動詞の「ゐる（居る）」と紛らわしいこともあって、かな書きの例が圧倒的です。

膳所《ぜぜ》にをり雀《すずめ》のこゑも春隣　森《もり》　澄雄《すみお》

古稀《こき》といふ春風にをる齢《よわい》かな　富安風生《とみやすふうせい》

澄雄の句の「膳所」は滋賀県大津市の地名。芭蕉《ばしょう》の墓がある義仲寺《ぎちゅうじ》も膳所にあります。ゆかしい地にやって来ると、変哲もない雀の声も近づく春を察するもののように聞こえるのでしょう。風生の句は、古稀の祝いをしてもらった折の喜びの句です。

「を」で始まる動詞には、「をる（折る）」もあります。次の句の「をり」は「をる」の連用形です。

をりとりてはらりとおもきすすきかな　飯田蛇笏《いいだだこつ》

右の句のすべてかな書きの表記は、はらりと撓《しな》う芒《すすき》の穂の柔らかさと響き合っています。

「をる（折る）」に由来する動詞には、身を折って屈《かが》むさまを表す「折れ屈む」から生まれたとされる「をろがむ（拝む）」があります。「をろがむ」から生まれたのが「をがむ（拝む）」です。

春塵《しゅんじん》やみとせをろがむ子の位牌《いはい》　上村占魚《うえむらせんぎょ》

旅人の笠ぬぎをがむ涅槃像《ねはんぞう》　高橋淡路女《たかはしあわじじょ》

占魚の句は前書に「月彦童子」とあり、逆縁の悲しみを伝えます。淡路女の句は涅槃会《ねはんえ》の様子でしょうか。寝釈迦《ねじゃか》の像を拝む旅人の姿を描きます。

「をる（折る）」から生まれた語には「をりをり（折々）」「をりふし（折節）」などもあります。

はたはたのをりをり飛べる野のひかり　篠田悌二郎《しのだていじろう》

待春《たいしゅん》のをりふし母の独りごと　猪俣千代子《いのまたちよこ》

32

「を」を使う言葉②

をさなし・あを など

うつぶせの寝顔をさなし雪女　眞鍋呉夫《まなべくれお》

大和《やまと》には大和のかをり土筆《つくし》摘む　谷口摩耶《たにぐちまや》

手毬唄《てまりうた》とをを数へて又一へ　原《はら》裕《ゆたか》

呉夫の句の雪女は静かに眠っているのでしょう。寝顔の幼さは人を凍死させる妖怪《ようかい》本来の恐ろしさとかけ離れたもので、その二面性に驚かされます。摩耶の句は、古都で摘む土筆にゆかしさを覚えたものです。裕の句は手毬をつき終わり、また数え唄の最初に戻ってつき始める楽しい情景を描写しています。

さて、新かなで「お」を含む言葉である「おさなし（幼し）」「かおり（香り・薫り）」「とお（十）」は、旧かなでは上のように「をさなし」「かをり」「とを」となり、いずれも「を」を使います。今回は前回に引き続き、旧かなで語頭に「を」がある「をさなし」のタイプの語のお話をします。さらに語中に「を」がある「かをり」のタイプの語、語末に「を」がある「とを」のタイプの語のお話をしていきます。

それでは「をさなし」から始めましょう。形容詞「をさなし」は、「多数の人の上に立ち統率し支配する者」「優れた者」を表す名詞「をさ（長）」に形容詞「無し」が付き、「上に立つ者ではない」「優れていない」という意から「未熟」「幼少」などの意となったものです。「をさなし」の語幹「をさな（幼）」に「こ（子）」が付いて出来た「をさなご（幼子）」も、かな書きの例を見ることがあります。

をさなごのひとさしゆびにかかる虹　日野草城《ひのそうじょう》

草城の句の幼子《おさなご》は虹を指差しています。「ひとさしゆびにかかる」はそのありさまの描写であると同時に、幼子の未来への祝福の意を込めたものでもあるのでしょう。

ちなみに、「をさなし」と同じく「をさ（長）」から出来た語に、「をさむ（治む・修む・納む・収む）」「をさまる（治まる・修まる・納まる・収まる）」があります。「長として統率する」という原義からさまざまな意味が派生した語ですが、これらもかな書きの例を見ます。次の五千石《ごせんごく》の句の「をさめ」は「をさむ」の連用形。郷《きょう》子《こ》の句の「をさまる」は「をさまる」の連体形です。

会釈《えしゃく》の皓歯《こうし》田植の笠にすぐをさめ　上田五千石《うえだごせんごく》

めぐりては水にをさまる百合鷗《ゆりかもめ》　石田郷子《いしだきょうこ》

五千石の句は、白い歯を見せて笑みをこぼした乙女がすぐに農作業に戻った情景です。郷子の句は川の上空を何度か大きく旋回した後に水面に落ち着いたユリカモメを描きます。

語頭に「を」が現れる語のうち、「をしむ（惜しむ・愛しむ）」もかな書きにされがちです。「をしむ」は、「愛《いと》しい」「心引かれて手放せない」「価値が活かされず残念だ」などの意を持つ形容詞「をし（惜し・愛し）」から生まれた動詞です。

首途《かどいで》やきぬ〴〵をしむ雛《ひな》もなし　正岡子規《まさおかしき》

子規の句は日清《にっしん》戦争へ従軍する子規の送別会が行われた明治二十八年の作。「きぬ〴〵をしむ（後朝惜しむ）」は共寝をした翌朝別れを惜しむことですので、そのような可憐《かれん》な女性の姿もないと嘆いています。ちなみにこの句は送別会の当日が三月三日であったため、出席した皆で「雛もなし」という題で詠《よ》みあった題詠《だいえい》の一句とのことです。

「をし」から生まれたとされる語には「をしどり（鴛鴦）」「くちをし（口惜し）」などもあります。「をしどり」は愛しく思い合う睦《むつ》まじい鳥であることから。「くちをし」は価値あるものが朽《く》ちるのを残念がる意の「朽ち惜し」から来たと言われています。

をしどりがたとへばおろかだとしても　櫂《かい》 未知子《みちこ》

鬼灯《ほおずき》の少し破れたるぞ口をしき　正岡子規

未知子の句は、たとえ愚かであったとしても、オシドリの睦まじさはオシドリにとって大切なものだと肯定しています。子規の句はホオズキの破れた袋を残念がっています。

語頭に「を」が現れる語としては遠方などの意を示す「をち（遠・彼方）」も挙げられます。また、「をち」を基にした「をちこち（遠近）」「をちかた（遠方）」もかな書きの例が多いものです。

桐の木のをちに見えたる魂迎《たまむか》へ　水野《みずの》恒彦《つねひこ》

をちこちに死者のこゑする蕗《ふき》のたう　三橋《みつはし》鷹女《たかじょ》

をちかたの洗ひ障子《しょうじ》や日に燦《さん》と　山口《やまぐち》誓子《せいし》

恒彦の句は迎火を焚《た》く場面でしょうか。美しい桐の

旧かなで「を」を含む語一覧

ア行	あを（青）　あをあを（青々）　あをし（青し）　あをによし（青丹よし）　あをむ（青む）　いさを（勲・功）　いを（魚）　うを（魚）
カ行	かつを（鰹・松魚）　かをり（香り・薫り）　かをる（香る・薫る）　くちをし（口惜し）
サ行	さを（竿・棹）　さをとめ（早乙女）　しをん（紫苑）　しらうを（白魚）
タ行	たまのを（玉の緒）　たを（撓）　たをやか（嫋やか）　たをやぐ（嫋やぐ）　たをやめ（手弱女）　たをり（撓）　たをる（手折る）　とを（十）　ときをり（時折）
ハ行	はなを（鼻緒）　ひうを（氷魚）
マ行	まさを（真青）　ますらを（益荒男・丈夫・大夫）　みさを（操）　みちをしへ（道教へ・路導）　みを（澪・水脈）　みをつくし（澪標）　めをと（女夫・妻夫・夫婦）

木が遠くに見えています。鷹女の句は最晩年の作。大地に春の喜びをもたらす蕗の薹《とう》ですが、その「をちこち」すなわちあちこちから死者の声が聞こえるというのです。誓子の句は、洗い立てた障子が遠いところにあり、秋日に輝いて見えるさまを描くものです。

ちなみに、「をち」と同根の語に「をと（遠）」があり、これを基にした語「をととひ（一昨日）」「をとつひ（一昨日）」などもかな書きにされがちです。

＊

それでは次に語中に「を」が現れる語のお話をいたしましょう。語中に「を」が現れる語は数少ないのですが、冒頭の摩耶の句に現れる「かをり（香り・薫り）」は俳句に頻出します。これは動詞「かをる（香る・薫る）」の連用形「かをり」が名詞化した語。かな遣いを「ほ」と誤りやすく、「×かほり」とする誤例が多く見られるので注意しましょう。

涼しさや幽《かす》かにかをる香の灰　長谷川《はせがわ》　櫂《かい》

ヤ行	ワ行
やをら	わざをぎ（俳優）　を（尾）　を（峰・丘）　を（魚）　を（麻・苧）　を（雄・牡・男）　を（緒）　を（小）　をうな（女）　をか（丘・岡・陸）　をかし　をかす（犯す・侵す・冒す）　をがたま（小賀玉・黄心樹）　をがむ（拝む）　をぎ（荻）　をく（招く）　をけ（桶）　をこ（痴・烏滸・尾籠）　をこがまし（烏滸がまし）　をこぜ（虎魚・鰧）　をこたる（怠る）　をさ（長）　をさなご（幼子）　をさなし（幼し）　をさまる（治まる・修まる・納まる・収まる）　をさむ（治む・修む・納む・収む）　をし（惜し・愛し）　をしふ（教ふ）　をしどり（鴛鴦）　をしむ（惜しむ・愛しむ）　をす（雄・牡）　をす（食す）　をそ（獺）　をだまき（苧環）　をち（遠・彼方）　をち（復・変若）　をぢ（伯父・叔父・小父）　をちかた（遠方）　をちこち（遠近）　をつと（夫）　をとこ（男）　をとつひ（一昨日）　をとし（一昨年）　をととひ（一昨日）　をとめ（少女・乙女）　をとり（囮）　をどる（踊る・躍る）　をなご（女子）　をなもみ　をのこ（男）　をののく（戦く・慄く）　をば（伯母・叔母・小母）　をばな（尾花）　をはり（終

櫂の句からは落ち着いた夏座敷などの様子が想像されますね。

たをやかに幽明距《へだ》つ春の虹　殿《との》村《むら》菟《と》絲《し》子《こ》

右は前回の冒頭に掲げた句で、「たをやか」も語中に「を」を使う語です。「たを」は「たわ（撓）」が変化したもので、「たをやか」はしなやかなさま。同じ語源の「たをやめ」（なよなよと優しい女性の意）も語中に「を」を使う語です。どちらも「たわ（撓）」が語源ですので、かなづかいも同じワ行（わ・ゐ・う・ゑ・を）の「わ」と「を」になります（三七―三八ページ参照）。

*

最後に、語末に「を」が現れる語のお話をいたしましょう。まず、冒頭の裕の句に現れる「とを（十）」です。これも「ほ」と思いがちですが「を」を使う語です。

「を」で終わる語のうち、俳句で多用されるのは「あを（青）」です。

ワ行

はり）をはる（終はる）をひ（甥）をふ（終ふ）をみな（女）をみなへし（女郎花）をめく（喚く）をり（居り）をり（檻）をり（折）をりふし（折節）をりをり（折々）をる（折る）をろがむ（拝む）をろち（大蛇）ををし（雄々し）をんな（女）

かまくらとならざる雪のほのとあを　小《こ》林《ばやし》千《ち》史《ふみ》

「あを」を基にした語は「あをあを（青々）」「あをし（青し）」「あをによし（青丹よし）」「あをむ（青む）」ほか数多くありますが、中でも「あをあを」に「と」がついた「あをあをと」はかな書きの例が多いようです。千史の句は白いかまくらと青みを帯びる周囲の雪との対照を詠んだものです。ほの青く感じられる雪には作者の心の陰翳《いんえい》が映しだされているのでしょうか。

あを〱と春七草の売れのこり　高《たか》野《の》素《す》十《じゅう》

素十の句は、七草粥《がゆ》に入れる春の七草が売れ残っているものの、瑞々《みずみず》しさは失わないさまを描いています。

「あを」の他にも「を」で終わる語は多く、その全てをお話しすることはできませんので、「たまのを（玉の緒）」「みを（澪・水脈）」のお話だけいたしましょう。

まず「たまのを（玉の緒）」ですが、「を（緒）」は紐《ひも》のことですので「宝玉を貫く紐」の意です。そこから「宝玉の首飾り」の意が生まれ、また「玉」が「たま（魂）」に通ずることから「命」の意ともなりました。さらに、植物のミセバヤの異名ともされており、季語の「たまのを」はこのミセバヤを指します。

たまのをの咲いてしみじみ島暮し　星野《ほしの》椿《つばき》

右の椿の句は植物のミセバヤを詠むもので、楚々《そそ》としたゆかしい花を咲かせて暮らす島の住人に共感を覚えているものです。

続いて「みを」ですが、これは海や川で水の流れる筋や水路を言う語で、そのさまを紐に喩《たと》えた「水の緒」が語源とする説が有力です。「みを」だけでのかな書きの例はあまり見ませんが、「みをつくし（澪標）」の形でのかな書きは多く見られます。「みをつくし」は「みを」＋「つ」＋「串《くし》」の意。「つ」は「の」の意で「澪の串」すなわち澪の目印となる杭の意を表します。同音の「身を尽くし（「身を捧げ」の意）」と掛詞《かけことば》にして、和歌で使われることの多い語でもあります。

みをつくし秋も行く日の照り昃《かげ》り　杉本《すぎもと》零《ぜろ》

右の零の句も、晩秋の光をうけた水面に出ている澪標の実景を描きつつ、「身を尽くし」の意も響かせてあるのではないかと思われます。冬を目前にした水の光には、衰微の前のひとときの美しさが感じられます。

＊

それでは「を」を使う言葉についてはこれで終わりです。作句に使えそうな「旧かなで『を』を含む語一覧」を前ページに掲載しています。

33

おほし・おほかみ など
「ほ」を使う言葉①

まだよまぬ詩おほしと霜《しも》にめざめけり　田中裕明《たなかひろあき》

ゆく方へ蚯蚓《みみず》のかほの伸びにけり　鴇田智哉《ときたともや》

裕明の句の「まだよまぬ詩」とは、「まだ詠《よ》んでいない俳句」の意でしょうか。また、「まだ読んでいないこの世の数多くの詩」の意もあるかもしれません。病で早世した作者の心がしのばれる作です。智哉の句は伸縮しながら進むミミズを描いています。「かほ」というかな書きによって、口のある先端部の柔らかな動きが印象深いものとなっています。

さて、新かなで「お」を含む言葉である「おおし（多し）」「かお（顔）」は、旧かなでは上のように「おほし」「かほ」となり、いずれも「ほ」を使います。今回はそのうちの「おほし」のタイプ、すなわち旧かなで語中に「ほ」を使うタイプの言葉のお話をします。

まず形容詞「おほし」ですが、俳句ではかな書きの例が比較的多いものです。「おほし」には「多」の意の用法と、「大」の意の用法があり、冒頭の裕明の句の「おほし」は「多」の意です。「大」の意を表す「おほし（大し）」は上代の用法で、用例は連体形「おほき（大き）」に限られています（連体形以外の活用形の例を見ないため、この「大き」を接頭語とする説もあります）。

子燕《こつばめ》のなかの一等おほき口　藤本美和子《ふじもとみわこ》

美和子の句も「おほき（大き）」の例。親に餌《えさ》をねだる子ツバメのうち、とりわけ元気の良い一羽の姿です。

ちなみに、平安時代以降は、「おほし」は「多」の意に限定して使われるようになり、「大」の意は形容動詞「おほきなり（大きなり）」やそのイ音便形「おほいなり（大いなり）」が担《にな》うようになりました。どちらも俳句でおなじみの語ですが、かな書きはあまり見られず、漢字表記が多いようです。

此頃《このごろ》の富士大きなる寒さかな　正岡子規《まさおかしき》
大いなるものが過ぎ行く野分《のわき》かな　高浜虚子《たかはまきょし》

子規の句は冬空にくっきりと浮かぶ富士の威容《いよう》を描いています。虚子の句は野分という自然の脅威に畏《おそ》れを抱くものです。

「大きなり」からは室町時代以降いくつかの語が生まれましたが、その一つに連体詞「おほきな（大きな）」があり、俳句でかな書きの例を多く見ます。

はつなつのおほきな雲の翼かな　髙田正子《たかだまさこ》

正子の句は白雲を翼に喩《たと》えて、初夏の気持ちの良い青空を描き出しています。

余談ですが、関西で今も使われる挨拶語《あいさつご》に「おおきに（おほきに）」があります。これは「大きなり」の連用形「大きに」から室町時代に出来た副詞「大きに」に「有難う」が付いた「おほきにありがたう（大層有難う、大いに有難うの意）」の略とされています。

おほきにといひ口ごもる余寒かな　室生犀星《むろおさいせい》

「おほし」のように「おほ（多・大）」を基にする語はまだまだありますので、挙げましょう。「おほどか」は「おっとりしておおようなさま」、「おほらか（大らか・多らか）」は「ゆったりしてこせこせしないさま」や「多いさま」を示します。また、「おほかみ（狼）」は、神を敬《うやま》って呼ぶ「おほかみ（大神）」から来た語です。

おほどかに且《かつ》朗かに初笑《はつわらい》　高浜虚子
おほらかに山臥《ふ》す紫雲英田《げんげだ》の牛も　石田波郷《いしだはきょう》
いはれなくてもあれはおほかみの匂ひ　青山茂根《あおやまもね》

虚子の句は、新年のめでたさにふさわしいおっとりとした笑いを描きます。波郷の句は、なだらかに横たわる遠山とレンゲ畑にゆったりと臥す牛とを一句に収めています。茂根の句は、絶滅したはずのオオカミの気配を詩人の直感で嗅《か》ぎ当てています。

さて、「おほ（多・大）」と同根の語に「おほ（凡）」があり、こちらは「漠然とした」「一般的」などの意を表します。ここから生まれた「おほかた（大方）」、「おほよそ（凡そ）」なども俳句にかな書きで登場します。どちらも「だいたい」「あらかた」「一般」などの意を持つ語です。

大学生おほかた貧し雁《かり》帰る　中村草田男《なかむらくさたお》

残る生《よ》のおほよそ見ゆる鰯雲《いわしぐも》　齋藤玄《さいとうげん》

草田男の句は学生につきものであった貧しさを描きます。志を立てて離郷した者、将来へ思いをめぐらす者など、それぞれに雁の去る春の空を仰ぐのでしょう。「大学構内にて」の前書を持つ句です。玄の句は、美しく広がる鰯雲を見ながら、残生がほぼ見える年齢にさしかかった感慨を深くしています。

ちなみに、俳句で比較的かな書きにされることの多い「おぼろ（朧）」や「おぼつかなし（覚束なし）」の「おぼ」も、この「おほ（凡）」と同意です。「朧《おぼろ》」は「春夜に大気が潤んでぼんやりするさま」、「覚束なし」は「はっきりしない」「頼りない」などの意を表します。

おぼろ夜やわが身ゆすれば水の音　石嶌岳《いしじまがく》

ほたる見や船頭酔《よう》ておぼつかな　芭蕉《ばしょう》

岳の句は、朧月夜に体を揺らすと聞こえるはずのない体内の水音が聞こえた、と言います。不思議な感覚の句ですね。芭蕉の句の「おぼつかな」は形容詞「おぼつかなし」の語幹です。語幹で言い切って感動や驚きを表す用法ですので、酔っている船頭を見て「頼りないことだ」と不安がる意です。

34

「ほ」を使う言葉②、「ふ」を使う言葉

ほのほ、あふぐ など

貧交の誰彼とほし春の雁《かり》　上田五千石《うえだごせんごく》

終りつゝある朴《ほお》の花なほ匂ふ　高浜年尾《たかはまとしお》

五千石の句は、遠い地へ帰る雁を見やりつつ、貧しい時代に苦楽を共にした人々を遠くしのんでいます。年尾の句は、盛りをとうに過ぎても芳《かんば》しさを失わない朴の花を描いています。

さて、新かなで「お」を含む言葉である「とおし（遠し）」「なお（猶・尚）」は、旧かなでは右のように「とほし」「なほ」となり、いずれも「ほ」を使います。

今回は前回に続き、「とほし」のように旧かなで語中に「ほ」を使うタイプ、次いで、「なほ」のように旧かなで語末に「ほ」を使うタイプの語のお話をします。また、それらとあわせて、新かなの「あおぐ（扇ぐ・煽ぐ）」が旧かなでは「あふぐ」であるようなパターンの語、すなわち旧かなで「ふ」を使う数少ない語についても、末尾で紹介します。

それではまず形容詞「とほし」ですが、これは俳句ではかな書きの例が比較的多い語です。左の朱鳥《あすか》の句の「とほき」は連体形に活用した例。窓秋の句の「とほく」は連用形「とほく」が固定化して名詞となったものです。

つひに吾れも枯野のとほき樹となるか　野見山朱鳥《のみやまあすか》

月光をふめばとほくに土こたふ　高屋窓秋《たかやそうしゅう》

朱鳥の句は晩年のものです。枯野の彼方に見える樹は死後のみずからの姿なのでしょうか。窓秋の句は、

月光に照らされる地を歩く情景を描きます。確かに地を踏んで歩いているものの、なぜかそれが遠くに感じられるという不思議な心地を伝えます。

　語中に「ほ」が現れる語で忘れてならないのが、季語の「こほろぎ（蟋蟀）」と「ほほづき（鬼灯・酸漿）」です。「こほろぎ」の名は、鳴き声が「こほろ」と聞こえることからという説があります。「ほほづき」の名は「ほほ（頬）」に形が似ることから、また頬を膨らませて鳴らすことからなどと言われています。ちなみに冒頭の年尾の句の「ほお（朴）」も旧かなでは「ほほ」と書くものです。

こほろぎのこの一徹の貌《かお》を見よ　山口青邨《やまぐちせいそん》
うら若き妻ほほづきをならしけり　日野《ひの》草城《そうじょう》

　青邨の句からは黒光りして厳《いか》めしいコオロギの頭部が、草城の句からはまだ少女のような妻の表情が目に浮かびます。

　語中に「ほ」が現れる語は他にも多いのですが、なかでも動詞のかな書きの例はけっこう見られるようです。その一部を句とともに挙げてみましょう。「いきどほる（憤る）」「いとほしむ（愛ほしむ）」「うるほす（潤す）」「こほる（氷る・凍る）」「とどこほる（滞る）」「とほる（通る）」ですが、いずれもおなじみの語ですね。

手袋の指さまざまにいきどほる　加藤《かとう》楸邨《しゅうそん》
わが老をわがいとほしむ菊の前　富安《とみやす》風生《ふうせい》
紅梅の紅をうるほす雪すこし　松本《まつもと》たかし
こほる墓まゐるに華のなかりけり　田中《たなか》裕明《ひろあき》
山焼《やまやき》の火が山形《な》りにとどこほる　右城《うしろ》暮石《ぼせき》
みちのくの春田《はるた》みじかき汽車とほる　飴山《あめやま》實《みのる》

　これらのうち「こほる」は水が凝《こ》り固まることからという説が知られています。また「とどこほる」の「とど」は「止まる」「留まる」の意、「こほる」は凝り固まるの意などと言われています。

　楸邨の句の手袋には、それ自体が感情を持つものであるかのような生々しさがあります。風生の句はみずからの長寿を愛しく思う句です。たかしの句は紅梅に折からの雪が降りかかるさまを詠《よ》みます。裕明の句からは冷たい墓に眠る人への思いが感じられます。暮石の句は山焼きの火が、山の形どおりにとどまる光景をリアルに描きます。實の句は東北の静かな春の田の間を走る汽車を詠むものです。

＊

それでは続いて、語末に「ほ」を使う語を見ていきましょう。

まず冒頭の年尾の句の「なほ（猶・尚）」ですが、ある状態がそのまま持続するさまを表す語ですので、曲折がなく真っ直ぐなさまを表す「なほ（直）」から来たとする説が有力です。

「直」から来た語としては他に、「なほす（直す）」「すなほ（素直）」などもかな書きの例を見ます。

つよき火を焚《た》きて炎暑の道なほす　桂《かつら》信子《のぶこ》

春手套《はるしゅとう》すなほになりて坐《すわ》りけり　石田郷子《いしだきょうこ》

信子の句は炎天下、道路工事にいそしむ人々の活力溢《あふ》れる光景を描きます。郷子の句は春物の手袋に手を包んで、穏やかな心地になるひとときを描きます。

しぐるるやほのほあげぬは火といはず　片山由美子《かたやまゆみこ》

語末に「ほ」を使う語には、一六六ページで紹介した右の由美子の句の「ほのほ（炎・焔）」もあります。「ほのほ」は「ほ（火）」の「ほ（穂）」の意から。すなわち、立ち上がった火が穂のように見えることから来たと言われています。

また、一八六ページで紹介した、

ゆく方へ蚯蚓《みみず》のかほの伸びにけり　鴇田智哉《ときたともや》

の「かほ（顔）」の関連語でかな書きにされがちなものとして、季語の「あさがほ（朝顔）」「ひるがほ（昼顔）」「ゆふがほ（夕顔）」も挙げられます。

朝がほや一輪深き淵《ふち》の色　蕪村《ぶそん》

ゆふがほの花のかたちとなりゆけり　高浦銘子《たかうらめいこ》

ひるがほのはなひるがほのはなにふれ　佐々木六戈《ささきろっか》

蕪村の句は、「澗水湛如藍《かんすいたたえてあいのごとし》」という前書を持ちます。（「谷川の水は満ちて藍色をしている」の意で『碧巌録《へきがんろく》』にある句）。小さな朝顔の花に深い淵の藍色を感じたところが、はっとするほど瑞々《みずみず》しい句です。銘子の句からは純白でやや縮れた愛らしい花のかたちが思い浮かびます。六戈の句はすべてかな書きということもあり、柔らかさと繊細さが際立っています。

＊

それでは続いて「ふ」を使う言葉について簡単にお話ししましょう。

新かなの「お」を旧かなで「ふ」と書く語はそもそも少なく、俳句でかな書きにされがちな語というと、その数はさらに限られます。

旧かなで「ほ」を含む語一覧

ア行

あさがほ（朝顔）　いきどほる（憤る）　いきほひ（勢ひ）　いくしほ（幾入）　いとほし（愛ほし）　いとほしむ（愛ほしむ）　いはほ（巌）　いほ（庵・廬）　いほ（五百）　いほり（庵・廬）　うしほ（潮）　うるほす（潤す）　うるほふ（潤ふ）　おほいなり（大いなり）　おほかた（大方）　おほかみ（狼）　おほきな（大きな）　おほきなり（大きなり）　おほきに（大きに）　おほきみ（大君）　おほし（多し・大し）　おほす（仰す）　おほす（果す・遂す）　おほせ（仰せ）　おほどか　おほばこ（大葉子・車前草）　おほふ（被ふ・覆ふ）　おほやう（大様）　おほやけ（公）　おほよそ（凡そ）　おほらか（大らか・多らか）　おほわらは（大童）

カ行

かほ（顔）　きほふ（競ふ）　くづほる（頽る）　くるほし（狂ほし）　こほり（氷・凍り）　こほり（郡）　こほる（氷る・凍る）　こほろぎ（蟋蟀）　ころほひ（頃）

サ行

しほ（潮・汐・塩）　しほさゐ（潮騒）　しほたる（潮垂る）　すがほ（素顔）　すきとほる（透き通る）　すなほ（素直）

まず動詞に着目すると、新かなの「あおぐ（扇ぐ・煽ぐ）」「あおぐ（仰ぐ）」「あおる（煽る）」「たおす（倒す）」「たおる（倒る）」が挙げられます。これらは旧かなでは「あふぐ」「あふぐ」「あふる」「たふす」「たふる」となり「ふ」を使います。数が少ないので、次に掲げる句とともにここで覚えてしまいましょう。

飯あふぐかゝが馳走《ちそう》や夕涼　芭蕉《ばしょう》
万緑《ばんりょく》のなかの槻《つき》の木振りあふぐ　榎本好宏《えのもとよしひろ》
郭公《かっこう》や風があふりて閉ざす窓　稲垣《いながき》きくの
街の灯を湖《うみ》にたふして夜の秋　佐藤郁良《さとういくら》
頭うちふつて肥後独楽《ひごごま》たふれけり　上村占魚《うえむらせんぎょ》

芭蕉の句の「あふぐ」は連体形の例で、名詞「かゝ（嬶）」を修飾しています。好宏の句の「振りあふぐ」は動詞「振る」と「あふぐ」が一語化した複合動詞「振りあふぐ」の終止形の例です。きくのの句の「あふり」と郁良の句の「たふし」は連用形の例です（助詞「て」は連用形に付く）。占魚の句の「たふれ」は連用

タ行	ナ行	ハ行	マ行	ヤ行
たもとほる（徘徊る）　ちしほ（血潮・血汐）　とどこほる（滞る）　とほし（遠し）　とほす（通す・徹す）　とほのく（遠のく）　とほり（通り）　とほる（通る・徹る）	なほ（直）　なほ（猶・尚）　なほさら（尚更）　なほざり（等閑）　なほし（直し）　なほす（直す・治す）　なほらひ（直会）　なほる（直る・治る）　にほ（鳰）　にほひ（匂ひ）　にほひやか（匂ひやか）　にほふ（匂ふ）	ひとしほ（一入）　ひるがほ（昼顔）　ほのほ（炎・焰）　ほほ（朴）　ほほ（頬）　ほほづき（鬼灯・酸漿）　ほほづゑ（頬杖）	まどほ（間遠）　もとほる（回る・廻る）　ものぐるほし（物狂ほし）　もよほす（催す）	やほ（八百）　ゆふがほ（夕顔）　よそほひ（装ひ）　よそほふ（装ふ）

形の例です（詠嘆の助動詞「けり」は連用形に付く）。

芭蕉の句は、「田家」（田舎の意）の題で詠んだ作で、炊きたての熱い飯を扇いで冷ます女房の心遣いを描きます。好宏の句の「槻」はケヤキの古名。満目の緑の中でひときわ堂々とした木を見上げているのでしょう。きくのの句は、カッコウの声を乗せてきたやや強い風に窓が煽《あお》られて閉まるさまを描きます。郁良の句は、湖畔の街の灯りが湖面に映る情景を描きます。占魚の句は、赤・黄・緑・黒の四色の筋で彩られた独楽が大きく揺らいで回転を止め、倒れるさまを活写しています。

動詞以外では、名詞の「あふひ（葵）」が俳句にしばしばかな書きで登場します。

くれ竹のよゝにあふひの祭かな　樗良《ちょら》

「呉竹のよゝに」は「呉竹の節のように代々続く」の意で、葵祭《あおいまつり》の長い伝統を褒《ほ》めたたえています。「あふひ」の語源には諸説がありますが、「日（ひ）を仰（あふ）ぐ」から来たという説が知られています。

＊

それでは「お」と「を」と「ほ」と「ふ」の使い分けについてはこれで終わりです。

作句に使えそうな「旧かなで『ほ』を含む語一覧」は前ページに掲載しています。

新かなでは「お」と書く旧かなで「ふ」を含む語一覧

ア行	あふぐ（仰ぐ）　あふぐ（扇ぐ・煽ぐ）　あふのけ（仰のけ）　あふひ（葵）　あふむけ（仰向け）　あふる（煽る）
タ行	たふす（倒す）　たふる（倒る）

第6章

じとぢの使い分け

35

「じ」を使う言葉

みじかし・うなじ など

冷《すさ》まじや人の門出て夜の顔　草間時彦《くさまときひこ》

焚《た》くものにもみぢ葉ばかりなる奢《おご》り　富安風生《とみやすふうせい》

時彦の句は、訪問先を出て帰途につくときに募《つの》る秋《しゅう》冷《れい》を言います。風生の句は、散った紅葉《もみじ》の葉だけを集めて庭先で焚くさまに、なんと贅沢《ぜいたく》なことだろうと興《きょう》を覚えています。

さて、新かなで「じ」を含む言葉である「冷まじ」と「もみじ（紅葉）」は、旧かなでは右のように「冷まじ」「もみぢ」となります。このように、新かなの「じ」は、旧かなでは「じ」と「ぢ」の二通りに使い分けます。今回は、そのうちの旧かなで「じ」を使うタイプの言葉のお話をします。旧かなだとなんとなく「ぢ」を使うと思われがちですが、「じ」を使う語も多いものです。

まず、代表的なものとして、冒頭の句にある形容詞「冷まじ」および「いみじ」「睦《むつ》まじ」など、「じ」で終わる形容詞が挙げられます。いずれも俳句ではおなじみの語で、終止形の場合（時彦の句の「冷まじ」も終止形）は、かなづかいの誤用はほとんど見ません。ただし終止形以外の次のような場合は要注意です。

ナイターのいみじき奇蹟《きせき》現《げん》じけり　水原秋櫻子《みずはらしゅうおうし》

右の句の「いみじき」は形容詞「いみじ」の連体形ですが、これを「×いみぢき」と誤らないようにしたいものです。この句はナイターの大逆転などの場面でしょうか。「いみじ」は程度の甚《はなは》だしさをいう語で、良い場合と悪い場合の双方に使いますが、この場合は良い方です。素晴らしい試合だったのですね。

＊

それでは「じ」を含む語を、語頭・語中・語末の順に見ていきましょう。まず語頭の「じ」から。

さびしさのじだらくにゐる春の風邪《かぜ》　上田五千石《うえだごせんごく》

おじぎ草ねむらせてゐて睡《ねむ》うなりぬ　大石悦子《おおいしえつこ》

「じだらく（自堕落）」は俳句でしばしばかな書きの例を見る語です。また、「じぎ（辞儀）」も右のように、「お（御）」をともなった「おじぎ（御辞儀）」の形でのかな書きを見ます。五千石の句は、風邪を引いて宙ぶらりんな時間の中で一人春愁《しゅんしゅう》を覚えているのでしょう。悦子の句からは、触れるとしなだれるオジギソウと遊ぶくつろいだひとときが感じられます。

＊

それでは次に語中の「じ」です。まず、「はし（端）」が基になって出来たと言われる動詞「はじむ（始む）」は俳句でかな書きの例が多い語です。また、連用形の「はじめ（始め）」が固定化して出来た名詞「はじめ」にもかな書きの例が多くあります。

夏の雨きらりきらりと降りはじむ　日野草城《ひのそうじょう》

銀の粒ほどに船見えて夏はじめ　友岡子郷《ともおかしきょう》

草城の句は明るい夏の雨を描きます。子郷の句では、はるか沖に見える船が夢や希望の象徴のように感じられます。

語中に「じ」を含む動詞はまだまだありますので、それらを句とともに挙げておきましょう。「かじかむ（悴む）」「はじく（弾く）」「なじむ（馴染む）」「にじむ（滲む）」「まじる（交じる・混じる）」ですが、いずれもおなじみの語ですね。ちなみに、「なじむ」と「にじむ」はともに「しむ（染む）」が基になった語と言われています。「なじむ」は「馴れ染む」が変化した語。「にじむ」には「に（丹）」＋「染む」、「にび（鈍）」＋「染む」などの説があります。

乳さぐる小蟹《こがに》のごとくかじかむ手　赤松蕙子《あかまつけいこ》

ビニールハウス釣瓶《つるべ》落しの日をはじく　阿波野青畝《あわのせいほ》

長靴になじむ畦道蓬《よもぎ》摘《つ》む　茨木和生《いばらきかずお》

水にじむごとく夜が来てヒヤシンス　岡本眸《おかもとひとみ》

海士《あま》の屋《や》は小海老《こえび》にまじるいとゞ哉《かな》　芭蕉《ばしょう》

蕙子の句は母親の乳をまさぐる赤子の手を描きます。

青畝の句からは秋の落日を強く照り返すビニールハウ

旧かなで「じ」を含む語一覧

ア行	カ行	サ行	タ行
あらかじめ（予め）　あるじ（主）　いちじく（無花果）　いちじるし（著し）　いみじ　うなじ（項）　おなじ（同じ）	かうじ（柑子）　かじかむ（悴む）　かじる（齧る）　かたじけなし（忝し・辱し）　かもじ（髢）　からうじて（辛うじて）　くじ（籤）　くじく（挫く）　くじる（抉る）	さじ（匙）　じ（助動詞）　じぎ（辞儀）　しじ（繁）　しじま（静寂）　しじみ（蜆）　じだらく（自堕落）　じつに（実に）　じふ（十）　じやうず（上手）　じやがいも（馬鈴薯）　じやばら（蛇腹）　じやま（邪魔）　しやもじ（杓文字）　じゆつなし（術無し）　すさまじ（凄まじ・冷まじ）	だいじ（大事）　つじ（辻）　つつじ（躑躅）　つむじ（旋毛）

スが浮かびます。和生の句からは蓬摘みの喜びが感じられます。眸の句は潤いのある春の夜に香り立つヒヤシンスを詠《よ》みます。芭蕉の句は、カマドウマ（いとど）が小海老の間で跳ねている海士の家を描きます。

語中の「じ」のうち、誤用が多いものとして特筆されるのが「みじかし（短し）」です。「みぢか（身近）」のかなづかいに引きずられて「ぢ」と誤りがちですが、「じ」を使う語です。

百年は死者にみじかし柿の花　藺草慶子《いぐさけいこ》

慶子の句は、生者には長い百年も永久《とわ》の眠りについた死者には短いと言います。カキの木の若葉越しの光の中で、小さな花を拾って見つめながら、命への思いを深めているのでしょう。

他にも、語中に「じ」を含む語として「しじま（静寂）」「しじみ（蜆）」「ひじき（鹿尾菜）」などが挙げられます。

ナ行	ハ行	マ行	ヤ行
なじむ（馴染む）　なじる（詰る）　にじ（虹）　にじむ（滲む）　にじる（躙る）　ねこじやらし（猫じやらし）	はじかみ（薑・椒）　はじく（弾く）　はじめ（始め・初め）　はじむ（始む）　ひじき（鹿尾菜）　ひじり（聖）　ひつじ（未・羊）　ひもじ	まじ（助動詞）　まじなひ（呪ひ）　まじはり（交はり）　まじはる（交はる）　まじる（交じる・混じる）　まじろぐ（瞬ぐ）　まじめ（真面目）　まなじり（眥・眦）　みじかし（短し）　みじろぐ（身じろぐ）　むじな（狢・貉）　むつまじ（睦まじ）	やじり（鏃）

一瞬のしじまありけり歌留多《かるた》とり　山上樹実雄《やまがみきみお》
金沢にかかる繊月《せんげつ》しじみ汁　田中裕明《たなかひろあき》
日当れるひじき林をよぎる魚　五十嵐播水《いがらしばんすい》

樹実雄の句は歌留多取りの緊張感を伝えます。裕明の句は、春の古都で月を眺めながらの趣《おもむき》ある夕餉《ゆうげ》を描きます。播水の句は、海面近いヒジキの群落のさまを生き生きと伝えます。

＊

最後に語末の「じ」の例です。「あるじ（主）」「うなじ（項）」「つつじ（躑躅）」などは、俳句でかな書きの例を見ることが多いものです。「うなじ」は首や首の後ろを表す「うな（項）」に、後ろの意の「しり（後）」が付いたと言われる語で、同源の語に「つく（付く）」が付いた「うなづく（頷く）」、「たる（垂る）」が付いた「うなだる（項垂る）」などがあります。

冬籠《ふゆごもり》あるじ寝ながら人に逢《あ》ふ　正岡子規《まさおかしき》

かたかごの花やうなじを細うして　山上樹実雄
つつじ燃ゆ土から色を吹き上げて　上野章子《うえのあきこ》

子規の句は病に臥《ふ》す自画像でしょうか。樹実雄の句はカタクリの細い花首を人のうなじに喩《たと》えています。章子の句は地にどっしりと根付いた大株のツツジが咲き誇るさまです。

＊

「じ」を使う言葉についてはこれで終わりです。作句に使えそうな「旧かなで『じ』を含む語一覧」は前ページに掲載しています。

36

「ぢ」を使う言葉

ねぢ・もみぢ など

霜枯《しもがれ》の臙脂《えんじ》ぢごくのかまのふた　辻田克巳《つじたかつみ》

あぢさゐの毬《まり》は一つも地につかず　上野章子《うえのあきこ》

ふりつもるちりひぢの絖《ぬめ》花菖蒲　恩田侑布子《おんだゆうこ》

克巳の句の「ぢごくのかまのふた（地獄の釜の蓋）」はキランソウの別名で、地に貼《は》りついて覆《おお》うばかりに増えるのでこの名があります。この句はそのキランソウの葉が霜に当たり臙脂色を帯びるさまを詠《よ》んでいます。章子の句は、よく手入れされたアジサイの大株が咲き誇るさまを描きます。侑布子の句はハナショウブが咲く菖蒲《しょうぶ》田に積もった塵泥《ちりひじ》、すなわち塵と泥《どろ》が絹布の絖のように滑《なめ》らかに光る様子に目を向けているものでしょうか。

さて、新かなで「じ」を含む言葉である「じごく（地獄）」「あじさい（紫陽花）」「ひじ（泥）」は、旧かなでは「ぢごく」「あぢさゐ」「ひぢ」となり、いずれも「ぢ」を使います。今回は、旧かなで「ぢ」を使う語を、語頭・語中・語末に現れる場合に分け、代表的なものにしぼってお話ししていきます。

まず語頭の「ぢ」から。冒頭の克巳の句にある「ぢごく（地獄）」は「ぢ（地）」の下の「ごく（獄）」の意から来た語ですが、同じく「ぢ（地）」を使う語に「ぢだんだ（地団駄）」もあります。幾度も地を激しく踏みつけることで、それが足で踏んで風を送る大きなふいごの「ぢたたら（地蹈鞴）」を使う様子に似るため、そこから転じて生まれた語です。

籠傾《かごかし》ぎ鵜《う》はぢだんだを踏みにけり　阿波野青畝《あわのせいほ》

鵜飼の鵜籠の中であばれる鵜の姿が目に浮かびますね。

＊

続いて語中の「ぢ」です。冒頭の章子の句にある「あぢさゐ（紫陽花）」の語源は「集まる」の意の「あづ」に「藍色」の意の「さあゐ（真藍）」が付いて転じたとする説が知られています。「×あじさゐ」「×あぢさい」などかなづかいの誤りも多いので注意したいものです。語中の「ぢ」では、「みぢん（微塵）」もかな書きの例を見ます。「み（微）」は「細かい」の意、「ぢん（塵）」は「ちり（塵）」のことで、そこから「きわめて細かいこと」の譬《たと》えとなった語です。

蕗《ふき》の薹《とう》みぢんに刻み今日より妻　松本澄江《まつもとすみえ》

フキノトウを細かく刻むと、春の香りが台所中に広がるのでしょう。結婚した喜びを率直に伝える句です。

＊

続いて語末の「ぢ」です。まず、冒頭の侑布子の句の「ひぢ（泥）」は、「水に漬かり濡《ぬ》れた土」を意味する「ひぢつち（漬土）」の略に由来すると言われています。同じく「ひぢ」と書く語には「ひぢ（肘・肱・臂）」もあります。こちらは動きを表す「ひきちぢみ（引き縮み）」ほか、さまざまな語源説があります。

ひぢ見せて仮寝し給ふ寝釈迦《ねじゃか》かな　鈴木榮子《すずきえいこ》

榮子の句は、肘《ひじ》を曲げて眠るような姿で亡くなる釈迦の姿を詠むものです。語末の「ぢ」は他にも多くあります。

北窓を開きねぢ巻くオルゴール　浦川聡子《うらかわさとこ》
山桜もみぢのときも一樹にて　茨木和生《いばらきかずお》

「ねぢ（捩子・螺子・捻子）」は、ダ行上二段動詞「ねづ（捩づ・捻づ）」の連用形「ねぢ」から来た名詞です。同じく「もみぢ（紅葉・黄葉）」も、ダ行上二段動詞「もみづ（紅葉づ・黄葉づ）」の連用形「もみぢ」から来たものです。「もみづ」は草木の葉が秋に紅や黄に変わることをいう動詞で、古代はタ行四段活用「もみつ」の形でした。ちなみに「もみぢ」も古くは「もみち」という清音の形です。

聡子の句は、冬の間閉ざしていた北向きの窓をひらき、春を迎え入れようとしています。オルゴールの音は春の喜びを奏でることでしょう。和生の句は堂々と一本だけ植わっているヤマザクラの大樹を描きます。

なさけあるむらさきしめぢにほふかな　野澤節子《のざわせつこ》

炎天に嘆き一すぢ昇り消ゆ　文挾夫佐恵《ふばさみふさえ》

なめくぢがなめくぢに触れ凹《へこ》みをり　栗原利代子《くりはらりよこ》

箱づめの祭わらぢのひややかに　石田勝彦《いしだかつひこ》

「しめぢ（湿地・占地）」の語源は、「しめいづ」すなわち「湿って出る（茸《きのこ》）」の意からという説が有力です。「すぢ（筋）」は、「すぐ（直ぐ）」＋「ぢ（路）」などと考えられています。「なめくぢ（蛞蝓）」の「なめ」は「滑らか」からのようですが、「くぢ」には諸説がありはっきりしません。「わらぢ（草鞋）」は、「わらぐつ（藁靴）」が「わらんづ」「わらんぢ」と訛《なま》って生まれたとされています。

節子の句は、風情のある紫色をしたムラサキシメジを誉《ほ》めています。夫佐恵の句は、鎮魂の思いを込めた句とのことです。利代子の句は軟体動物であるナメクジを活写したものです。勝彦の句は、箱にぎっしりと詰まっているひんやりした祭草鞋《わらじ》のさまを伝えます。

＊

「じ」と「ぢ」の使い分けの章のしめくくりとして、旧かなの「ぢ」が新かなでも「じ」とならず「ぢ」のまま、という例外的な語についてお話ししましょう。

秋潮を掴《つか》みて鳶《とび》の脚ちぢむ　石田《いしだ》勝彦《かつひこ》
七月の青嶺《あおね》まぢかく熔鉱炉《ようこうろ》　山口《やまぐち》誓子《せいし》

右の句の「ちぢむ（縮む）」「まぢかく（間近く）」は、新かなでも旧かなでも「ちぢむ」「まぢかく」と書きます。新かなは表音主義すなわち発音に即して書きあらわすのが原則ですので、原則に従えば「ちじむ」「まじかく」と書きそうなものですが、実は、「ぢ」の表記については、

①同音の連呼によって生じた「ぢ」
②二語の連合によって生じた「ぢ」

という二つのケースについては、新かなでも「ぢ」と書くという例外があります。それについては巻末の昭

旧かなで「ぢ」を含む語一覧

ア行	あぢ（鰺） あぢ（味） あぢきなし（味気なし） あぢさゐ（紫陽花） おやぢ（親父）
カ行	かうぢ（糀・麹） かぢ（舵・楫） かぢ（梶） かぢ（鍛冶） くぢら（鯨） こうぢ（小路）
サ行	しめぢ（湿地・占地） すぢ（筋）
タ行	たぢろぐ ぢ（路） ぢ（地） ぢい（爺） ぢか（直） ちかぢか（近々） ぢき（直） ぢごく（地獄） ぢざう（地蔵） ぢだんだ（地団駄） ちぢ（千々） ぢぢ（爺） ちぢむ（縮む） ちりぢり（散り散り） ちりひぢ（塵泥） どぢやう（泥鰌）
ナ行	なめくぢ（蛞蝓） なんぢ（汝） ねぢ（捩子・螺子・捻子） ねぢばな（捻花）
ハ行	はぢ（恥・羞） ひぢ（肘・肱・臂） ひぢ（泥） ひつぢ（穭） ふぢ（藤）

和六十一年七月一日内閣告示「現代仮名遣い」の本文第2の5に記されています。興味のある方はご参照ください。

右の勝彦の句の「ちぢむ」は①の例。重なった二度目の「ち」が濁音（「ぢ」）になっているケースです。誓子の句の「まぢかく」は「ま（間）」と「ちかし（近し）」の二語が連合した形容詞「まぢかし（間近し）」の連用形ですので、②の例です。この①②と同様の例外は「づ」の表記の場合にもありますので、「づ」の回でもさらにくわしくお話しします。

勝彦の句は秋の海面からトビが何かを攫《さら》うさまでしょうか。誓子の句は青い嶺と熔鉱炉との対比が印象的です。

＊

それでは「じ」と「ぢ」の使い分けについてはこれで終わりです。作句に使えそうな「旧かなで『ぢ』を含む語一覧」は下段に掲載しています。

マ行	ヤ行	ワ行
まぢか（間近）　みぢか（身近）　みぢん（微塵）　もみぢ（紅葉）	よぢる（捩る）　よぢる（攀る）	わらぢ（草鞋）　をぢ（伯父・叔父・小父）

第7章

ずとづの使い分け

37

「ず」を使う言葉

みみず・ねずみ など

みみず鳴く日記はいつか懺悔録《ざんげろく》　上田五千石《うえだごせんごく》

へくそかづらとて渾身《こんしん》の華臙脂《えんじ》　大木孝子《おおきたかこ》

五千石の句の季語は「みみず鳴く」。ジーッと長く続く音で、実際には昆虫のケラが立てる音ですが、地中から聞こえるためミミズの鳴き声と思われたものです。延々と続く音を聞くうちに徐々に内省的になり、懺悔の気持ちが湧《わ》いたのでしょう。孝子の句に登場するヘクソカズラは悪臭からその名がありますが、花は白いラッパ型で芯が臙脂色に染まる愛らしい姿です。この句はその花に注目し、酷《ひど》い名を負わされてはいるが渾身の力を籠《こ》めて咲くことよ、と言います。

さて、新かなで「ず」を含む言葉である「みみず（蚯蚓）」と「かずら（葛・蔓）」は、旧かなでは上の句のように「みみず」「かづら」となります。このように、新かなの「ず」は、旧かなでは「ず」と「づ」の二通りに使い分けます。今回は、そのうちの旧かなで「ず」を使うタイプの言葉のお話をします。

それでは「ず」を含む語を、語頭・語中・語末の順に見ていきましょう。語頭に「ず」が現れる語のうち、季語の「ずずこ（数珠子）」はしばしばかな書きの例を見ます。

ゆふいんの銀鼠《ぎんねず》ずずこ雨まみれ　高澤良一《たかざわよしかず》

「ずずこ」は植物のジュズダマの別称です。つやのある球形の実は熟すにつれて硬くなり、糸を通して数珠《じゅず》のように繋《つな》ぐことができます。良一の句は、銀鼠色を帯びたジュズダマの実が雨に打たれる光景です。

*

次は、語中に「ず」が現れる例です。まず、かな書きの例が比較的多い語として「ねずみ（鼠）」が挙げられます。語源は諸説ありますが、隠れて外に現れないところである「根」に住む「根住《ねず》み」から来たという説が知られています。

竿《さお》走るねずみの音やつるし柿　安積素顔《あづみそがん》

素顔の句は、つるし柿を狙《ねら》って竿を渡るネズミの足音を聴き留めたものです。

また、「すずめ（雀）」もかな書きの例を見る語です。「すず」は鳴き声の音から、「め」は集団で行動する生態から「むれ（群）」が転じた、とする説が有力です。

御降《おさがり》や雀《すずめ》の骸《むくろ》すずめいろ　宮坂静生《みやさかしずお》

静生の句の「御降」は新年に降る雨や雪のこと。哀れな光景ですが、「御降」は吉兆ともされるものですので、雀の苦しみは浄化されてゆくようにも感じられます。

「すず」で始まる語はほかにも多く、なかでも形容詞「すずし（涼し）」はかな書きの例を多く見ます。語源は「澄む」の「す」からなど諸説がありますが定まりません。関連語には、動詞「すずむ（涼む）」、名詞「すずみ（涼み）」などがあり、みな「ず」を使います。

みづうみの栈橋《さんばし》ほそく月すずし　瀧　春一《たきしゅんいち》

春一の句は、夏の夜の湖が舞台です。細い桟橋と涼しげな光を放つ月だけを描いた、美しい情景です。

「すず」で始まる語には「すずな（菘）」「すずしろ（蘿蔔）」もあります。響きが良いため、「すずなすずしろ」と続ける形で使われる例が多いようです。

若菜籠《わかなかご》すずなすずしろ秀いでけり　山田《やまだ》みづえ

みづえの句は、春の七草をとりまぜた若菜籠の中で、すずなとすずしろの勢いがひときわ良いさまを描いています。

語中に「ず」を使う語のうち、かなづかいを誤りやすいものに動詞「たたずむ（佇む）」があります。「たたずむ」は、「たちやすむ（立ち休む）」、または「たちすむ（立ち住む）」が転じて生まれたとされる語です。次の句の「たたずみ」は「たたずむ」の連用形です（助詞「て」は連用形に接続）。

雛市《ひないち》の灯にたたずみて人形師　舘野《たての》豊《ゆたか》

美しいお雛様が売られている雛市。そこにひっそりとたたずむ作り手の姿が印象的です。

さて、右の「たたずむ」に反復・継続の意を表す接尾語「ふ」が付いて生まれた動詞に「たたずまふ（佇まふ）」があります。その連用形の「たたずまひ（佇まひ）」が固定して名詞化した「たたずまひ（佇まひ）」も俳句でかな書きにされる例を見ます。

老一人ゐる梅林のたたずまひ　雨宮《あめみや》きぬよ

梅林の中で年老いた人が一人梅見をしているので

旧かなで「ず」を含む語一覧

ア行	あんず（杏）　あんず（案ず）　いしずゑ（礎）　うずくまる（蹲る・踞る）
カ行	かず（数）　かならず（必ず）　かんず（感ず）　きず（傷）　くず（葛）　くろずむ（黒ずむ）　こずゑ（梢）
サ行	さきんず（先んず）　ず（助動詞）　すず（鈴）　ずず（数珠）　すずし（涼し）　すずしろ（蘿蔔）　すずな（菘）　すずみ（涼み）　すずむ（涼む）　すずめ（雀）　すずり（硯）　すずろ（漫ろ）　そらんず（諳んず）
タ行	たえず（絶えず）　たたずまひ（佇まひ）　たたずむ（佇む）　だんず（弾ず）　つうず（通ず）　てんず（点ず）　とりあへず（取り敢へず）
ナ行	ねずみ（鼠）　ねんず（念ず）
ハ行	ばうず（坊主）　はず（筈）

しょう。馥郁《ふくいく》とした薫りに包まれた、静かで高雅な時空が感じられます。

語中に「ず」を使う語で忘れてはならないのが、「こずゑ（梢）」と「いしずゑ（礎）」です。これらについてはすでに第25回でお話ししましたが、「こ（木）」＋「すゑ（末）」、「いし（石）」＋「すゑ（据ゑ）」が語源とされています。ともにかなづかいを「づ」と誤りやすいので注意したいものです。

＊

最後に、語末に「ず」が現れる例です。まず、冒頭の五千石の句にある「みみず」ですが、暗い地中で生活し目が無い姿を指した「目見《めみ》ず」（「見ず」は動詞「見る」の未然形＋打消の助動詞「ず」）から来たという説が知られています。

ところで、右の「目見ず」に使われている打消の助動詞「ず」ですが、これは俳句の頻出語といっていいでしょう。かなづかいの誤りはまずありませんが、次のように、下に「に」が付く場合などは、うっかり

マ行	まず（混ず・交ず・雑ず）　まゆずみ（黛）　みみず（蚯蚓）　もず（鵙・百舌鳥）
ヤ行	ゆきずり（行きずり）　ゆず（柚子）　よしず（葦簀）

＊「うずくまる」には「うづくまる」という説もあります

「×迷はづに」などと誤る例を見ます。

京都駅下車迷はずに鱧《はも》の皮　　川崎展宏《かわさきてんこう》

鱧は関西で特に好まれる夏の食べ物ですが、それに惹《ひ》かれる心を表した愉《たの》しい句です。

また、この打消の助動詞「ず」に由来する副詞も俳句にはしばしば登場します。それらのうち、「たえず（絶えず）」「とりあへず（取り敢へず）」を挙げておきましょう。

鶏頭《けいとう》をたえずひかりの通り過ぐ　　森《もり》澄雄《すみお》

とりあへず書きし表札鳥雲に　西村《にしむら》和子《かずこ》

「絶えず」は動詞「絶ゆ」の未然形に打消の助動詞「ず」が付いた「絶えず」が固定化した副詞です。「取り敢《あ》へず」は「取ることが出来る」の意の動詞「取り敢ふ」の未然形「取り敢へ」に打消の助動詞「ず」が付いた「取り敢へず」（事態に十分対応できないの意）が固定化し、「さしあたって」「一応」の意となった副詞です。

澄雄の句は、ケイトウに秋日が神々しく美しく射す光景をいきいきと捉《とら》えたものでしょう。和子の句は、仮住まいと思って掛けた表札を眺めながら感慨《かんがい》を深くしています。

同様に打消の助動詞「ず」に由来する副詞として、「おぼえず（覚えず）」「すかさず（透かさず）」「すくなからず（少なからず）」「はからずも（計らずも・図らずも）」「やむをえず（止むを得ず）」なども俳句に登場することがあります。

また、「かならず（必ず）」も、俳句で見ることの多い副詞です。この語源についても、打消の助動詞「ず」を使った「仮ならず」（仮ではないの意）が変化したなどの説があります。

懐旧のビール必ずほろ苦し　後藤《ごとう》比奈夫《ひなお》

過ぎ去った過去を思うと、ほろ苦い思い出が湧くのですね。

「ず」で終わる語はまだまだ多くありますので、最後にその一部を句とともに挙げておきましょう。「あんず（杏子・杏）」は漢字の音である「あん（杏）」＋「す（子）」から来た語。「杏」は植物名で「子」は果実の意です。はじめは「唐桃《からもも》」（桃に似た外来植物の意）と呼ばれていたのですが、その果実、すなわち「あんず（杏子）」を食べる習慣が広がったため、しだいに木そのものも「あんず」と呼ばれるようになったのです。「すず（鈴）」は鳴らしたときの音の響きを写したもの、また音が涼しく響くことからなどと言われています。

「はず（筈）」はそもそもは矢の末端で、弓の弦《つる》を掛ける部分を指し、語源は「はずゑ（端末）」など諸説があります。この矢の末端が弦とよく合うことから、「物事が当然そうなること」の意となり、「道理」「筋道」「予定」などの意が生まれたものです。

花着けとあんずへステッキ犀星《さいせい》さん　川崎展宏
すずらんのりりりりりりと風に在り　日野《ひの》草城《そうじょう》
掘炬燵《ほりごたつ》あるはずもなき仮設なり　正木《まさき》ゆう子《こ》

展宏の句は、あんずの花を愛した室生犀星《むろおさいせい》の姿を想像して、偲《しの》んだものです。草城の句は、スズランの鈴型の花が実際に音を奏《かな》でているかのように感じられたさまを詠みます。ゆう子の句は東日本大震災後の仮設住宅に住む人へ思いを寄せたものです。

＊

それでは「ず」を使う言葉については終わりです。作句に使えそうな「旧かなで『ず』を含む語一覧」は前ページに掲載しています。

38

「づ」を使う言葉

しづか・みづ など

すこしづつ飲んで麦湯に匂ひあり　今井杏太郎《いまいきょうたろう》

マラルメよりむづかし蠅虎の訓《よ》み　星野麦丘人《ほしのばくきゅうじん》

春の水とは濡《ぬ》れてゐるみづのこと　長谷川《はせがわ》　櫂《かい》

杏太郎の句は香ばしい麦湯を味わいつつ飲むさまです。麦丘人の句の「蠅虎」は「はえとりぐも」。この字を読むのはフランスの詩人・マラルメの難解な詩を読解するより難しい、と洒落《しゃれ》ています。櫂の句の「濡れてゐるみづ」は、春になって温《ぬる》み、柔らかさを感じさせる水のさまを感覚的な表現で言い当てたものです。

さて、新かなで「ず」を含む言葉である「ずつ」「むずかし（難し）」「みず（水）」は、旧かなでは「づつ」「むづかし」「みづ」となり、いずれも「づ」を使います。今回は、旧かなで「づ」を使う語を、語頭・語中・語末に現れる場合に分け、代表的なものにしぼってお話ししていきます。

それではまず語頭の「づ」から。「づつ」は数や程度を表す語の下に付いて、同じ割合・程度が繰り返されることを言う語で、「一つ」「九つ」などの「つ（箇）」が重なって生まれたものとされています。「つ（箇）」は数を表す語の下に付き、物を数えるのに用いる語です。余談ですが「つ（箇）」と同じ働きの語に「はたち（二十）」の「ち」や「やそぢ（八十・八十路）」の「ぢ」があります。「やそぢ」は「八十路」の表記から八十代の意と思われがちですが、八十を指す語ですのでご注意ください。

＊

次に、語中の「づ」です。「むづかし（難し）」は、機嫌が悪くなることをいう「むづかる（憤る）」から来た語で、古くはともに「むつかし」「むつかる」と清音でした。「むつかる」は睦《むつ》まじいことを表す「むつ（睦）」に「絶える」の意の「かる（離る）」が付いて出来たなどと言われています。次の句の「むづかり」は「むづかる」の連用形です（助詞「て」は連用形に接続）。

夜の蟬《せみ》むづかりて鳴きはじめたり　正木《まさき》ゆう子《こ》

夜の静寂に不調和な声で鳴き始めた蟬の声が、ぶつぶつと拗《す》ねるように聞こえたのでしょう。

語中に「づ」が現れる語では「しづか（静か）」も俳句によく使われます。語源は「下に着く」の意から来た「しづ」に、状態を表す接尾語「か」が付いたとする説が知られており、「しづかさ（静かさ・閑かさ）」「しづけさ（静けさ）」「しづしづ（静々）」「しづまる（静まる・鎮まる）」など、関連語のかな書きの例も多く見られます。

冷されて牛の貫禄《かんろく》しづかなり　秋元不死男《あきもとふじお》
遠花火われしづかさの底にゐる　井越芳子《いごしよしこ》
緑蔭《りょくいん》といふしづけさの乳母車　長谷川久々子《はせがわくぐし》
しづ〳〵と野分《のわき》のあとの旭《あさひ》かな　正岡子規《まさおかしき》
煤払《すすはらい》の埃《ほこり》しづまる葉蘭哉《はらんかな》　同

不死男の句は夏の夕べに川などで洗われている牛を詠《よ》みます。芳子の句は彼方の美しい花火に、しだいに心が澄むさまでしょう。久々子の句には涼しい木蔭《こかげ》に乳母車を止める健やかなひとときがあります。四句目の子規の句は荒々しい野分の翌日、晴れ晴れと登る朝日を讃《たた》えます。五句目の子規の句は大掃除で舞い立った埃が葉蘭の上に積もるさまを描きます。

「しづ」で始まる語には「しづむ（沈む）」もあり、これも「下に着く」から来たとする説が有力です。次の句の「しづみ」は「しづむ」の連用形です（詠嘆の助動詞「けり」は連用形に接続）。

篁《たかむら》を染めて春の日しづみけり　日野草城《ひのそうじょう》

「しづむ（沈む）」のように、語中に「づ」の現れる動詞はまだまだありますので、いくつかを句とともに挙げておきましょう。「あづく（預く）」「うづむ（埋む）」「くづす（崩す）」「くづる（崩る）」「たづぬ（尋ぬ・訪ぬ・訊ぬ）」「なづむ（泥む）」「はづす（外す）」「はづる（外る）」など、いずれもおなじみの語ですね。まり子《こ》の句の「あづけ」、章子《あきこ》の句の「くづれ」、楸邨《しゅうそん》の句の「たづね」、智哉《ともや》の句の「はづれ」は、それぞれの動詞が連用形に活用したものです（助詞「て」は連用形に接続）。日差子《ひざし》の句の「うづむ」は終止形です。夜半《やはん》の句の「くづす」、鉄之介《てつのすけ》の句の「なづむ」、蕪村《ぶそん》の句の「はづす」は、それぞれ下に名詞の「こと」「夏至《げし》」「はつね」が付いていますので連体形です。

寒厨《かんくりや》母にあづけて病み通す　古賀《こが》まり子《こ》

金を以てメロンの皿の瑕《きず》をうづむ　後藤夜半《ごとうやはん》

くづすことも積木の遊び冬来る　上田日差子《うえだひざし》

鰯雲《いわしぐも》くづれて燃えて日暮れけり　上野章子《うえのあきこ》

蛇瓜《へびうり》といふ名たづねて撫《な》でては去る　加藤楸邨《かとうしゅうそん》

暮れなづむ夏至ビフテキの血を流す　松崎鉄之介《まつざきてつのすけ》

鶯《うぐいす》の枝ふみはづすはつねかな　蕪村《ぶそん》

ぶらんこをはづれて浮かぶ子供かな　鴇田智哉《ときたともや》

まり子の句は母に家事を任せて病み続ける辛さを言います。夜半の句ではメロンと金継ぎの骨董《こっとう》の皿が美しく調和しています。日差子の句では幼子《おさなご》のあどけなさが印象的です。章子の句は秋空が夕焼に染まり暮れゆくさまを描きます。楸邨の句は奇妙なかたちの蛇瓜に興味を示す人々の仕草を写しています。鉄之介の句はなかなか暮れない夏至にビフテキを食べて精を付けるさまです。蕪村の句は鳴いたと思ったらすぐ止む鶯を、枝を踏み外したのだとユーモラスに捉《とら》えています。智哉の句は、ブランコに乗って宙に高く舞う子どものありさまを「はづれて」という大胆な見立てで捉えたものです。

＊

それでは続いて語末の「づ」のお話をしましょう。

「みづ（水）」は動詞の「みつ（満つ・充つ）」から来たと言われる語で、俳句でのかな書きの例が多い語です。関連語は俳句に頻出し、なかでも「みづうみ（湖）」はかな書きにされがちです。

みづうみをわたる雨あり明易《あけやす》し　　中田《なかた》　剛《ごう》

淡水が満ちる湖に明け方の雨が注ぐ清らかな情景です。

「みづ（水）」の関連語には若々しく美しい・清らか・めでたいなどの意を持つ「みづ（瑞）」や、若々しく新鮮の意の「みづみづし（瑞々し）」もあります。

飾臼《かざりうす》みづの青藁《あおわら》ほのかにも　　飯田蛇笏《いいだだこつ》

竹伐《き》りて節みづみづし十二月　　古賀まり子

蛇笏の句は新年の臼に張った注連縄《しめなわ》の青藁の美しさを詠みます。まり子の句は寒気に匂い立つような竹の節のさまを描きます。

「づ」で終わる語はまだまだ多くありますが、中から「よろづ（万）」のお話をしておきましょう。「よろづ」は数字の万、たくさん、数多《あまた》の意を持つ語ですが、「よる（寄る）」に「つ（箇）」が付いて出来たという説が有力です。

よろづ足り死もかつ足りて八重桜　富安《とみやす》風生《ふうせい》

前書に「虚子《きょし》先生追悼《ついとう》」とある句です。死といえば虚子に〈風生と死の話して涼しさよ〉がありますが、ふとそれを思い出させる句です。逝去は悲しいことですが、この世の仕事を遂げて締めくくりとしての死も足りた師を、八重桜という華やかな花で謹んで見送ろうというのでしょう。

＊

さて、それではここで、二〇四ページで旧かなの「ぢ」が新かなでは「じ」とならず「ぢ」のままであるケースについてお話ししたことを思い出してください。旧かなの「づ」にも、同様に新かなでも「ず」とならず「づ」のまま、という例外的な語がありますので、それについてお話しします。

百合《ゆり》消えてなほうら山の夏つづく　富安風生

初護摩《はつごま》の火を僧の手のわしづかみ　井沢正江《いざわまさえ》

右の句の「つづく（続く）」「わしづかみ（鷲摑み）」は、新かなでも旧かなでも「つづく」「わしづかみ」と書きます。新かなは発音に即するのが原則ですので、原則に従えば「つずく」「わしずかみ」と書きそうなものですが、「づ」の表記については、

①同音の連呼によって生じた「づ」
②二語の連合によって生じた「づ」

という二つのケースについては、新かなでも「づ」と書く例外があります。これについても昭和六十一年七月一日内閣告示「現代仮名遣い」本文第2の5に記されています（巻末資料参照）。

右の風生の句の「つづく」は①の例。重なった二度目の「つ」が濁音（「づ」）になっているケースです。正江の「わしづかみ」は「わし（鷲）」と「つかみ（摑み）」という二語が連合したものですので、②の例です。

ちなみにここからやや複雑な話になりますが、右に記した「②二語の連合によって生じた『づ』」であるにもかかわらず、新かなでは「ず」と書く特別な語というものも存在します。

水桶《みずおけ》にうなづきあふや瓜茄《うりなすび》　蕪村

右の「うなづき」は動詞「うなづく（頷く）」の連用形ですが、語源はうなじを意味する「うな（項）」＋「つく（突く）」の二語の連合、そこから「首を下に動かす」「合点する」の意となった語です。②の基準に照らすと新かなでも旧かなと同様に「うなづく」と書きそうですが、この語については、「現代仮名遣い」の本文第2の5のただし書きで、「現代語の意識では一般に二語に分解しにくいもの等」に分類され、「うなずく」が本則とされています。ただし「うなづく」のかなづかいは新かなで完全に否定されるわけではなく、「づを用いて書くこともできるものとする」と許容する趣旨の記述がさらに添えられているのです。実は冒頭にお話しした「づつ」も同様に新かなでは「ずつ」が本則、しかし「づつ」も許容という語です。

39

混ず、閉づ など

「ず」「づ」で終わる動詞

鶏《とり》の餌《え》のはこべに貝の殻《から》を混ず　小林千史《こばやしちふみ》
妻が持つ薊《あざみ》の棘《とげ》を手に感ず　日《ひ》野《の》草城《そうじょう》
羅《うすもの》や化粧してわが心閉づ　古《こ》賀《が》まり子《こ》
夕日愛《め》づ紅梅を愛づ声あげて　中村汀女《なかむらていじょ》

千史の句は青々としたハコベに貝殻を混ぜて、鶏小屋のニワトリに餌を与える光景です。草城の句は妻がアザミを持つさまを見て、自分の手に棘の感触を覚えたと言います。妻の柔らかな手を愛おしむ思いがそうさせたのでしょう。まり子の句は薄物の着物と化粧で身仕舞をし、心中を人に見せまいとするさまです。汀女の句は夕日と紅梅の景に賛嘆の声を上げるさまです。

さて、新かなではすべて「ず」で終わる動詞である「混ず」「感ず」「閉ず」「愛ず」ですが、旧かなでは上の句のように、「ず」で終わるものと「づ」で終わるもの、という使い分けがあります。今回はこの使い分けに注目し、「混ず」のようなザ行下二段動詞、「感ず」のようなザ行のサ変動詞、「閉づ」のようなダ行上二段動詞、「愛づ」のようなダ行下二段動詞について、順にお話しいたします。

まず最初に、「混ず」を例にとってザ行下二段活用をおさらいしましょう。

ザ行下二段活用

未然形……混ぜず
連用形……混ぜたり
終止形……混ず
連体形……混ずるとき
已然形《いぜん》……混ずれども
命令形……混ぜよ

ザ行下二段活用では語幹（この場合は「混」）の下に「ぜ」「ぜ」「ず」「ずる」「ずれ」「ぜよ」という語尾が続きます。「ず」は、終止形の他にも連体形・已然形の語尾に現れます。次の聡子《さとこ》の句の「混ずる」は連体形の例です（断定の助動詞「なり」は連体形に接続）。

雛《ひな》の客男《お》の子一人を混ずるなり　浦川聡子《うらかわさとこ》

雛祭に男の子一人を混ぜた客が訪れたさまを描く句です。

「まず（混ず・交ず・雑ず）」には関連語が多く、なかでも「まじる（混じる・交じる・雑じる）」「まじふ（交じふ・雑じふ）」は俳句にしばしば登場します。かなづかいを「×まぢる」「×まぢふ」と誤りがちですが、「混ず」と同じザ行（ざ・じ・ず・ぜ・ぞ）の「じ」を使います。次の蛇笏《だこつ》の句の「まじる」は連体形、節子《せつこ》の句の「まじへ」は「まじふ」の連用形です（詠嘆の助動詞「けり」は連用形に接続）。

秋たつや川瀬にまじる風の音　飯田蛇笏《いいだだこつ》
常楽会《じょうらくえ》比丘尼《びくに》の咳《せき》をまじへけり　野澤節子《のざわせつこ》

蛇笏の句は、瀬音に風音が混じっているという繊細な気づきを詠《よ》みます。節子の句の「常楽会」は涅槃会《ねはんえ》のこと。法要の静けさの中で比丘尼の咳が聞こえるのです。

＊

次にザ行のサ変活用です。

ザ行サ変活用

未然形……感ぜず
連用形……感じたり
終止形……感ず
連体形……感ずるとき
已然形……感ずれども
命令形……感ぜよ

こちらは語幹（この場合は「感」）の下に「ぜ」「じ」「ず」「ずる」「ずれ」「ぜよ」という語尾が続きます。「ず」は、ザ行下二段活用の場合と同じく、終止形・連体形・已然形の語尾に現れます。次の蛇笏の句の「感ずる」は連体形の例です。

啓蟄《けいちつ》の夜気を感ずる小提灯《こぢょうちん》　飯田蛇笏

啓蟄（新暦三月六日ごろ）の外出ですが、しっとりと潤《うる》むような夜気が感じられたのではないでしょうか。

　さてここで、あらためて注意をしておきたいのが、連用形語尾に現れる「じ」のかなづかいです。「感ず」と同じザ行（ざ・じ・ず・ぜ・ぞ）の「じ」を使います。次の句の「感じ」は連用形の例です（助詞「て」は連用形に接続）。

ついて来る人を感じて長閑《のどか》なり　高浜虚子《たかはまきょし》

野辺の散歩などかもしれません。優しい思いが窺《うかが》えます。

　ザ行のサ変動詞は俳句にも頻出しますので、いくつかを句とともに挙げましょう。「通ず」「念ず」「弾ず」「点ず」「先んず」「諳《そら》んず」ですが、おなじみの語ですね。「通ず」「念ず」「弾ず」「点ず」はそれぞれ、「通」「念」「弾」「点」という漢字に「す（為）」が付いて出来た語。「先んず」は「先にす」から、「諳んず」は「そらにす」から来た語です（「そら」は暗記・暗《あん》誦《しょう》の意）。

　次の暮石《ぼせき》の句の「通ず」は終止形、綾子《あやこ》の句の「念ずる」は連体形、子規《しき》の句の「弾ずれ」は已然形です。風生《ふうせい》の句の「点じ」、波郷《はきょう》の句の「先んじ」、傳《つたえ》の句の

「諳んじ」はいずれも連用形です。

夏草に道極まりてまた通ず　右城暮石《うしろぼせき》

寒の水念ずるやうにのみにけり　細見綾子《ほそみあやこ》

琴取つて弾ずれば月山を出づ　正岡子規《まさおかしき》

つくばひの杓《しゃく》に点じて蠅《はえ》生る　富安風生《とみやすふうせい》

冷奴《ひややっこ》隣に灯先んじて　石田波郷《いしだはきょう》

恐龍《きょうりゅう》の名を諳んじて雛《ひな》の客　日原《ひはら》傳《つたえ》

暮石の句は草が生《お》い茂る夏野を歩くさまです。綾子の句の寒の水は心身にしみわたったことでしょう。子規の句は月見の光景でしょうか。琴を弾く音に誘われるように月が山の端に上ってきました。風生の句は春に生まれた小さなハエが蹲《つくばい》の柄杓《ひしゃく》に止まっているさまです。波郷の句は夏の夕飯の光景。傳の句は雛祭に招かれた幼子の愛らしいさまを描きます。

ちなみに、「ザ行のサ変動詞」という表現ですが、これに何となく疑問を感じた方はないでしょうか？　ザ行で活用するなら「ザ変動詞」となりそうですが、文法には「ザ変動詞」という活用の種類はありません。というのも、先ほどの「通ず」から「諳んず」の例でお話ししたように、語尾の「ず」は一語化の過程で濁音化してはいるものの、そもそもはサ変動詞の「す（為）」なのです。そのため、ザ行で活用しますが「サ変動詞」に分類されているのです。

続いて「閉づ」を例にとって、ダ行上二段活用を見ていきましょう。

ダ行上二段活用

未然形……閉ぢず
連用形……閉ぢたり
終止形……閉づ
連体形……閉づるとき
已然形……閉づれども
命令形……閉ぢよ

ダ行上二段活用では語幹（この場合は「閉」）の下に「ぢ」「ぢ」「づ」「づる」「づれ」「ぢよ」という語尾が続きます。「づ」は、終止形の他にも連体形・已然形の語尾に現れます。次の節子の句の「閉づる」は連体形の例です。

睡蓮《すいれん》の白いま閉づる安堵《あんど》かな　野澤節子

白いスイレンが閉じるさまに心安らぐひとときなのでしょう。

さてここであらためて注意をしておきたいのが、未然形・連用形・命令形語尾に現れる「ぢ」のかなづかいです。「閉づ」と同じダ行（だ・ぢ・づ・で・ど）の「ぢ」を使います。次の句の「閉ぢ」は連用形の例です。

短日《たんじつ》の仏壇を閉ぢ入院す　古賀まり子

仏壇を閉じて一人入院をする心細い思いが伝わります。

ダ行上二段動詞は多く、俳句にも頻出します。中から「もみづ（紅葉づ）」を挙げておきましょう。次の句のように、連体形「もみづる」の例が多いようです。

旧かなで「づ」を含む語一覧

ア行	あづき（小豆）　あづく（預く）　あづさ（梓）　いたづら（徒）　いたづら（悪戯）　いづ（出づ）　いづく（何処）　いづこ（何処）　いづみ（泉）　いづれ（何れ・孰れ）　うづ（渦）　うづく（疼く）　うづたかし（堆し）　うづむ（埋む）　うづら（鶉）　うなづく（頷く）　おとづる（訪る）　おのづから（自づから）
カ行	かづく（被く）　かづく（潜く）　かづら（葛・蔓）　かはづ（蛙）　きづな（絆）　くづ（屑）　くづす（崩す）　くづほる（頽る）　くづる（崩る）　けづる（削る）
サ行	さかづき（盃）　さづく（授く）　さへづる（囀る）　しづか（静か）　しづく（雫）　しづけさ（静けさ）　しづしづ（静々）　しづまる（静まる）　しづむ（沈む・鎮む）
タ行	たづさふ（携ふ）　たづぬ（尋ぬ・訪ぬ・訊ぬ）　づく（木菟）　つくづく（熟々）　づくめ（尽）　づつ　つづく（続く）　つづまる（約まる）　つづら（葛）　つづる（綴

水漬《みづ》き枯るる木免《まぬか》れてもみづる木　富安風生

水に漬かって駄目になった木がある一方で、見事な紅葉の時期を迎えることができた木を描いています。

＊

次にダ行下二段活用です。

ダ行下二段活用

未然形……愛《め》でず
連用形……愛でたり
終止形……愛づ
連体形……愛づるとき
已然形……愛づれども
命令形……愛でよ

こちらは語幹（この場合は「愛」）の下に「で」「で」「づ」「づる」「づれ」「でよ」という語尾が続きます。「づ」は、ダ行上二段活用の場合と同じく、終止形・連体形・已然形の語尾に現れます。次の蕪村《ぶそん》の句の「めづる（愛づる）」は連体形の例です。

	ナ行	ハ行	マ行	ヤ行	ワ行
る）つまづく（躓く）つれづれ（徒然）てうづ（手水）とづ（閉づ）	なづむ（泥む）なまづ（鯰）にはたづみ（潦）	はづかし（恥づかし）はづす（外す）はづる（外る）ほほづき（鬼灯・酸漿）	まづ（先づ）まづし（貧し）みづ（水）みづ（瑞）みみづく（木菟）みづおち（鳩尾）みづみづし（瑞々し）むづかし（難し）むづかる（憤る）めづ（愛づ）めづらし（珍し）もみづ（紅葉づ）	ゆづる（譲る）ゆふつづ（夕星・長庚）ゆふづつ（夕星・長庚）よろづ（万）	わづか（僅か）わづらはし（煩はし）わづらふ（煩ふ・患ふ）

陽炎《かげろう》や簣《あじか》に土をめづる人　蕪村《ぶそん》

土を運ぶ用具・簣に盛った土の感触を楽しむ人を描く句。育てる草花へ思いを巡らしているのでしょう。「愛づ」から生まれた語には「めづらし（珍し）」があります。「愛でる価値がある」「すばらしい」の意から「見ることが稀《まれ》である」の意が生まれました。

めづらしや山を出羽《いでは》の初茄子《はつなすび》　芭蕉《ばしょう》

鶴岡藩士・長山重行《ながやましげゆき》邸での歌仙の発句《ほっく》で、「羽黒山《はぐろさん》を出て、出羽《でわ》の国の珍しいナスビの初物のご馳走《ちそう》に与《あずか》った」と賞美しています。ダ行下二段動詞は多く、俳句にも頻出します。中でもよく現れる語の一つが「いづ（出づ）」でしょう。

春宵《しゅんしょう》の玉露は美酒の色に出づ　富安風生

玉露の香りと甘味、そして色に惚《ほ》れ惚れとする春の宵です。

この「いづ（出づ）」に「み（水）」が付いて生まれた語が「いづみ（泉）」で、これもかな書きの例を見ます。

刻々と天日《てんじつ》くらきいづみかな　川端茅舎《かわばたぼうしゃ》

刻々と、湧く泉の面に太陽が映っているさまを描く句です。ちなみに、水を表す語の「み（水）」を含む語は、「たるみ（垂水）」「みくさ（水草）」「みなそこ（水底）」「みなと（港・湊・水門）」ほか、数多く見られます。

それでは「ず」と「づ」の使い分けについてはこれで終わりとします。作句に使えそうな「旧かなで『づ』を含む語一覧」を前ページに掲載しています。

第8章

かとくわ、がとぐわの使い分け

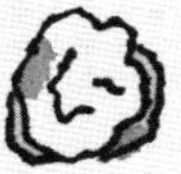

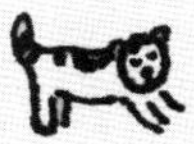

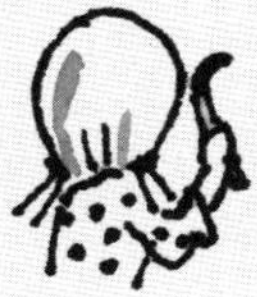

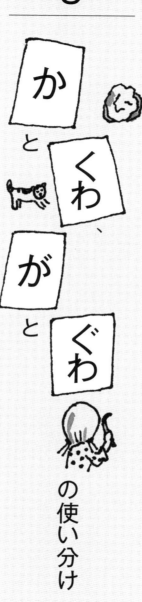

40

「か」と「くわ」、「が」と「ぐわ」を使う言葉

かな・さざんくわ、かがみ・さんぐわつ など

水底に藻の照りわたる余寒かな　蘭草慶子《いぐさけいこ》

さざんくわや鋏《はさみ》使はず封を切り　広渡敬雄《ひろわたりたかお》

初かがみ母嘆かせし雀斑《そばかす》も　石田郷子《いしだきょうこ》

さんぐわつは忌の多き月葉の雫《しずく》　八田木枯《はったこがらし》

慶子の句は寒気の中にも輝く春の日差しを描きます。水底の藻の緑はこれから温んでいく水中でますます美しい姿となっていくのでしょう。敬雄の句の「さざんくわ」というかな書きは山茶花《さざんか》の柔らかく大きな花びらのありさまを際立たせているように感じられないでしょうか。とともに、もらった封筒もまた指で開くことの出来るような柔らかい紙のそれだったのではないかと想像が膨らみます。

郷子の句は、新年に化粧をする鏡台でふと思ったことを描いたのでしょう。若い娘であったころ、作者はそばかすなんてそんなに気にしていなかったのかもしれません。でも母の眼から見ると娘のそれは気になって仕方がない。そんな何気ない小さな思い出の中に母の情愛がしみじみと懐かしく思い出されるのです。木枯の句の柔らかなかな書きは、亡き人々へ寄せるしみじみとした思いの現れでしょうか。不思議な巡り合わせですが作者も三月に没しています。

さて、新かなで「か」を使う言葉である「かな」と「さざんか（山茶花）」、「が」を使う語である「かがみ（鏡）」と「さんがつ（三月）」は、旧かなでは上のように「かな」と「さざんくわ」、「かがみ」と「さんぐわつ」に書き分けます。

まず「かな」ですが、これは俳句の切字《きれじ》としておな

じみで、ほぼかな書きにされると言ってよい語です。これは日本古来の和語（やまとことば）です。対して「さざんくわ」は字音（漢字の音）の「さん（山）」＋「さ（茶）」＋「くわ（花）」、すなわち「さんさくわ」が転じて出来た語です（山茶《さんちゃ》は椿の漢名）。

続く「かがみ」は「かげみ（影見）」から出来たと言われる和語です。ちなみにこの場合の「影」は「姿」の意です。対して、「さんぐわつ」は漢字の「さん（三）」と「ぐわつ（月）」で成り立っています。

ここに記した「かな」「さざんくわ」、「かがみ」「さんぐわつ」の例から想像のついた方もあると思いますが、「か」と「くわ」、「が」と「ぐわ」の使い分けは難しくありません。実は新かなの「か」に対する旧かなの「くわ」、新かなの「が」に対する旧かなの「ぐわ」というかなづかいは和語のものではなく、字音のためのものなのです。しかも俳句でかな書きにされることが多いものは例に挙げた他は「くわんおん（観音）」ぐらいではないでしょうか。

くわんおんの涼しき膝《ひざ》をたてたまふ　髙田《たかだ》正子《まさこ》

正子の句の膝を立てる観音様はどちらの観音様でしょうか。私などは自分の好きな寺の如意輪《にょいりん》観音像を思い浮かべました。この句の観音様も夏の盛りにもそこだけは涼しげな風が渡るような清らかなお姿なのでしょう。

新かなの「か」「が」については、旧かなでもほぼ「か」「が」であると覚え、漢語をかな書きにしたい場合に念のため辞書を引いて確かめるようにすればそれで十分です。

ちなみに、この連載ではこれまでにも数回、字音かなづかいについて紹介してきました。たとえば八〇ページと八七ページで触れた「てふ（蝶）」。これは字音かなづかいの代表的なものの一つですが、それと気付かぬほど和語に溶け込んでいます。他には一〇六ページで見た「やう（様）」。これは文語の助動詞「やうなり（様なり）」の形で俳句に頻出し、ほぼかな書きにされる語です。他にも「きやうだい（兄弟）」「はうれんさう（菠薐草）」「へうたん（瓢簞）」「らふそく（蠟燭）」「ゑんどう（豌豆）」などはかな書きにされがちですので、文中で紹介した俳句とともに覚えてしまいましょう。ただし、字音かなづかいは俳句ではさほど多用されるものではありません。ほとんどの場合、漢字のままで使われます。複雑で数も膨大な字音かなづかいですから、かな書きにされがちな語以外は無理に覚えず、出会った都度一つずつ知識を増やしていったり、作句に使いたくなったときに辞書で確かめる、というのが実際的です。

おわりに

かなづかいの歴史

それでは最後にかなづかいの歴史を概観しましょう。

そのためにはまず、かなが無かった時代に遡《さかのぼ》る必要があります。日本にかなが無かったころ、使える文字は外来の漢字のみでした。奈良時代には「万葉仮名《まんようがな》」というものがありましたが、これは漢字を本来の意味から離してかな的に用いたものです。次にその一例を挙げますので、隣のかなと比較してみてください。

●万葉仮名　久礼奈為能意母提乃宇倍爾
●ひらがな　くれなゐのおもてのうへに

一音に一つずつ漢字を配当した例ですが、読みやすさではかなに軍配が上がりますね。かなは平安時代前期に、万葉仮名に使われた漢字を崩して発明された日本固有の文字ですが、いかに画期的な発明であったかが実感されます。

さて、かなが生まれてから平安時代中期ごろまでは、発音とかなの表記が一致する時代が続きました。そういう時代には聞こえるとおりに書くわけですから、かなづかいを特に意識する必要は起きません。しかし時代が下ると、たとえば「かは（川）」の発音はそもそも「カハ」から「カワ」へと変化していきます。これは一例ですが、他にもさまざまな語でさまざまな種類の発音の変化が起こりました。ところが、発音が変化しても表記のほうは簡単には変化しないものです。そうなると、発音は「カワ」だが書くときは「かは」ということになります。これが、かなづかいという意識の始まりです。そうしてさらに時代が下ると、語の中にはかなづかいが幾種類も現れ、どれが適切かと迷うものも出てきます。そうなると、古文に詳しい知識人の中で「規範となるかなづかい」の研究が始まるのです。

この本でこれまでお話ししてきた旧かなは、それらの知識人による研究を経て整理されてきたもので、発音と表記が一致していた平安時代中期以前の表記法を規範とするものです。和語のかなづかいの研究では、江戸時代前期の国学者・契沖《けいちゅう》が著した『和字正濫鈔《わじしょうらんしょう》』が大きな役割を果たしました。契沖以前には鎌倉時代前期の歌人・藤原定家《ふじわらのていか》による「定家仮名遣い」がありますが、契沖は万葉仮名の用例などを根拠にそれを改めました。また、字音かなづかいの研究では、江戸時代中期の国学者本居宣長《もとおりのりなが》の著した『字音仮字用格《じおんかなづかい》』が大きな役割を果たすこととなりました。ちなみに、旧かなが一般に普及したのは、意外なようですが明治時代以降です。文部省が教育に取り入れたことなどから広く用いられるようになりました。また、明治時代以降も古文献を使った研究は進められ、多くの語のかなづかいが明らかにされてきました。

さていよいよ「新かな」ですが、これは戦後の昭和二十一年十一月十六日内閣告示「現代かなづかい」に始まりました。その後、昭和六十一年七月一日内閣告示「現代仮名遣い」となり、現在に至っています。新かな（現代仮名遣い）が現れたことで、それ以前のかなづかいは旧かな（歴史的仮名遣い）と呼ばれるようになりました。

新かなと旧かなの大きな違いは、新かなが表音主義（発音に即した表記をとる考え）である点です。旧かなでは「川」は「かは」でしたが、新かなは発音どおり「かわ」と書きます。現代の発音に即した表記をとるわけですから、旧かなの場合よりも習得がはるかに容易になりました。とはいえ興味深いことに新かなも完全な表音主義というわけではなく、一部で旧かなを受け継いでいます。昭和六十一年七月一日内閣告示「現代仮名遣い」本文第２（巻末資料参照）には「特定の語については、表記の慣習を尊重して、次のように書く。」とあり、1から6までの項目に分類してさまざまなケースが語例とともに挙げられています。この「表記の慣習」とは、「旧かな」のことに他なりません。

たとえば助詞の「を」「は」「へ」ですが、表音主義なら「私わ買物おするため店え行く」のはずですが、「私は買物をするために店へ行く」と書きますね。これは「現代仮名遣い」本文第2の1・2・3に「お」「わ」「え」ではなく「を」「は」「へ」と書くと記されているからです。二六ページで助詞の「は」のかなづかいに付随して「こんばんは（今晩は）」なども「は」とされていると紹介しましたが、それもこの一例です。また、同じ「現代仮名遣い」本文第2の5には、二〇四ページと二一八ページで紹介した「縮む」「間近」「続く」「鷲掴《わしづか》み」などは、同音の連呼や二語の連合という理由から、「ちじむ」「まじか」「つずく」「わしずかみ」でなく、旧かなを受け継ぐかなづかい「ちぢむ」「まぢか」「つづく」「わしづかみ」と書くと記されています。しかし、二一九ページで紹介したように「頷く」などは二語の連合で生まれた語ながら語源意識が希薄という理由で「うなずく」が本則、ただし「うなづく」も許容と、ただし書きが付けられています。平易とされる新かなですが、このあたりには運用面の複雑さが感じられます。そこには、旧かなを基にして新かなを作り上げた際の苦心の跡が見えるようです。

新かなと旧かなはかけ離れたもの、無縁なものと思われることがありますが、決してそうではありません。新かなは旧かなをふまえて生まれたものなのです。

旧かなマスター　12の練習帖

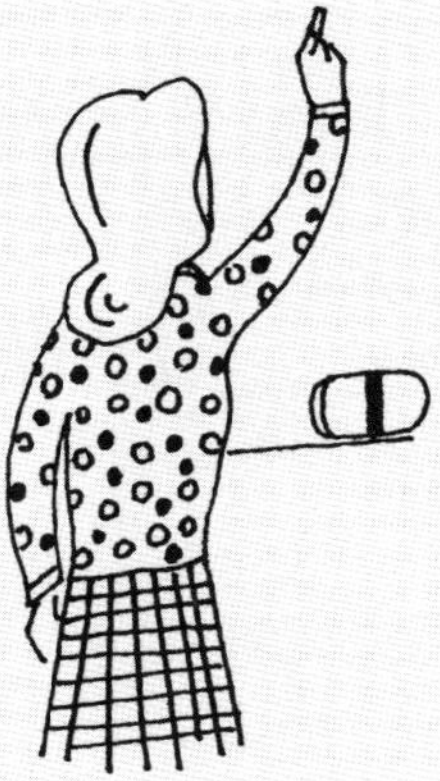

旧かなづかいを覚えよう
① □び
② い□し
③ あぢさ□
④ ふくろ□
⑤ ひ□らぎ
②は わ?は?
①は え?ゑ?

問1

次の①～⑦の句の空欄に入れるものとして、「わ」と「は」のどちらが旧かなとして適切でしょうか？

①永き日のに□とり柵《さく》を越えにけり　芝《しば》不器男《ふきお》

ヒント　鶏《にわとり》の古名は「庭つ鳥」です。「庭」の旧かなは「には」？「にわ」？

②い□し雲大いなる瀬をさかのぼる　飯田蛇笏《いいだだこつ》

③あ□れ子の夜寒《よさむ》の床《とこ》の引けば寄る　中村汀女《なかむらていじょ》

④くちな□をゆたかな縄《なわ》と思ひけり　櫂《かい》未知子《みちこ》

⑤くつ□虫のメカニズムの辺《へ》を行き過ぎぬ　中村草田男《なかむらくさたお》

ヒント　轡虫《くつわむし》の轡は、馬の口に噛《か》ませる輪、すなわち「口輪」から来ていますから……。

⑥焼過ぎた尻《しり》をこと□る柚味噌《ゆみそ》かな　太祇《たいぎ》

ヒント　「断る」は「こと（事・言）」＋「割る」が語源と言われていますので……。

⑦か□たれの紅梅の吐く息冷《つめ》た　矢島渚男《やじまなぎさお》

ヒント　「かはたれ」か？「かわたれ」か？「彼《か》は誰《たれ》」（あれは誰？の意）から来た語ですから……。

答1

①**は**　「鶏」の古名は「庭つ鳥」です。「庭」の旧かなは「には」ですから、正解は「は」となります。

ちなみに「庭つ鳥」の「つ」は「の」の意を表す古語で、「夕つ方」「天つ風」のように使います。また、現代語の中にも、「まつげ（睫・睫毛）」などの形で残っています。目の古形の「ま（目）」＋「つ」＋「け（毛）」で「目の毛」の意です。

②**わ**　「いわし」の漢字は「鰯」で日本で作られた国字です。この字からも想像されるように、形容詞の「弱し」が語源という説が知られています。「弱し」の旧かなも、「よわし」と「わ」を使います。

③**は**　「あはれ」は「は」を使う語です。語源には諸説があります。現代では憐憫《れんびん》や悲哀の意に限定されていますが、そもそもは心の底からのしみじみとした感動が根本となる語で、愛着や嘆賞《たんしょう》などを表す場合にも使われます。この句の「あはれ」は「ああ」という意味の感動詞で「あはれ」の下で一息入れて読みます。

④**は**　「蛇」の異名の「くちなは」は「は」を使う語で、腐った縄の意の「くちなは（朽縄）」から来たという説が知られています。「縄」の旧かなも「なは」と「は」を使います。

⑤**わ**　「くつわ（轡）」は口に噛ませる輪の意の「口輪」から来たと言われています。クツワムシのガチャガチャという音が轡の音と似るため付いた名です。

⑥**わ**　「断る」は「こと（事・言）」に「わる（割る）」が付いた語です。「ものごとの筋道をはっきりさせる」というのが原義で、「拒絶する」という意はそこから生まれました。「道理・条理」などの意を表す「ことわり（理）」も同じ語源ですので、これも旧かなで「わ」を使います。

⑦**は**　「かはたれ」は、姿は見えるが誰だか分からない薄暗い頃を指す語で、主に明け方に使われます。「彼は誰」すなわち、「あれは誰？」の意から生まれた語です。

問2

次の①〜⑦の句の空欄に入れるものとして、「わ」と「は」のどちらが旧かなとして適切でしょうか？

① たけのこを茹《ゆ》でていそがずあ□てずに　黒田杏子《くろだももこ》

ヒント 「慌《あわ》つ」は「泡」から来たと言われる語です。「泡」の旧かなは「あは」？「あわ」？

② ほの白く天日《てんじつ》す□る代田《しろた》かな　若井新一《わかいしんいち》

③ 葉桜の中の無数の空さ□ぐ　篠原梵《しのはらぼん》

ヒント 「騒ぐ」の「騒」は「しほさゐ（潮騒）」の「さゐ」と同源。「さゐ」の「ゐ」は、ワ行（わ・ゐ・う・ゑ・を）の「ゐ」ですから……。

④ 覚めてまだ今日を思□ず白障子《しろしょうじ》　岡本眸《おかもとひとみ》

ヒント 「思ふ」はハ行四段動詞です。ハ行四段動詞は語尾がハ行（は・ひ・ふ・へ・ほ）で変化しますから……。

⑤ あけぼのや花に会□むと肌着換へ　大野林火《おおのりんか》

⑥ 若葉して御《おん》めの雫《しずく》ぬぐ□ばや　芭蕉《ばしょう》

⑦ 時鳥《ほととぎす》人待つ吾《われ》のいと□しく　岩田由美《いわたゆみ》

ヒント 「いとはしく」か？「いとわしく」か？ ハ行四段動詞「厭《いと》ふ」と関連する形容詞ですので……。

答2

①**わ**　「あわてず」は動詞「あわつ（慌つ）」の未然形「あわて」に打消の助動詞「ず」が付いた形です。「慌つ」は「泡」から来た語。「泡」の旧かなは「あわ」ですから、正解は「わ」。

②**わ**　「すわる（座る・坐る・据わる）」も旧かなで「わ」を使う動詞です。「×すはる」と間違いやすいので注意しましょう。

③**わ**　「さわぐ（騒ぐ）」の「さわ（騒）」は「しほさゐ（潮騒）」の「さゐ」と同源。同じワ行（わ・ゐ・う・ゑ・を）の「わ」と「ゐ」を使いますので、セットで覚えましょう。

①②③はみな、語中に「わ」を含む動詞です。他には「かわく（乾く）」「たわむ（撓む）」「よわる（弱る）」などがあります。

＊

④〜⑥は、ハ行四段動詞の問題です。活用については二七ページに書いてありますので、ご確認ください。

④**は**　「思は」はハ行四段動詞「思ふ」の未然形（「ず」は未然形接続の助動詞）。

⑤**は**　「会は」はハ行四段動詞「会ふ」の未然形（「む」は未然形接続の助動詞）。

⑥**は**　「ぬぐは」はハ行四段動詞「ぬぐふ」の未然形（「ばや」は未然形接続の助詞）。

⑦**は**　「いとはしく」は形容詞「いとはし（厭はし）」の連用形。「いとはし」はハ行四段動詞「いとふ（厭ふ）」と関連する語ですので、かなづかいはハ行の「は」を使います。

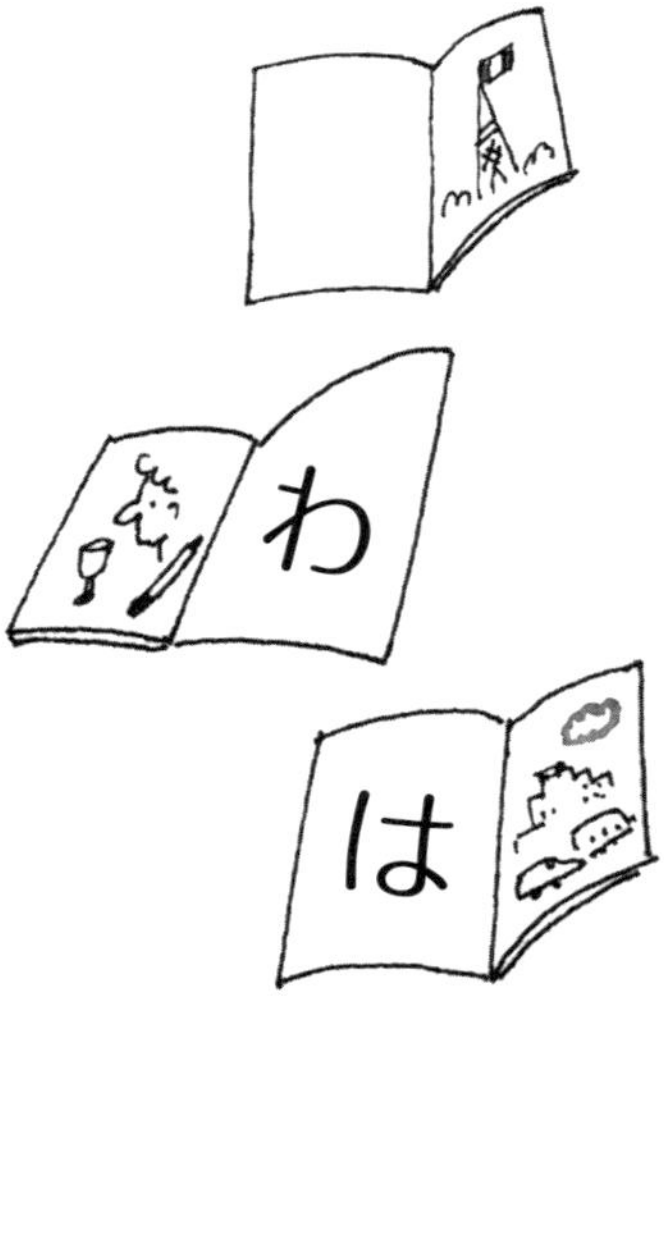

問3

次の①〜⑦の句の空欄に入れるものとして、「い」と「ゐ」と「ひ」のどれが旧かなとして適切でしょうか？

① あぢさ□のためのつめたき花瓶かな　夏井《なつい》いつき

ヒント　紫陽花《あじさい》は、集まるの意の「あづ」に「藍色《あいいろ》」の意の「さあゐ（真藍）」が付いて転じた語ですから……。

② □びつなる風の花火や七七忌《しちしちき》　岸田稚魚《きしだちぎょ》

ヒント　「いびつ」か「ゐびつ」か？　飯を入れる木製容器の「いひびつ（飯櫃）」から来た語ですので……。

③ をとゝ□のへちまの水も取らざりき　正岡子規《まさおかしき》

④ 水ひろきところにけふもか□つぶり　倉田紘文《くらたこうぶん》

⑤ □にしへの雨を見てゐる雛《ひいな》かな　佐藤郁良《さとういくら》

ヒント　古《いにしえ》は過ぎ去った昔のこと。過ぎ去るという意味の動詞「いぬ（往ぬ・去ぬ）」から生まれた語ですから、かなづかいは……。

⑥ 蒸し寿司のたのしきまど□始まれり　杉田久女《すぎたひさじょ》

ヒント　「まどい」か「まどゐ」か「まどひ」か？　動詞「ゐる（居る）」から生まれた語ですので……。

⑦ つくば□に何の木の実ぞふくらめる　石田《いしだ》いづみ

答3

①**ゐ**　「あぢさゐ（紫陽花）」の語源は、集まるの意の「あづ」に「藍色」の意の「さあゐ（真藍）」が付いて転じたものですので、正解は「ゐ」です。ちなみに、「くれなゐ（紅）」「からくれなゐ（韓紅・唐紅）」も「ゐ」を使う語です。

②**い**　「いびつ（歪）」は「い」を使う語で、飯を入れる木製容器の「いひびつ（飯櫃）」から来ています。飯櫃は楕円《だえん》形であることが多いため、そこから、歪《ゆが》んでいるさまを言う「いびつ（歪）」という言葉が生まれたとされています。

③**ひ**　「をととひ」は、古形の「をとつひ」が変化して出来た語で「ひ」を使います。「をとつひ」は、遠方の意を表す「をと」に、「の」の意を表す古語「つ」を介して「ひ（日）」が付いたもの。「遠い日」という意から一昨日をさすようになりました。

④**い**　「かいつぶり」の語源は「掻《か》きつ潜《もぐ》りつ」と言われています。「かい」は「かき（掻き）」の「き」の音が「い」の音に変化したイ音便です。

⑤**い**　「いにしへ（古）」は、「過ぎ去った昔」すなわち「往《い》にし方《へ》」から来ています。「往《い》にし方《へ》」は、ナ変動詞「いぬ（往ぬ・去ぬ）」の連用形「いに」＋過去の助動詞「き」の連体形「し」＋方角を表す「へ（方）」から成るものです。

⑥**ゐ**　「まどゐ（円居・団居）」は、「座る」「存在する」などの意味を持つ動詞「ゐる（居る）」から生まれた語です。人が円く並び座ることを指し、そこから「団《だん》欒《らん》」という意が生まれました。

⑦**ひ**　「つくばひ」は「うずくまる、しゃがむ」という意のハ行四段動詞「つくばふ（蹲ふ）」の連用形「つくばひ（蹲ひ）」が固定化して名詞となった語です。この例のように動詞の連用形は名詞化する性質があります。同じく「ひ」で終わる語の「にほひ（匂ひ）」などは俳句でよく見ますが、これも動詞「にほふ（匂ふ）」の連用形が名詞化したものです。

問4

次の①～⑦の句の空欄に入れるものとして、「い」と「ゐ」と「ひ」のどれが旧かなとして適切でしょうか？

① 書を買□て暫《しばら》く貧し虫の秋　松本《まつもと》たかし

ヒント 「買いて」か？「買ゐて」か？「買ひて」か？ 終止形は「買ふ」ですから「ふ」と同じハ行（は・ひ・ふ・へ・ほ）だとすると……。

② 岬に咲く撫子《なでしこ》は風強《し》□られて　秋元不死男《あきもとふじお》

③ 其人《そのひと》を恋□つゝ行けば野菊濃し　高浜虚子《たかはまきょし》

ヒント 「恋いつゝ」か？「恋ゐつゝ」か？「恋ひつゝ」か？ 終止形は「恋ふ」ですから、「ふ」と同じハ行だとすると……。

④ 加留多歌《かるたうた》老□て肯《うべな》ふ恋あまた　殿村菟絲子《とのむらとしこ》

ヒント 「老ゆ」「悔《く》ゆ」「報《むく》ゆ」の三語だけがヤ行上二段動詞。ヤ行は「や・い・ゆ・え・よ」ですから……。

⑤ 夕立を率《ひき》□て去れるものの影　三橋敏雄《みつはしとしお》

⑥ いなきを遠くに聞□て卒業す　津川絵理子《つがわえりこ》

ヒント 「聞いて」か？「聞ゐて」か？「聞ひて」か？「聞く」はカ行四段動詞ですから「聞きて」が正格の形。語尾の「き」の部分が発音しやすいようにイ音便化したものですので……。

⑦ 草薙《くさな》□でありり昼顔の花なども　児玉和子《こだまかずこ》

答4

①〜⑤は、語尾（活用語尾）に「ひ」が現れるハ行四段動詞とハ行上二段動詞、語尾に「い」が現れるヤ行上二段動詞、語尾に「ゐ」が現れるワ行上一段動詞に関する問題です。ハ行四段動詞の活用、ハ行上二段動詞の活用については六七ページ、ヤ行上二段動詞の活用は五三ページ、ワ行上一段動詞の活用は五七ページに書いてありますのでご確認ください。

① **ひ**　「買ひ」はハ行四段動詞「買ふ」の連用形（「て」は連用形接続の助詞）。

② **ひ**　「強ひ」はハ行上二段動詞「強ふ」の未然形（「られ」は未然形接続の助動詞「らる」の連用形）。

③ **ひ**　「恋ひ」はハ行上二段動詞「恋ふ」の連用形（「つつ」は連用形接続の助詞）。

④ **い**　「老い」はヤ行上二段動詞「老ゆ」の連用形（「て」は連用形接続の助詞）。

⑤ **ゐ**　「率ゐ」はワ行上一段動詞「率ゐる」の連用形（「て」は連用形接続の助詞）。

＊

⑥⑦はイ音便の問題です。音便は発音しやすいよう音が変わることで、発音どおり「い」と書きます。

⑥ **い**　カ行四段動詞「聞く」の連用形「聞き」に助詞「て」が付いた「聞きて」が「聞いて」とイ音便化したものです。

⑦ **い**　ガ行四段動詞「薙《な》ぐ」の連用形「薙ぎ」に助詞「て」が付いた「薙ぎて」が「薙いで」とイ音便化したものです。

問5

次の①〜⑦の句の空欄に入れるものとして、「う」と「ふ」のどちらが旧かなとして適切でしょうか？

① 死な□かと囁《ささや》かれしは蛍《ほたる》の夜　鈴木真砂女《すずきまさじょ》

② かげろ□の歩けば見ゆる細き髭《ひげ》　星野立子《ほしのたつこ》

ヒント　蜉蝣《かげろう》の名は、陽炎《かげろう》から来たと言われています。「陽炎」の旧かなは「かげろふ」ですから……。

③ おと□とに十年の恋牽牛花《けんぎゅうか》　藺草慶子《いぐさけいこ》

ヒント　そもそもは年下の人を表す「おとひと」で、その「ひ」がウ音便化して出来た語ですので……。

④ 覚書して捨られぬあ□ぎ哉《かな》　也有《やゆう》

ヒント　「扇《おうぎ》」は動詞の「扇《あお》ぐ」から生まれた語です。「扇ぐ」の旧かなは「あふぐ」ですので……。

⑤ 詰襟《つめえり》に早春の風さや□なら　加藤《かとう》かな文《ぶん》

⑥ 初富士の命て□字のごとく立つ　満田春日《みつだはるひ》

ヒント　「てふ」か「てう」か。そういえば『百人一首』の中に「恋すてふ」で始まる歌があったような……。それと同じ「てふ」なのでしょうか……。

⑦ 今心ぼ□たんに置きもうしばし　上野章子《うえのあきこ》

答5

①**う**　助動詞「う」は、新かなでも旧かなでも「う」と書きます。「う」は俳句でおなじみの「む」という文語の助動詞から、「む」→「ん」→「う」という変化を経て平安時代末期以降に生まれました。意志や推量などの意を表す点でも、動詞などの未然形に接続する点でも、「む」の働きを引き継ぐものです。

②**ふ**　ヒントにもあるように、蜉蝣《かげろう》の名は、飛ぶさまが陽炎《かげろう》のひらめくさまに似るところから付いたと言われています。

夏の季語の「うすばかげろふ（薄羽蜉蝣）」「くさかげろふ（草蜉蝣）」も「ふ」を使います。

③**う**　「おとうと」は「年下の人」を表す「おとひと」の「ひ」がウ音便化して出来た語です。音便は発音どおりに書きますので正解は「う」です。

④**ふ**　ヒントにもあるように、「あふぎ（扇）」は動詞の「あふぐ（扇ぐ）」の連用形「あふぎ」が固定化して名詞となった語です（このように、動詞の連用形は固定して名詞化することがよくあります）。新かなでは「あおぐ（扇ぐ）」と「おうぎ（扇）」は関係ない語のようにも見えますが、旧かなだと語と語の関係がよく分かります。

⑤**う**　「さやうなら」の「さやう」は「さ（然）」＋「やう（様）」です。「さ（然）」は「そう」という意味の副詞で、「さやうなら」は「そのようなら」の意。「さやうならば……」の下に続く表現を省略したところから、別れの挨拶《あいさつ》に用いられるようになったものです。

⑥**ふ**　「てふ」は「と言ふ」（新かなでは「と言う」）を縮めた形の連語です。『百人一首』の〈恋すてふわが名はまだき立ちにけり人知れずこそ思ひそめしか（現代語訳　恋をしているという噂《うわさ》がもう立ってしまった。人知れず思い始めたのに）〉などでおなじみの方も多いでしょう。

⑦**う**　「ぼうたん」は、「ぼたん（牡丹）」の「ぼ」が長音化して「ぼう」となったもの。平安時代の歴史物語にも登場する歴史の古い語です。

問6

次の①〜⑦の句の空欄に入れるものとして、「う」と「ふ」のどちらが旧かなとして適切でしょうか？

① 貝割菜はじめにことばありとい□　櫻井博道《さくらいはくどう》

ヒント　「いう（言う）」か？「いふ（言ふ）」か？　ハ行四段動詞ですから、ハ行（は・ひ・ふ・へ・ほ）を辿《たど》ってゆくと……。

② をさなごに生《お》□る翼や桜東風《さくらごち》　仙田洋子《せんだようこ》

ヒント　「生うる」か？「生ふる」か？　終止形は「生ふ」ですから、このかなづかいに準ずるとすれば……。

③ 推参《すいさん》の青大将も日を讃《たた》□　本井《もとい》 英《えい》

④ つちくれに語りかけつつ苗木植《う》□　福永《ふくなが》みち子《こ》

ヒント　「植う」か？「植ふ」か？　ワ行下二段動詞ですから、ワ行（わ・ゐ・う・ゑ・を）を辿ってゆくと……。

⑤ 梨《なし》食□てすつぱき芯《しん》に至りけり　辻《つじ》 桃子《ももこ》

ヒント　「食うて」か？「食ふて」か？「食ふ」はハ行四段動詞ですから「食ひて」が正格の形。語尾の「ひ」の部分が発音しやすいようにウ音便化したものですので……。

⑥ おもしろ□てやがてかなしき鵜舟《うぶね》哉《かな》　芭蕉《ばしょう》

⑦ 洋梨はうまし芯までありがた□　加藤楸邨《かとうしゅうそん》

答6

①〜③は、語尾（活用語尾）に「ふ」が現れるハ行四段動詞とハ行上二段動詞（ともに八九ページ参照）とハ行下二段動詞（九一ページ参照）の問題です。④は語尾（活用語尾）に「う」が現れるワ行下二段動詞（九四ページ参照）の問題です。それぞれの該当ページで活用をご確認ください。

①**ふ**　「いふ（言ふ）」は、ハ行四段動詞「いふ（言ふ）」の終止形。

②**ふ**　「生ふる」はハ行上二段動詞「生ふ」の連体形。

③**ふ**　「讃ふ」は、ハ行下二段動詞「讃ふ」の終止形。

④**う**　「植う」は、ワ行下二段動詞「植う」の終止形。

＊

⑤〜⑦はウ音便に関する問題です。音便は発音しやすいように音が変わることで、発音どおり「う」と書きます。

⑤**う**　ハ行四段動詞「食ふ」の連用形「食ひ」に助詞「て」が付いた「食ひて」が「食うて」とウ音便化したものです。

⑥**う**　形容詞「おもしろし」の連用形「おもしろく」に助詞「て」が付いた「おもしろくて」が「おもしろうて」とウ音便化したものです。

⑦**う**　「ありがたう」の基になった形容詞「ありがたし（有り難し）」は、「めったにない」「珍重すべき」「もったいない」などの意を持つ語です。この連用形「ありがたく」がウ音便化した「ありがたう」に「ございます」が付いた感謝の言葉が「ありがたうございます」で、そこから「ございます」を省略したのが「ありがたう」です。

問7

次の①〜⑦の句の空欄に入れるものとして、「え」と「ゑ」と「へ」のどれが旧かなとして適切でしょうか？

① 深山木《みやまぎ》のこず□の禽《とり》や冬の霧　飯田蛇笏《いいだだこつ》

ヒント 梢《こずえ》は「木《こ》」に「末《すえ》」が付いて生まれた語です。「末」の旧かなは「すゑ」ですから……。

② 雪月花わけても花の□にしこそ　飯田龍太《いいだりゅうた》

ヒント 「えにし」か？「ゑにし」か？「縁《えにし》」は「縁《えん》」から生まれた語。「縁《えん》」は新かなでも旧かなでも「えん」と書きますから……。

③ 黄楊《つげ》の花ちるしづけさも田植ま□　勝又一透《かつまたいっとう》

④ 苔《こけ》の雨か□るでの花いづこゆか　芝《しば》不器男《ふきお》

ヒント 「かえるで」か？「かゑるで」か？「かへるで」か？これは植物の楓《かえで》のことで、葉が切れ込んださまが蛙《かえる》の手に似るため生まれた語です。「蛙」の旧かなは「かえる」？「かゑる」？それとも「かへる」でしょうか？。

⑤ □び・さざ□生簀《いけす》に活きて朝桜　酒井和子《さかいわこ》

⑥ つと誘ひあとすいすいと道をし□　鷹羽狩行《たかはしゅぎょう》

⑦ 亀鳴いていしず□円き国分尼寺《こくぶにじ》　嵯峨根鈴子《さがねすずこ》

答7

①**ゑ**　「梢」は「こ（木）」＋「すゑ（末）」から来た語ですので答えは「ゑ」。

②**え**　「えにし（縁）」は、漢字の音の「えん（縁）」の末尾のnにiを添えて表記した「えに（縁）」に、上の語を強める働きをする助詞「し」が付いて生まれた語です。

えんen　→えにeni　→えにしenisi

「えん」「えに」「えにし」はすべて同じ意味を表します。

③**へ**　「まへ（前）」は、「目」の意を持つ「ま」に、「その辺り」「その方向」などの意の「へ（方）」が付いて生まれた語です。「目《ま》」は「まつげ（睫・睫毛）」「まぶた（瞼・目蓋）」「またたく（瞬く）」ほか、多くの語の基になっています。

④**へ**　「かへるで」は楓のこと。『万葉集《まんようしゅう》』にも登場する古い語で、葉が切れ込むさまが蛙《かえる》の手を思わせるところから生まれた語です。「蛙」の旧かなは「かへる」ですので、正解は「へ」となります。ちなみに「かへで（楓）」はこの「かへるで」を略して生まれた語です。

⑤**え・え**　ともに答えは「え」です。「えび（海老・蝦）」は、体色が「えび」（葡萄《ぶどう》の古名）の色に似るためとする説や、特徴である立派な髭《ひげ》に着目した「えひげ（吉髭・枝髭）」から来たとする説などがあります。「さざえ（栄螺）」は、小さな柄《え》（柄の旧かなは「ゑ」）を付けた貝の意とする説、殻の小さな角が「さざれ（礫）」に似るため、それが転じたとする説などが知られています。

⑥**へ**　「道をしへ（道教へ）」は、ハ行下二段動詞「をしふ（教ふ）」の連用形由来の名詞「をしへ（教へ）」が「道」に付いて一語となったもの。昆虫のハンミョウ（斑猫）は人が歩く前を道を教えるように飛ぶことがあるため、この俗称が生まれました。

⑦**ゑ**　「いしずゑ（礎）」は、「石」＋「据ゑ」が語源という説が有力です。「据ゑ」はワ行下二段動詞「据う」の連用形です。

問8

次の①～⑦の句の空欄に入れるものとして、「え」と「ゑ」と「へ」のどれが旧かなとして適切でしょうか？

① 白牡丹《はくぼたん》といふといい□ども紅《こう》ほのか　高浜虚子《たかはまきょし》

ヒント　「いえども」か？「いへども」か？「いゑども」か？　終止形は「いふ（言ふ）」ですから、「ふ」と同じハ行（は・ひ・ふ・へ・ほ）だとすると……。

② 大試験《だいしけん》山の如《ごと》くに控□たり　高浜虚子

③ 田に何も植□ず田螺《たにし》を養殖す　茨木和生《いばらきかずお》

ヒント　「飢う」「植う」「据う」の三語だけがワ行下二段動詞。ワ行は「わ・ゐ・う・ゑ・を」ですから……。

④ 正客《しょうきゃく》に山を据《す》□たり武者飾《むしゃかざり》　野中亮介《のなかりょうすけ》

⑤ 病癒《い》□ず蹲《うずくま》る夜の野分かな　夏目漱石《なつめそうせき》

ヒント　「癒えず」か？「癒へず」か？「癒ゑず」か？　終止形は「癒ゆ」ですから、「ゆ」と同じヤ行（や・い・ゆ・え・よ）だとすると……。

⑥ 亡骸《なきがら》の胸に聳《そび》□て冬帽子《ふゆぼうし》　すずき巴里《ぱり》

⑦ 寒菊《かんぎく》に曇《くも》る眼鏡《めがね》を拭《ぬぐ》ひ□ず　中山世一《なかやませいいち》

ヒント　「得《う》」「心得《こころう》」の二語だけがア行下二段動詞。ア行は「あ・い・う・え・お」ですから……。

答8

①②は、語尾（活用語尾）に「へ」が現れるハ行四段動詞とハ行下二段動詞（ともに一五五ページ参照）の問題です。該当ページで活用をご確認ください。

① **へ**　「いへ（言へ）」はハ行四段動詞「いふ（言ふ）」の已然《いぜん》形（「ども」は已然形接続の助詞）。

② **へ**　「控へ」はハ行下二段動詞「控ふ」の連用形（「たり」は連用形接続の助動詞）。

＊

③④は、語尾（活用語尾）に「ゑ」が現れるワ行下二段動詞（一四九ページ参照）の問題です。該当ページで活用をご確認ください。

③ **ゑ**　「植ゑ」はワ行下二段動詞「植う」の未然形（「ず」は未然形接続の助動詞）。

④ **ゑ**　「据ゑ」はワ行下二段動詞「据う」の連用形（「たり」は連用形接続の助動詞）。

ワ行下二段動詞は「飢う」「植う」「据う」の三語のみ。覚えてしまいましょう。

＊

⑤～⑦は、語尾（活用語尾）に「え」が現れるヤ行下二段動詞（一四一ページ参照）とア行下二段動詞（一四四ページ参照）の問題です。該当ページで活用をご確認ください。

⑤ **え**　「癒え」はヤ行下二段動詞「癒ゆ」の未然形（「ず」は未然形接続の助動詞）。

⑥ **え**　「聳え」はヤ行下二段動詞「聳ゆ」の連用形（「て」は連用形接続の助詞）。

⑦ **え**　「え（得）」はア行下二段動詞「う（得）」の未然形（「ず」は未然形接続の助動詞）。

ア行下二段動詞は「う（得）」「こころう（心得）」の二語ですので、覚えてしまいましょう。

問9

次の①〜⑦の句の空欄に入れるものとして、「お」と「を」と「ほ」と「ふ」のどれが旧かなとして適切でしょうか？

① しぐるるやほの□あげぬは火といはず　片山由美子《かたやまゆみこ》

ヒント「ほのお」か「ほのを」か「ほのほ」か？ 火が穂のように見えるところから来た語ですから……。

② 誼《ぎ》にこころして暖房を□とづれぬ　飯田蛇笏《いいだだこつ》

ヒント「訪る」は「音」に由来する語です。「音」は新かなでも旧かなでも「おと」と書きますので……。

③ 春塵《しゅんじん》やみとせ□ろがむ子の位牌《いはい》　上村占魚《うえむらせんぎょ》

④ うつぶせの寝顔□さなし雪女　眞鍋呉夫《まなべくれお》

ヒント「幼し」は、「多数の人の上に立ち統率し支配する者」などの意を表す名詞「長《おさ》」に由来する語です。「長」の旧かなは「をさ」ですから……。

⑤ いはれなくてもあれはお□かみの匂ひ　青山茂根《あおやまもね》

ヒント「狼」は、神を敬《うやま》って呼ぶ「大神」から来た語です。「大」の旧かなは「おほ」ですから……。

⑥ 祭待つ二葉あ□ひの苗育て　名村早智子《なむらさちこ》

⑦ 大つぶの寒卵□く襤褸《ぼろ》の上　飯田蛇笏

答9

①**ほ**　「ほのほ」は「ほ（火）」の「ほ（穂）」の意から。立ち上がった火が穂のように見えることから来たものです。

②**お**　動詞「おとづる（訪る）」は「音」が基になって出来た語です。「音を立てる」「訪ねる」「便りをする」などの意を持ち、この句では「訪ねる」の意。「音」のかなづかいは新かなでも旧かなでも「おと」ですので、正解は「お」です。ちなみに「音」が基になった動詞には「おとなふ」もあり、こちらも「音を立てる」「訪ねる」「便りをする」などの意を持ちます。次の句は「訪ねる」の意で使われたものです。

おとなふに泉ある辺も心得て　木村《きむら》蕪城《ぶじょう》

③**を**　「をろがむ（拝む）」は「折れ屈む」から生まれたとされています。「折る」の旧かなは「をる」ですので正解は「を」となります。ちなみに「をろがむ」から生まれた「をがむ（拝む）」も「を」を使います。

④**を**　形容詞「をさなし（幼し）」は、「多数の人の上に立ち統率し支配する者」「優れた者」を表す名詞「をさ（長）」に「無し」が付いて生まれた語です。「上に立つ者ではない」「優れていない」という意から「未熟」「幼少」などの意となりました。

⑤**ほ**　「おほかみ（狼）」は、神を敬って呼ぶ「おほかみ（大神）」から来た語ですので、正解は「ほ」。

⑥**ふ**　「あふひ」の語源には諸説がありますが、「日（ひ）を仰（あふ）ぐ」から来たという説がよく知られています。

⑦**お**　「おく（置く）」は「×をく」と誤る例を多く見ますが、新かなでも旧かなでも「おく」。次のように動詞の連用形に付く例や「て」の下に付く例も見られます。

亡きひとに片手空けおく冬木の芽　藤田《ふじた》直子《なおこ》
ほととぎす鳴く方の窓開けておく　星野《ほしの》椿《つばき》

問10

次の①〜⑦の句の空欄に入れるものとして、「じ」と「ぢ」のどちらが旧かなとして適切でしょうか？

① 朝寒のうな□夜寒の膝《ひざ》がしら　綾部仁喜《あやべじんき》

ヒント　首や首の後ろを表す「うな（項）」に後ろの意の「しり（後）」が付いて生まれた語ですので……。

② 涼しさやわら□虫にも器量好《きりょうよし》　寺島《てらしま》ただし

ヒント　「草鞋《わらじ》」は、「わらぐつ（藁沓）」から転じた語と言われます。どう変化したのでしょうか……。

③ ふりつもるちりひ□の絖《ぬめ》花菖蒲　恩田侑布子《おんだゆうこ》

④ 長靴にな□む畦道蓬《よもぎ》摘む　茨木和生《いばらきかずお》

ヒント　「なじむ」か？「なぢむ」か？「馴れ染《し》む」が基になった語と言われていますので……。

⑤ 百年は死者にみ□かし柿の花　藺草慶子《いぐさけいこ》

⑥ 北窓を開きね□巻くオルゴール　浦川聡子《うらかわさとこ》

⑦ 焚《た》くものにもみ□葉ばかりなる奢《おご》り　富安風生《とみやすふうせい》

答10

①**じ**　「うなじ」は「うな（項）」に「しり（後）」が付いて生まれた語です。「し」の部分が濁音化したものですので、正解は「じ」。余談ですが「うな（項）」が付いた語は他にも多く、「付く（つく）」が付いた「うなづく（頷く）」、「たる（垂る）」が付いた「うなだる（項垂る）」などがあります。

②**ぢ**　「わらぢ（草鞋）」は、「わらぐつ（藁沓）」が「わらんづ」「わらんぢ」と訛《なま》って生まれたと言われていますので、正解は「ぢ」。

③**ぢ**　「ひぢ（泥）」は「水に漬かり濡《ぬ》れた土」を意味する「ひぢつち（漬土）」から来たと言われていますので正解は「ぢ」。

④**じ**　「馴れ」に「染む」が付いた「馴れ染む」が基になり、「染む」の「し」が濁音化したものですので、正解は「じ」。

ちなみに「にじむ」も「染む」が基になったと言われる語ですので「じ」を使います。語源には、「に（丹）」＋「染む」、「にび（鈍）」＋「染む」などの説があります。

⑤**じ**　「短し」は新かなでも旧かなでも「みじかし」と書く語ですが、「×みぢかし」と誤る例をすこぶる多く見ます。「みぢか（身近）」のかなづかいに引きずられて「ぢ」と誤りがちですが、「じ」を使う語です。

⑥⑦は、ダ行上二段動詞の連用形が固定化して名詞となった語に関する問題です。

⑥**ぢ**　「ねぢ（捩子・螺子・捻子）」は、ダ行上二段動詞「ねづ（捩づ・捻づ）」の連用形「ねぢ」から来た語ですので、正解は「ぢ」。

⑦**ぢ**　「もみぢ（紅葉・黄葉）」も、ダ行上二段動詞「もみづ（紅葉づ・黄葉づ）」の連用形「もみぢ」から来た語です。「もみづ」は草木の葉が秋に紅や黄に変わることをいう動詞で、上代はタ行四段活用「もみつ」の形でした。ちなみに「もみぢ」も古くは「もみち」という清音の形です。

問11

次の①〜⑦の句の空欄に入れるものとして、「ず」と「づ」のどちらが旧かなとして適切でしょうか？

① 熱砂行駱駝《らくだ》一頭□つ起《た》たせ　日原《ひはら》傳《つたえ》

ヒント 「ずつ」か？「づつ」か？「一つ」や「九つ」などにも使われ、数を数えるのに用いる語「つ」が重なって出来た語と言われていますので……。

② 竿《さお》走るね□みの音やつるし柿　安《あ》積《づみ》素《そ》顔《がん》

③ 冷されて牛の貫禄《かんろく》し□かなり　秋元《あきもと》不《ふ》死《じ》男《お》

ヒント 「しずか」か？「しづか」か？「静か」の「静」は「下に着く」の意からと言われていますので……。

④ みみ□鳴く日記はいつか懺悔録《ざんげろく》　上田《うえだ》五千石《ごせんごく》

⑤ 春の水とは濡《ぬ》れてゐるみ□のこと　長谷川《はせがわ》櫂《かい》

ヒント 「みず」か？「みづ」か？「水」は動詞の「みつ（満つ・充つ）」から来たと言われる語ですから……。

⑥ 雛市《ひないち》の灯にたた□みて人形師　舘野《たての》豊《ゆたか》

⑦ 刻々と天日《てんじつ》くらきい□みかな　川端茅舎《かわばたぼうしゃ》

ヒント 「いずみ」か？「いづみ」か？ダ行下二段動詞「出《い》づ」が基になって出来た語ですので……。

答11

① **づ**　「づつ」は数や程度を表す語の下に付いて、同じ割合・程度が繰り返されることをいう語で、「一つ」「九つ」などの「つ（箇）」が重なって生まれたものとされています。「つ（箇）」は数を表す語の下に付き、物を数えるのに用いる語です。

② **ず**　語源には諸説がありますが、隠れて外に現れないところである「根」に住む「根《ね》住《ず》み」から来たという説が知られています。

③ **づ**　ヒントにもあるように、「下に着く」の意から来た「しづ」に、状態を表す接尾語「か」が付いたものです。「しづかさ（静かさ・閑かさ）」「しづけさ（静けさ）」「しづしづ（静々）」「しづまる（静まる・鎮まる）」など、関連語もみな「づ」を使います。

④ **ず**　暗い地中で生活し目が無い姿を指した「目《め》見《み》ず」（「見ず」は動詞「見る」の未然形+打消の助動詞「ず」）から来たという説が知られています。

⑤ **づ**　「水」は動詞の「みつ（満つ・充つ）」から来たと言われる語ですので「みづ」です。

⑥ **ず**　「たたずむ」は、「たちやすむ（立ち休む）」、または「たちすむ（立ち住む）」が転じて生まれたとされる語です。

「たたずむ」に反復・継続の意を表す接尾語「ふ」が付いて生まれた動詞に「たたずまふ（佇まふ）」があります。その連用形の「たたずまひ（佇まひ）」が固定して名詞化した「たたずまひ（佇まひ）」も俳句でかな書きの例を見ます。

⑦ **づ**　ヒントにもあるように「泉」はダ行下二段動詞「出《い》づ」に、「水」の意の「み（水）」が付いて生まれた語です。ちなみに「み（水）」を含む語は「たるみ（垂水）」「みくさ（水草）」「みなそこ（水底）」「みなと（港・湊・水門）」ほか、数多く見られます。

問12

次の①～⑤の句の空欄に入れるものとして、「ず」と「づ」のどちらが、また⑥⑦の空欄は「じ」と「ぢ」のどちらが旧かなとして適切でしょうか？

① 鶏《とり》の餌《え》のはこべに貝の殻《から》を混《ま》□　小林千史《こばやしちふみ》

ヒント 口語「混ぜる」のもとになった動詞です。「混ぜる」の「ぜ」はザ行（ざ・じ・ず・ぜ・ぞ）ですから……。

② 妻が持つ薊《あざみ》の棘《とげ》を手に感□　日野草城《ひのそうじょう》

ヒント 「感ず」か？「感づ」か？　そもそもは漢語の「感」にサ変動詞「す」が付き、一語化して出来た動詞ですので……。

③ 夕日愛《め》□紅梅を愛《め》□声あげて　中村汀女《なかむらていじょ》

④ め□らしや山を出羽《いでは》の初茄子《はつなすび》　芭蕉《ばしょう》

ヒント 「珍し」の旧かなは「めずらし」か？「めづらし」か？「珍し」は③の動詞から生まれた形容詞ですので、③のかなづかいが参考になります。

⑤ 羅《うすもの》や化粧してわが心閉□　古賀まり子《こがまりこ》

⑥ ついて来る人を感□て長閑《のどか》なり　高浜虚子《たかはまきょし》

⑦ なかば閉□扇子《せんす》の白さ改まる　鷹羽狩行《たかはしゅぎょう》

答12

①②は、語尾（活用語尾）に「ず」が現れるザ行下二段動詞（二二二ページ参照）とザ行のサ変動詞（二二三ページ参照）の問題です。該当ページで活用をご確認ください。

①**ず**　「混ず」は、ザ行下二段動詞「混ず」の終止形。ちなみに関連語である「まじる（混じる）」「まじふ（交じふ）」もザ行の「じ」を使います。「×まぢる」「×まぢふ」ではありません。

吹き込んで荒砂《あらずな》混じる虎が雨　井上康明《いのうえやすあき》

常楽会《じょうらくえ》比丘尼《びくに》の咳《せき》をまじへけり　野澤節子《のざわせつこ》

＊

②**ず**　「感ず」は、ザ行のサ変動詞「感ず」の終止形。

③⑤は、語尾（活用語尾）に「づ」が現れるダ行下二段動詞（二二五ページ参照）とダ行上二段動詞（二二三ページ参照）の問題です。該当ページで活用をご確認ください。

③**づ**　「愛づ」は、ダ行下二段動詞「愛づ」の終止形。

④**づ**　「めづらし（珍し）」は「愛づ」から生まれた形容詞です。「愛でる価値がある」「すばらしい」の意から、「見ることが稀《まれ》である」の意が生まれました。

⑤**づ**　「閉づ」はダ行上二段動詞「閉づ」の終止形。

＊

⑥⑦は②⑤の動詞がそれぞれ連用形に活用したものです。

⑥**じ**　「感じ」はザ行のサ変動詞「感ず」の連用形（「て」は連用形接続の助詞）。

⑦**ぢ**　「閉ぢ」はダ行上二段動詞「閉づ」の連用形。

よく
できました!
旧かなづかいを覚えよう
① えび
② いわし
③ あぢさゐ
④ ふくろふ
⑤ ひひらぎ

あとがき

私は初学の頃から旧かなで作句しています。当時読んだ句集は旧かなづかいが圧倒的でしたので自然にそうしたのですが、いざ詠《よ》む側に立つと知識があやふやなことに気付きました。読むことは何となくできても、正確に書くことはできなかったのです。周りの人に相談すると「辞書を引きなさい」と言われます。

たとえば「紫陽花」を旧かなで書こうと考えたとき、旧かなの表記に迷います。そこで国語辞典を引くと「あじさい」の下にカタカナで「アヂサヰ」とありました。それが旧かなです。ひらがなにすると「あぢさゐ」。このようにして、迷うたびに辞書を引いて覚えていきました。

ところがそのうち、辞書を引くだけでは正しいと確信が持てない言葉にぶつかりました。「あぢさゐ」のような名詞は辞書で明快に分かります。しかし、動詞は活用する（変化する）ので困りものなのです。そして、文語動詞を使おうと思ったときにはたと困り、基礎的な文法の知識がないと正しい旧かなづかいはできないと知りました。

本書はそのような私の経験をもとに構成したものです。

●にはとり・あはれなど「は」を使う言葉①

●いわし・くつわなど「わ」を使う言葉①

のようなパターンの回は、辞書を引けば分かる言葉についてのお話です。辞書を引けば分かる言葉についてわざわざ記したのは、語源などを知ることで私自身がその言葉に親しみを感じ、記憶しやすくなった経験があったからです。新かなでは関係ないように見える言葉が、旧かなでは同源だと分かったりすると「旧かなって面白い」と思いました。その整合性を美しいと感じることもありました。それに纏《まつ》わるこぼれ話もたくさん鏤《ちりば》めておりますので、楽しんでいただければと思います。

それに対して、

●ハ行四段動詞語尾の「は」「は」を使う言葉②

●イ音便の「い」「い」を使う言葉②

のような回は、文語文法を中心としたお話です。必要に応じて、折にふれて繙《ひもと》いていただけましたら幸いです。

本書の執筆の過程で、実際にどのような語がかな書きで俳句に使われやすいかを知るために旧かなの句集を渉猟《しょうりょう》しました。そこから多くの句を引用していますので、辞書の中に単語としてぽつんとある旧かなではなく、俳句となって生きて働いている瑞々《みずみず》しい旧かなを味わっていただければ嬉《うれ》しく思います。

「NHK俳句」での約四年半にわたる連載中から書籍化に至るまで、常に伴走しあたたかく励ましてくださった担当の浦川聡子さん、きっちりした校正及び的確な指摘をくださった青木一平さん、ぬくもりのあるタッチの絵を描いてくださった松本孝志さんに心から感謝申しあげます。

本書が、旧かなの魅力を多くの方に感じていただき、実作に役立つものとなることを願っています。

山西雅子

巻末資料

「現代仮名遣い」（抄）

昭和六十一年七月一日
内閣告示

第2　特定の語については、表記の慣習を尊重して、次のように書く。

1　助詞の「を」は、「を」と書く。

例　本を読む　岩をも通す
失礼をばいたしました　やむをえない
いわんや…をや　よせばよいものを
てにをは

2　助詞の「は」は、「は」と書く。

例　今日は日曜です　山では雪が降りました
あるいは　または　もしくは
いずれは　さては　ついては
ではさようなら　とはいえ
惜しむらくは　恐らくは　願わくは
これはこれは　こんにちは　こんばんは
悪天候もものかは

[注意]　次のようなものは、この例にあたらないものとする。

いまわの際　すわ一大事
雨も降るわ風も吹くわ　来るわ来るわ
きれいだわ

3　助詞の「へ」は、「へ」と書く。

例　故郷へ帰る　…さんへ　母への便り
駅へは数分

4　動詞の「いう（言）」は、「いう」と書く。
例　ものをいう（言）　いうまでもない
昔々あったという
どういうふうに　人というもの
こういうわけ

5　次のような語は、「ぢ」「づ」を用いて書く。
(1)　同音の連呼によって生じた「ぢ」「づ」
例　ちぢみ（縮）　ちぢむ　ちぢれる
ちぢこまる
つづみ（鼓）　つづら
つづく（続）　つづめる（約）
つづる（綴）
［注意］「いちじく」「いちじるしい」は、この例にあたらない。
(2)　二語の連合によって生じた「ぢ」「づ」
例　はなぢ（鼻血）　そえぢ（添乳）　もらいぢち
そこぢから（底力）　ひぢりめん
いれぢえ（入知恵）　ちゃのみぢゃわん
まぢか（間近）　こぢんまり
ちかぢか（近々）　ちりぢり
みかづき（三日月）　たけづつ（竹筒）
たづな（手綱）　ともづな　にいづま（新妻）
けづめ　ひづめ　ひげづら
おこづかい（小遣）　あいそづかし
わしづかみ　こころづくし（心尽）
てづくり（手作）　こづつみ（小包）
ことづて　はこづめ（箱詰）　はたらきづめ
みちづれ（道連）
かたづく　こづく（小突）　どくづく
もとづく　うらづける　ゆきづまる
ねばりづよい
つねづね（常々）　つくづく　つれづれ
なお、次のような語については、現代語の意識では一般に二語に分解しにくいもの等として、それぞれ「じ」「ず」を用いて書くことを本則とし、「せかいぢゅう」「いなづま」のように「ぢ」「づ」を用いて書くこともできるものとする。

例　せかいじゅう（世界中）
いなずま（稲妻）　かたず（固唾）
きずな（絆）　さかずき（杯）　ときわず
ほおずき　みみずく
うなずく　おとずれる（訪）
かしずく　つまずく　ぬかずく
ひざまずく
あせみずく　くんずほぐれつ　さしずめ
でずっぱり　なかんずく
うでずく　くろずくめ　ひとりずつ
ゆうずう（融通）

［注意］次のような語の中の「じ」「ず」は、漢字の音読みでもともと濁っているものであって、上記(1)、(2)のいずれにもあたらず、「じ」「ず」を用いて書く。

例　じめん（地面）　ぬのじ（布地）
ずが（図画）　りゃくず（略図）

6 次のような語は、オ列の仮名に「お」を添えて書く。

例　おおかみ　おおせ（仰）　おおやけ（公）
こおり（氷・郡）　こおろぎ
ほお（頬・朴）　ほおずき　ほのお（炎）
とお（十）
いきどおる（憤）　おおう（覆）　こおる（凍）
しおおせる　とおる（通）　とどこおる（滞）
もよおす（催）
いとおしい　おおい（多）
おおきい（大）　とおい（遠）
おおむね　おおよそ

これらは、歴史的仮名遣いでオ列の仮名に「ほ」又は「を」が続くものであって、オ列の長音として発音されるか、オ・オ、コ・オのように発音されるかにかかわらず、オ列の仮名に「お」を添えて書くものである。

（付記略）

動詞活用表

種類	基本形	語幹	未然形 ズ・ムに続く	連用形 テ・タリに続く	終止形 言い切る	連体形 トキ・コトに続く	已然《いぜん》形 ドモに続く	命令形 命令で言い切る
四段活用	思ふ	思	は	ひ	ふ	ふ	へ	へ
上一段活用	ゐる	(ゐ)	ゐ	ゐ	ゐる	ゐる	ゐれ	ゐよ
上二段活用	老ゆ	老	い	い	ゆ	ゆる	ゆれ	いよ
下一段活用	蹴る	(蹴)	け	け	ける	ける	けれ	けよ
下二段活用	捨つ	捨	て	て	つ	つる	つれ	てよ
カ行変格活用	来	(来)	こ	き	く	くる	くれ	こ・こよ
サ行変格活用	す	(す)	せ	し	す	する	すれ	せよ
ナ行変格活用	死ぬ	死	な	に	ぬ	ぬる	ぬれ	ね
ラ行変格活用	あり	あ	ら	り	り	る	れ	れ

本書は「ＮＨＫ俳句」二〇一三年十月号から二〇一七年三月号まで連載した「俳句作りに役立つ！　旧かな入門」および二〇一七年五月号から二〇一八年四月号まで連載の「旧かな入門12の練習帖」に加筆、再構成したものです。

山西雅子（やまにし・まさこ）
昭和三十五年、大阪府生まれ。奈良女子大学大学院文学研究科国文学専攻修士課程修了。「舞」主宰。「星の木」同人。日本文藝家協会会員・俳人協会会員。
句集に『夏越』『沙鷗』、著書に『俳句で楽しく文語文法』『花の一句』がある。

校正　青木一平
DTP　天龍社
編集　浦川聡子
協力　神谷陽子

NHK俳句
俳句づくりに役立つ！　旧かな入門

二〇一八（平成三十）年十一月二十日　第一刷発行
二〇一八（平成三十）年十二月二十日　第二刷発行

著者　山西雅子

発行者　森永公紀
発行所　NHK出版
〒一五〇-八〇八一
東京都渋谷区宇田川町四一-一
電話　〇五七〇-〇〇二-一四三（編集）
〇五七〇-〇〇〇-三二一（注文）
ホームページ　http://www.nhk-book.co.jp
振替　〇〇一一〇-一-四九七〇一

印刷　大熊整美堂
製本　藤田製本

Printed in Japan　ISBN 978-4-14-016264-4　C0092